LAUREN KATE

Atlántida

———◆———

Lauren Kate creció en Dallas, Texas. Tras licenciarse en la universidad de Emory, se trasladó a Nueva York y poco después cursó un máster en escritura creativa en la Universidad de California, Davis. Ha escrito varias novelas juveniles, entre las cuales se encuentra la exitosa serie Oscuros. Actualmente vive en Los Ángeles con su esposo.

Atlántida

Atlántida

LAUREN KATE

Traducción de Noemí Risco Mateo

Vintage Español
Una división de Penguin Random House LLC
Nueva York

PRIMERA EDICION VINTAGE ESPAÑOL, MAYO 2015

Para Venice

Qué satisfacción pensar
que el peso del océano
y el peso del propósito
pudieran estar de algún modo relacionados.

El peso de lo arrojado,
JOE WENDEROTH

1

La tercera lágrima

E l cielo lloraba. La pena inundaba la Tierra.

La Portadora de la Simiente abrió la boca para atrapar las gotas que caían por el agujero de su cordón. El refugio transparente de Estornino se hallaba por encima de la hoguera, como una acogedora tienda de campaña. Aislaba del diluvio, salvo por la pequeña abertura en la parte superior, cuyo propósito era dar salida al humo del fuego y dejar entrar una muestra de la lluvia.

Las gotas humedecieron la lengua de Estornino. Eran saladas.

Notó el sabor de árboles antiguos arrancados de raíz, océanos que reclamaban tierra. Notó el sabor del agua sucia en las costas, pantanos empantanados. Flores silvestres marchitas, prados secos, todo envenenado por la sal. Un millón de cadáveres putrefactos.

Las lágrimas de Eureka habían provocado aquello... Y más.

Estornino se relamió los labios, buscando algo distinto en la lluvia. Cerró los ojos y paladeó el agua como un sumiller probando vino. Todavía no notaba el sabor de los chapiteles atlantes cortando el cielo. No percibía a Atlas, el Maligno.

Eso era bueno pero confuso. Las lágrimas derramadas por la chica del lagrimaje iban a traer de vuelta la Atlántida. Evitar que cayeran esas lágrimas había sido el único objetivo de los Portadores de la Simiente.

Habían fracasado.

¿Y qué había sucedido? La inundación estaba allí, pero ¿dónde se encontraba su líder? Eureka había llevado el caballo, pero no al jinete. ¿Se había desviado el lagrimaje? ¿Había salido algo mal para bien?

Estornino se inclinó hacia el fuego y estudió sus cartas de navegación. Las gotas corrían a raudales por las paredes del cordón, acentuando el calor y la luminosidad del espacio interior con olor a citronela. Si Estornino hubiera sido otra persona, se habría acurrucado con una taza de chocolate caliente y una novela, y habría dejado que la lluvia la transportara a otro mundo.

Si Estornino hubiera sido otra persona, la vejez la habría matado hacía milenios.

Era medianoche en el bosque nacional Kisatchie, en el centro de Luisiana. Estornino llevaba esperando a los demás desde mediodía. Sabía que llegarían, aunque no habían hablado de aquella ubicación. La chica se había echado a llorar de forma muy repentina. La inundación había dispersado a los Portadores de la Simiente por aquellos nuevos pantanos inmundos y no habían tenido tiempo de planificar su reagrupación. Pero allí era donde sucedería.

El día anterior, antes de que Eureka llorase, aquel lugar se encontraba a doscientos cuarenta kilómetros del golfo. En ese momento era un fragmento de costa que desaparecía. El bayou —sus orillas, los caminos de tierra, las salas de baile, los retorcidos robles perennes, las mansiones anteriores a la Guerra de Secesión y las camionetas— había quedado sepultado en un mar de lágrimas egoístas.

Y en alguna parte nadaba Ander, enamorado de la joven que había causado aquello. El resentimiento comenzó a crecer en el interior de Estornino al pensar en la traición del chico.

Más allá del resplandor de las llamas, contra la lluvia que caía oblicuamente, vislumbró una forma que salía del bosque. Critias llevaba su cordón como un chubasquero, imperceptible salvo a los ojos de un Portador de la Simiente. Estornino se dijo que parecía más pequeño. Sabía lo que estaba pensando: «¿Qué ha salido mal? ¿Dónde está Atlas? ¿Por qué seguimos vivos?».

Al llegar al límite del cordón de Estornino, Critias se detuvo. Ambos se prepararon para el fuerte estallido que señalaría la fusión de sus cordones.

Su unión fue como un relámpago. Estornino cruzó los brazos para resistir el estallido; Critias cerró los ojos con fuerza y se esforzó por continuar adelante. El pelo de ella ondeaba como una telaraña sobre su cuero cabelludo y los carrillos del hombre se agitaban como banderas.

Estornino notó aquellos detalles poco favorecedores en Critias y advirtió que él veía lo mismo en ella. La consolaba que los Portadores de la Simiente envejecieran solo cuando sentían afecto.

—Ya no existe Venecia —dijo Estornino mientras Critias se calentaba las manos junto al fuego. Ella había coordinado lo que le decían sus papilas gustativas con sus cartas de navegación—. La mayor parte de Manhattan, todo el golfo…

—Espera a los demás. —Critias señaló con la cabeza hacia la oscuridad—. Están aquí.

Cora se tambaleaba hacia ellos desde el este y Albión llegaba por el oeste. La tormenta rebotaba en sus cordones. Se acercaron al cordón de Estornino y se pusieron tensos, preparándose para la desagradable entrada. Cuando el cordón de Estornino los absorbió, Cora apartó la mirada y Estornino supo que su prima no quería arriesgarse a sentir nostalgia ni lástima. No quería arriesgarse a sentir. Llevaba mil años viviendo así, sin parecer ni sentirse más vieja que una mortal de mediana edad.

—Estornino está enumerando las tierras que han caído —dijo Critias.

—No importa.

Albión se sentó. Tenía el pelo cano empapado, y su traje gris, antes tan pulcro, estaba manchado de lodo y hecho jirones.

—¿No importa un millón de muertes? —preguntó Critias—. ¿Acaso no has visto de camino aquí la destrucción que han provocado sus lágrimas? Siempre has dicho que somos los protectores del Mundo de Vigilia.

—¡Lo que importa ahora es Atlas!

Estornino apartó la vista, avergonzada por el arrebato de Albión, aunque compartía su enfado. Durante miles de años los Portadores de la Simiente habían luchado por evitar el ascenso de un enemigo con el que nunca se habían encontrado en persona. Llevaban mucho tiempo sufriendo las proyecciones de su horrible mente.

Encerrado en el reino sumergido del Mundo Dormido, Atlas y su reino no envejecían ni morían. Si la Atlántida emergía, sus habitantes volverían a la vida exactamente como eran cuando la isla se hundió. Atlas sería un hombre fornido de veinte años, en el cénit de su fuerza y juventud. El Alzamiento haría que el tiempo empezara de nuevo para él.

Sería libre para continuar con el Relleno.

Sin embargo, hasta que la Atlántida emergiera, lo único que se movía en el Mundo Dormido eran unas mentes enfermas que soñaban y conspiraban. Con el tiempo, la de Atlas había hecho muchos viajes oscuros al Mundo de Vigilia. Cada vez que una joven reunía las condiciones del lagrimaje, la mente de Atlas trabajaba para estar cerca de ella, para provocarle las lágrimas que restableciesen su reinado. Y en ese momento, él estaba dentro de Brooks, el amigo de la chica.

Los Portadores de la Simiente eran los únicos que reconocían a Atlas cada vez que poseía el cuerpo de alguien cercano a la chica del lagrimaje. Atlas nunca había tenido éxito, en parte porque los Portadores de la Simiente habían matado a treinta y seis chicas del lagrimaje antes de que Atlas les hiciera llorar. Aun así, cada una de sus visitas llevaba su extraordinaria maldad al Mundo de la Vigilia.

—Todos estamos recordando las mismas cosas oscuras —dijo Albión—. Si la mente de Altas ha sido tan destructiva dentro de otros cuerpos, librando guerras, matando a inocentes, imaginaos su mente y su cuerpo unidos, despiertos, y en nuestro mundo. Imaginaos si logra el Relleno.

—Pero, entonces —dijo Critias—, ¿dónde está? ¿A qué espera?

—No lo sé. —Albión apretó el puño sobre el fuego hasta que el olor a carne quemada le alertó de que debía retirarlo—. Todos estábamos allí. ¡La vimos llorar!

Estornino volvió a recordar aquella mañana. Cuando cayeron las lágrimas de Eureka, su pena había parecido infinita, como si no fuese a terminar nunca. Parecía como si cada lágrima derramada multiplicase por diez el daño al mundo.

—Un momento —intervino ella—. En cuanto se dieran las condiciones de la profecía, debían caer tres lágrimas.

—La chica lloraba a moco tendido. —Albión descartó aquella idea. Nadie tomaba en serio a Estornino—. No cabe duda de que derramó las tres lágrimas.

—E incluso más.

Cora alzó la vista hacia la lluvia.

Critias se rascó la barba canosa de tres días.

—¿Estamos seguros?

Se produjo una pausa y estalló un trueno. Cayeron algunas gotas a través del agujero del cordón.

—«Una lágrima para el Mundo de Vigilia fragmentar.» —Critias recitó en voz baja el verso de las *Crónicas*, transmitidas por su antepasado Leander—. Esa es la lágrima que habría comenzado la inundación.

—«La segunda para las raíces de la Tierra reventar.»

Estornino notaba como se extendía el sabor del lecho marino. Sabía que se había derramado la segunda lágrima.

Pero ¿y la tercera, la lágrima más imprescindible?

—«La tercera podrá el Mundo Dormido despertar y permitir que los antiguos reinos vuelvan a empezar» —dijeron al unísono los cuatro Portadores de la Simiente.

Esa era la lágrima que importaba. Esa era la lágrima que traería a Atlas de vuelta.

Estornino miró a los demás.

—¿Cayó la tercera lágrima a la Tierra o no?

—Algo debió de impedirlo —masculló Albión—. Su piedra de rayo, las manos…

—Ander… —lo interrumpió Critias.

Albión alzó la voz por los nervios.

—Aunque pensara cogerla, no sabría qué hacer con ella.

—Él es el que está con la muchacha ahora, no nosotros —apuntó Cora—. Si derramó la tercera lágrima y él la recogió, el chico controla su destino. Ander no sabe que el lagrimaje está ligado al ciclo lunar. No estará preparado para enfrentarse a Atlas, que no se detendrá ante nada para conseguir la tercera lágrima antes de la próxima luna llena.

—Estornino —dijo Albión bruscamente—, ¿adónde ha llevado el viento a Ander y a Eureka?

Estornino echó la lengua hacia atrás, masticó, tragó y eructó sin hacer ruido.

—Está protegida por la piedra. Apenas percibo su sabor, pero creo que Ander viaja hacia el este.

—Es obvio adónde se dirige —dijo Cora— y a quién ha ido a buscar. Aparte de nosotros cuatro, solo una persona conoce las respuestas que Ander y Eureka necesitan.

Albión contempló el fuego con el entrecejo fruncido. Cuando exhaló, la hoguera dobló su tamaño.

—Perdonadme. —Inspiró de forma comedida para controlar las llamas—. Cuando pienso en Solón… —Enseñó los dientes y contuvo algo desagradable—. Estoy bien.

Estornino llevaba muchos años sin oír el nombre del Portador de la Simiente perdido.

—Pero Solón está perdido —respondió—. Albión lo buscó y no pudo encontrarlo…

—A lo mejor Ander mira con más atención —señaló Critias.

Albión agarró a Critias por el cuello, lo levantó del suelo y lo sostuvo sobre el fuego.

—¿Crees que no he estado tratando de encontrar a Solón desde el instante en que huyó? Envejecería otro siglo a cambio de localizarlo.

Critias pataleó en el aire. Albión lo soltó. Se alisaron la ropa.

—Cálmate, Albión —dijo Cora—. No sucumbas a viejas rivalidades. Ander y Eureka tendrán que subir a por aire en algún momento, y Estornino percibirá su ubicación.

—La cuestión es —dijo Critias— si Atlas percibirá antes su ubicación. En el cuerpo de Brooks, hallará la manera de conseguir que salga.

Alrededor del cordón destellaban los relámpagos, y el agua lamía los tobillos de los Portadores de la Simiente.

—Debemos encontrar el modo de aprovecharnos. —Albión miró el fuego con furia—. Nada es tan poderoso como sus lágrimas. Ander no puede ser el que esté en posesión de ese poder. Él no es como nosotros.

—Debemos centrarnos en lo que sabemos —repuso Cora—. Sabemos que Ander le dijo a Eureka que si uno de los Portadores de la Simiente muere, todos los Portadores de la Simiente mueren.

Estornino asintió; eso era verdad.

—Sabemos que la está protegiendo de nosotros usando nuestra artemisia, que nos exterminaría a todos si uno de los nuestros la inhalara. —Cora se pasó los dedos por los labios—. Eureka no usará la artemisia. Quiere demasiado a Ander para matarlo.

—Hoy lo quiere —dijo Critias—. Dime algo más volátil que las emociones de una adolescente.

—Lo quiere. —Estornino frunció los labios—. Están enamorados. Lo percibo en el viento alrededor de esta lluvia.

—Bien —contestó Cora.

—¿Cómo puede estar bien el amor? —Estornino estaba sorprendida.

—Tienes que amar para que te rompan el corazón. El desamor provoca las lágrimas.

—En cuanto una lágrima más caiga a la Tierra, emergerá la Atlántida —dijo Estornino.

—Pero ¿y si nos hacemos con las lágrimas de Eureka antes de que Atlas la encuentre? —Cora dejó que la pregunta calara en los demás.

Una sonrisa se formó en el rostro de Albión.

—Atlas nos necesita para completar la elevación.

—Le resultaremos muy valiosos —terció Cora.

Estornino se retiró un pegote de barro de un pliegue del vestido.

—¿Estás sugiriendo que nos pongamos de parte de Atlas?

—Creo que Cora está sugiriendo que chantajeemos al Maligno.

Critias se rió.

—Llámalo como quieras —soltó Cora—. Es un plan. Le seguimos la pista a Ander, conseguimos alguna lágrima; tal vez hasta provoquemos más. Luego las utilizamos para tentar a Altas, que nos agradecerá el gran regalo de su libertad.

Un trueno sacudió la tierra y un humo negro salió por el respiradero del cordón.

—Estás loca —dijo Critias.

—Es un genio —opinó Albión.

—Tengo miedo —intervino Estornino.

—El miedo es para los perdedores. —Cora se sentó en cuclillas y avivó el fuego con una rama mojada—. ¿Cuánto queda hasta la luna llena?

—Diez noches —respondió Estornino.

—Tiempo suficiente —Albión sonrió con superioridad mirando a lo lejos— para que todo cambie con la última palabra.

2

Tierra a la vista

La superficie plateada del océano danzaba por encima de la cabeza de Eureka. Sacudió las piernas hacia ella —las ganas de pasar del agua al aire eran irresistibles—, pero se detuvo.

Aquello no era la cálida Vermilion Bay de casa. Eureka caminaba por el interior de una esfera transparente en un océano oscuro y caótico, al otro lado del mundo. La esfera y el viaje que Eureka había hecho en ella eran posibles gracias al colgante con la piedra de rayo que llevaba al cuello. Eureka había heredado la piedra de rayo cuando murió su madre, Diana, pero no había descubierto su magia hasta hacía poco: si llevaba el collar debajo del agua, a su alrededor brotaba una esfera con forma de globo.

La razón por la que la piedra de rayo había creado ese escudo a su alrededor, protegiéndola, desconcertaba a Eureka. Había hecho la única cosa que se suponía que no debía hacer. Había llorado.

Creció sabiendo que las lágrimas estaban prohibidas; era una traición a Diana, que había abofeteado a Eureka la última vez que lloró, ocho años atrás, cuando tenía nueve y sus padres se separaron.

«Nunca jamás vuelvas a llorar.»

Pero Diana no le había dicho por qué.

Entonces murió y Eureka comenzó a buscar respuestas. Descubrió que sus lágrimas no derramadas estaban relacionadas con un mundo atrapado bajo el océano. Si el Mundo Dormido emergía, destruiría el Mundo de Vigilia, su mundo, el que estaba aprendiendo a querer.

No pudo evitar lo que ocurrió a continuación. Había entrado en el jardín de atrás para ir a buscar a sus hermanos mellizos de cuatro años, William y Claire, a los que unos monstruos que se hacían llamar Portadores de la Simiente habían golpeado y amordazado. Había visto morir a la segunda mujer de su padre, Rhoda, mientras intentaba salvar a sus hijos. Había perdido a Brooks, su amigo de toda la vida, por una fuerza demasiado oscura para comprenderla.

Las lágrimas llegaron. Eureka lloró.

Fue un diluvio. Las nubes de tormenta en el cielo y el bayou, detrás de su casa, se unieron a su pena y explotaron. A todo y a todos se los había llevado un nuevo mar, bravo y salado. Milagrosamente, la protección de la piedra de rayo también había salvado las vidas de las personas que más le importaban.

Eureka las miraba ahora, mientras se movían con paso vacilante a su lado. William y Claire iban con sus pijamas de Superman a juego. Su padre, Trenton, antes un hombre apuesto, con el corazón partido, añoraba a la esposa que había caído del cielo como una gota de sangre y hueso. La amiga de Eureka, Cat, que nunca había tenido un aspecto tan espantoso. Y el chico que, con un único beso mágico, había pasado de ser el tipo del que estaba enamorada a su confidente. Ander.

El escudo de Eureka los había salvado de ahogarse, pero era Ander quien los guiaba a través del océano hacia donde les había prometido que estarían seguros. Ander era un Portador de la Simiente, pero no quería serlo. Le había dado la espalda a su familia bajo la promesa de ayudar a Eureka. Como Portador de la Simiente, su respiración invocaba al Céfiro, más poderoso que el viento más fuerte, y gracias a él habían cruzado el Atlántico a una velocidad imposible.

Eureka no tenía ni idea de cuánto había durado el viaje o hasta dónde habían llegado. A aquella profundidad, el océano era siempre oscuro y frío, y el teléfono móvil de Cat, el único que había conseguido penetrar el escudo, se había quedado sin batería hacía rato. Lo único que tenía Eureka para calcular el tiempo eran las arrugas blancas en las comisuras de la boca de Cat, los rugidos del estómago de su padre y el bailecito de Claire agachada, que indicaba que necesitaba hacer pis urgentemente.

Ander acercó el escudo a la superficie con una brazada de crol. Eureka estaba ansiosa por librarse del escudo, pero le aterrorizaba pensar en lo que encontraría al otro lado. El mundo había cambiado. Bajo el mar, se hallaban a salvo. Por encima, podían ahogarse.

Eureka permaneció inmóvil mientras Ander le retiraba un mechón de pelo de la frente.

—Casi hemos llegado —dijo.

Ya habían hablado sobre cómo llegar a tierra. Ander les había explicado que la fuerza del oleaje sería traicionera, de modo que la salida del escudo debía calcularse. Había robado un ancla especial de los Portadores de la Simiente que se agarraría a una roca y los estabilizaría, pero luego tenían que atravesar los límites del escudo.

Claire era la clave. Mientras el roce del resto se topaba con una resistencia pétrea, las manos de Claire atravesaban los bordes del escudo como las llamas de un incendio a través de la niebla. Se apoyó en los talones y empezó a girar las manos contra la superficie, como si pintara una puerta invisible con los dedos. Las muñecas entraban y salían del escudo como los fantasmas atraviesan paredes.

Sin el poder de Claire, el escudo estallaría como una burbuja en cuanto alcanzara la superficie y tocara el aire. Todos los del interior quedarían esparcidos como cenizas en el mar.

Así que en cuanto Ander encontrara una roca apropiada, Claire sería su pionera. Atravesaría el escudo con las manos y aferraría el ancla a la piedra. Hasta que los demás estuvieran en tierra, los brazos de Claire se quedarían la mitad dentro y la mitad fuera del escudo, manteniéndolo abierto para que pudieran pasar y evitar que lo rompiera el viento.

—No te preocupes, William —le dijo Claire a su hermano, que era nueve minutos mayor—. Soy mágica.

—Lo sé.

William estaba sentado con las piernas cruzadas en el regazo de Cat, sobre el suelo translúcido del escudo, arrancando las bolitas del pijama. Debajo de ellos, el mar levantaba montañas y valles de escombros. Negras hebras de algas chocaban contra el escudo como barbas enmarañadas. Las ramas de coral empujaban sus laterales.

Cat apretó los hombros de William. La amiga de Eureka era lista y atrevida. Juntas habían hecho autoestop hasta Nueva Orleans, Cat con tan solo la parte superior del bikini y unos vaqueros cortos, cantando canciones obscenas de la Marina que su padre le había enseñado. Eureka sabía que a Cat el plan con Claire no le parecía buena idea.

—Es solo una cría —dijo Cat.

—Allí. —Ander señaló una roca ancha, cubierta de percebes, a tres metros sobre sus cabezas—. Esa.

La espuma blanca chisporroteaba bajo sus grietas. La superficie de la roca se hallaba por encima del agua.

El brazo de Eureka se unió al de Ander para impulsar el escudo más arriba. El agua cambió de negra a un tono gris oscuro. Cuando estuvieron lo más cerca posible sin romper la superficie, Eureka agarró la piedra de rayo y rezó una oración a Diana para que los ayudara a salir de aquella situación sin problemas.

Aunque solo Eureka podía levantar el escudo en el que viajaban, Ander lo mantendría durante un rato. Sería el último en dejarlo.

Estudió a Eureka. Ella bajó la vista, preguntándose qué pensaría de ella. La intensidad de su mirada la había puesto nerviosa la primera vez que se topó con él en la carretera, a las afueras de New Iberia. Y la noche anterior le había confesado que llevaba años observándola, desde que ambos eran muy jóvenes. Había dejado de creer en todo lo que le habían enseñado sobre ella. Decía que la amaba.

—Cuando estemos sobre el mar —dijo—, veremos cosas terribles. Debéis prepararos.

Eureka asintió. Había notado el peso de las lágrimas cuando abandonaron sus ojos. Sabía que su inundación era más horrible que cualquier pesadilla. Ella era la responsable de lo que acechaba arriba, y pretendía redimirse. Ander abrió la mochila y sacó lo que parecía una estaca plateada de veinte centímetros con una anilla del tamaño de una alianza en la punta. Pulsó un interruptor para soltar cuatro uñas curvas de la base del palo y transformarlo en un ancla. Cuando tiró de la anilla, por la parte superior apareció una fina cadena de eslabones plateados.

Eureka tocó la extraña ancla, y se asombró ante su ligereza. Pesaba menos de doscientos gramos.

—Qué bonita...

William tocó las uñas brillantes del ancla, que estaban hendidas en los bordes como si las hubieran golpeado con un martillo; su aspecto escamoso las hacía parecer colitas de sirenas.

—Está hecha de oricalco —dijo Ander—, una sustancia antigua extraída de la Atlántida, más fuerte que cualquier material del Mundo de Vigilia. Cuando mi antepasado Leander dejó la Atlántida, se llevó cinco piezas de oricalco consigo. Mi familia las ha tenido en su poder durante milenios. —Dio unas palmaditas a la mochila y esbozó una sonrisa sexy y misteriosa—. Hasta ahora.

—¿Qué son los otros juguetes?

Claire se puso de puntillas y metió una mano en la mochila de Ander. Él la cogió en brazos y sonrió mientras volvía a cerrar la cremallera para después colocar el ancla en las manos de la niña.

—Esto es muy valioso. En cuanto el ancla se agarre a la roca, deberás sujetar la cadena con tanta fuerza como puedas.

Los eslabones de oricalco tintinearon en las manos de Claire.

—La sujetaré con fuerza.

—Claire... —Los dedos de Eureka rozaron el pelo de su hermana, pues necesitaba transmitirle que no se trataba de un juego. Pensó en qué habría dicho Diana—. Creo que eres muy valiente.

Claire sonrió.

—¿Valiente y mágica?

Eureka deseó que desaparecieran las ganas que le entraron nuevamente de echarse a llorar.

—Valiente y mágica.

Ander levantó a Claire sobre su cabeza. La niña puso los pies en sus hombros y echó un puño hacia arriba; luego el otro, tal como

Ander le había enseñado. Los dedos atravesaron el escudo de la piedra de rayo y lanzó el ancla hacia la roca. Eureka observó como subía y desaparecía. Entonces la cadena se tensó y el escudo se sacudió como una telaraña a la que hubiera alcanzado un aspersor. Pero no dejó entrar el agua, y tampoco se rompió.

Ander tiró de la cadena.

—Perfecto.

Volvió a tirar para llevar más cadena al interior del escudo y acercarlos más a la superficie. Cuando estuvieron a tan solo unos centímetros bajo el movimiento de las olas, Ander gritó:

—¡Vamos!

Eureka agarró los fríos y lisos eslabones de la cadena. Llevó la mano más allá de Claire y comenzó a trepar.

Le asombró su agilidad. La adrenalina fluía por sus brazos como un río. Al cruzar el límite del escudo, la superficie del océano se hallaba justo sobre ella. Eureka se adentró en la tormenta.

Era ensordecedora. Era todo. Era un viaje a su corazón roto. Toda la tristeza, hasta la última pizca de enfado que había sentido se manifestaba en aquella lluvia. Se le clavaba en el cuerpo como balas de mil guerras inútiles. Apretó los dientes y notó el sabor a sal.

El viento azotaba desde el este. A Eureka le resbalaron los dedos y luego se agarró a la fría cadena mientras intentaba alcanzar la roca.

—¡Aguanta, Claire! —trató de gritarle a su hermana, pero tenía la boca llena de agua salada.

Hundió la barbilla en el pecho y empujó hacia arriba y hacia delante, insistiendo con una determinación que no había sentido nunca.

—¿Eso es todo lo que puedes hacer? —gritó, balbuceando a través del dolor torrencial.

El aire olía como si hubiera sido electrocutado. Eureka no veía más allá del diluvio, pero presentía que lo único que había era inundación. ¿Cómo iba a aguantar Claire en medio de toda aquella agua embravecida? Eureka visualizó a las últimas personas que quería dispersas por el océano, donde los peces les comerían los ojos. Se le cerró la garganta y resbaló unos centímetros esenciales de la cadena. Tenía hasta el pecho fuera del agua.

De alguna manera, los dedos encontraron la parte superior de la roca y se aferraron a ella. Pensó en Brooks, su mejor amigo de toda la vida, su vecino de al lado en la infancia, el chico que la había desafiado a que fuera más interesante durante los pasados diecisiete años. ¿Dónde estaba? La última vez que lo había visto había desaparecido en el océano. Se zambulló después de que los mellizos cayeran del barco. No era él mismo. Era… Eureka no soportaba aquello en lo que se había convertido. Lo echaba de menos, echaba de menos al Brooks de antes. Casi oía su acento del bayou con el oído bueno, animándola: «Es como trepar por una pacana, Sepia».

Eureka se imaginó que la roca fría y resbaladiza era una amable rama en la penumbra. Escupió sal. Gritó y subió.

Clavó los codos en la roca. Llevó una rodilla a un lado y una mano hacia atrás para asegurarse de que la bolsa púrpura que contenía *El libro del amor* —la otra parte de la herencia que le había dejado Diana— seguía allí. Así era.

Le había hecho traducir un fragmento del libro a una anciana llamada madame Blavatsky. Madame B había actuado como si la pena de Eureka estuviera llena de esperanza y promesas. Quizá la magia fuera eso: mirar en la oscuridad y ver una luz que no se hallaba en la mayoría de las personas.

Madame Blavatsky estaba muerta, la habían asesinado los tíos y las tías de Ander, Portadores de la Simiente, pero cuando Eureka se colocó el libro bajo el codo, percibió la mística alentándola a hacer las cosas bien.

La lluvia arreciaba con tal intensidad que costaba moverse. Claire se agarraba a la cadena, manteniendo el escudo permeable para los demás. Eureka se lanzó sobre la roca.

Ante ella se extendían unas montañas, rodeadas de una niebla nacarada. Las rodillas le resbalaron por la roca al darse la vuelta y sumergió un brazo en el mar agitado. Buscaba la mano de William. Se suponía que Ander tenía que alzarlo hacia ella.

Encontró unos deditos que sujetaron su mano. Su hermano se agarraba con una energía sorprendente. Ella tiró del niño hasta que pudo cogerlo por debajo de los brazos y subirlo a la superficie. William entrecerró los ojos, intentando enfocar la mirada en la tormenta. Eureka se colocó sobre él para protegerle de la brutalidad de sus lágrimas, pues sabía que no había escapatoria.

Cat fue la siguiente. Prácticamente se arrojó del agua a los brazos de Eureka. Se deslizó por la piedra y gritó de alegría, abrazando a William, abrazando a Eureka.

—¡Aquí sigue Cat!

Subir a su padre fue como una exhumación. Se movía despacio, como si impulsarse hacia arriba requiriese una fuerza que jamás hubiera pensado poseer, aunque Eureka le había animado en la línea de meta de tres maratones y le había visto levantar en pesas sus mismos kilos en el sofocante garaje de casa.

Finalmente, Claire subió a la superficie de olas en brazos de Ander. Sostenían la cadena de oricalco. El viento azotaba sus cuerpos.

El escudo brilló con luz trémula a su alrededor, hasta que los pies de Claire abandonaron sus límites. A continuación se desintegró en la niebla y desapareció. Eureka y Cat ayudaron a Ander y a Claire a subir a la roca.

La lluvia rebotaba en la piedra de rayo, clavándose en la barbilla de Eureka. Por abajo les salpicaba el agua del océano, y por arriba, la que caía del cielo. La roca en la que estaban era estrecha y resbaladiza, y bajaba abruptamente hacia el mar, pero al menos todos habían conseguido llegar a tierra. A continuación necesitaban encontrar un refugio.

—¿Dónde estamos? —gritó William.

—Creo que esto es la luna —respondió Claire.

—En la luna no llueve —repuso William.

—Vayamos a un terreno más elevado —sugirió Ander mientras desenganchaba el ancla de la roca, apretaba el botón para que se retrajeran las uñas y la volvía a guardar en la mochila.

Señaló tierra adentro, donde se inclinaba la oscura promesa de una montaña. Cat y su padre cogieron a un mellizo cada uno. Eureka observaba las espaldas de su familia al resbalar por entre las rocas. El hecho de verles tropezar y ayudarse a levantarse, caminar hacia un refugio que ni siquiera sabían si existía, le hacía odiarse a sí misma. Ella había sido la que los había metido —como al resto del mundo— en eso.

—¿Estás seguro de que es por aquí? —le gritó a Ander, a pesar de notar que la roca a la que habían subido sobresalía por encima del mar como una pequeña península.

Las otras direcciones eran aguas bravas. Se extendían hacia el infinito, sin horizonte.

Por un momento dejó que su mirada flotara en el océano. Oyó el pitido del oído izquierdo, sordo desde el accidente de coche que había matado a Diana. Aquella era su pose de depresión: quedarse mirando al frente sin ver nada, escuchando aquel pitido aislado e interminable. Tras la muerte de Diana, Eureka había pasado meses así. Brooks era el único que la dejaba abstraerse en aquellos tristes trances, durante los cuales la pinchaba ligeramente: «Eres la actuación de un club nocturno sin el club nocturno».

Eureka se secó la lluvia de la cara. Ya no podía permitirse el lujo de la tristeza. Ander había dicho que ella podía detener la inundación. Lo haría o moriría intentándolo. Se preguntó cuánto tiempo le quedaría.

—¿Cuánto lleva lloviendo?

—Solo un día. Ayer por la mañana estábamos en el jardín de detrás de tu casa.

Apenas un día antes, no tenía ni idea de qué eran capaces sus lágrimas. Sus ojos se centraron en el océano, embravecido únicamente por un día de lluvia. Se agachó y se fijó en algo que se movía en la superficie.

Era una cabeza humana.

Eureka sabía que iba a enfrentarse a cosas terribles en el océano. Aun así, ver lo que sus lágrimas habían causado, aquella vida destruida… No estaba preparada. Pero entonces…

La cabeza se movió, de un lado al otro. Un brazo bronceado asomó sobre la superficie del agua. Alguien estaba nadando. La cabeza se volvió hacia Eureka, respiró y desapareció. Después apareció de nuevo mientras el cuerpo se movía rápido detrás, deslizándose por las olas.

Eureka reconoció el brazo, los hombros, aquella mata de pelo oscuro y mojado. Había visto nadar a Brooks hacia las olas grandes desde que eran pequeños.

La razón se esfumó y prevaleció el asombro. Eureka ahuecó las manos alrededor de su boca, pero, antes de que el nombre de Brooks escapara de sus labios, Ander se agachó a su lado.

—Tenemos que marcharnos.

Se volvió hacia él, rebosando el mismo entusiasmo desenfrenado que solía experimentar cuando cruzaba la primera la línea de meta. Señaló el agua…

Brooks había desaparecido.

—No —susurró. «Vuelve.»

Tonta. Tenía tantas ganas de ver a su amigo que su mente lo había pintado en las olas.

—Me ha parecido verlo —susurró—. Sé que es imposible, pero estaba justo ahí.

Señaló, vacilante. Sabía cómo sonaba.

Los ojos de Ander siguieron a los suyos hasta el lugar oscuro entre las olas donde había estado Brooks.

—Olvídalo, Eureka.

Cuando ella se estremeció, a Ander se le suavizó la voz.

—Deberíamos darnos prisa. Mi familia estará buscándonos.

—Hemos cruzado un océano. ¿Cómo van a encontrarnos aquí?

—Mi tía Estornino puede percibirnos en el viento. Tenemos que llegar a la cueva de Solón antes de que nos localice.

—Pero…

Buscó a su amigo en el agua.

—Brooks no está. ¿Lo entiendes?

—Entiendo que a ti te va muy bien que me olvide de él —replicó Eureka, y echó a andar hacia los contornos empapados de Cat y su familia.

Ander la alcanzó y le bloqueó el camino.

—Tu debilidad por él es un inconveniente para más personas aparte de mí. Habrá gente que muera. El mundo...

—¿Va a morir gente si echo de menos a mi mejor amigo?

Anhelaba volver atrás en el tiempo, estar en su habitación con los pies descalzos apoyados en el pilar de la cama. Quería oler el aroma a higo de la vela que encendía sobre el escritorio después de salir a correr. Quería estar escribiéndole un mensaje a Brooks sobre las extrañas manchas de la corbata del profesor de latín, poniendo énfasis en algún comentario insignificante de Maya Cayce. No se había dado cuenta de lo feliz que era antes, de lo generosa e indulgente que había sido su depresión.

—Estás enamorada de él —dijo Ander.

Eureka pasó por su lado. Brooks era su amigo. Ander no tenía motivos para estar celoso.

—Eureka...

—Has dicho que debíamos darnos prisa.

—Sé que esto es duro.

Al oír aquello, se detuvo. «Duro» era lo que solía decir la gente que no conocía a Eureka para referirse a la muerte de Diana. Le daban ganas de hacer desaparecer aquella palabra de la lengua. Duro era un examen de bioquímica. Duro era intentar guardar el secreto de un buen chisme. Duro era correr un maratón.

Dejar marchar a alguien a quien querías no era duro. No había palabras para describir cómo era, porque aunque tú no lo hubieras dejado marchar, se había ido de todos modos. Eureka bajó la cabeza y notó que las gotas de lluvia le resbalaban por la punta de su nariz. Ander jamás había sufrido una pérdida tan grande. Si la hubiera experimentado, nunca habría dicho algo así.

—No lo entiendes.

Lo dijo con la intención de justificarle, pero, en cuanto pronunció aquellas palabras, Eureka se dio cuenta de lo cruel que había sonado. Tenía la sensación de que ya no había palabras; todas eran demasiado insuficientes y crueles.

Ander se volvió hacia el agua y soltó un suspiro exasperado. Eureka vio el Céfiro salir de sus labios y chocar contra el mar, que escupió una ola enorme que se curvó por encima de la chica.

Se parecía a la ola que había matado a Diana.

Miró a Ander a los ojos y vio que la culpa los abría. Él inhaló con fuerza, como para recuperar el viento. Al darse cuenta de que no podía, se lanzó hacia ella.

Las yemas de sus dedos se tocaron por un instante. Luego la ola pasó por encima de ellos y creció hacia tierra. Arrojó a Eureka hacia atrás, apartándola de Ander en espiral hacia el embate del mar.

El agua se disparó hacia su nariz, chocó contra su cráneo y le golpeó el cuello de lado a lado. Eureka notó el sabor de la sal y la sangre. No reconoció el gemido ahogado que salió de su boca. Cayó de la ola cuando el agua salió por debajo de ella. Durante un momento anduvo por un camino hacia el cielo. No veía nada. Esperaba morir. Gritó a su familia, a Cat, a Ander.

Cuando aterrizó en la roca, lo único que le indicó que aún estaba, absurdamente, viva fue el eco de su voz entre la fría e incesante lluvia.

3

El Portador de la Simiente perdido

En la cámara central de su gruta subterránea, Solón tomó un sorbo de café turco, tan espeso como el alquitrán, y frunció el entrecejo.

—Está frío.

Su ayudante, Filiz, se dispuso a coger la taza de cerámica. La madre de la joven la había moldeado especialmente para Solón en su torno y la había cocido en su horno a dos cuevas al este. La taza tenía dos centímetros y medio de grosor, y estaba diseñada para soportar el calor en la cueva porosa de travertino en la que vivía Solón, en las garras constantes de un frío que helaba hasta los huesos.

Filiz tenía dieciséis años, los ojos del color de la cáscara del coco y el pelo ondulado, indómito, que se había teñido de un tono naranja encendido. Llevaba una camiseta ajustada, azul eléctrico, unos vaqueros negros y estrechos y una gargantilla tachonada de pinchos cortos y plateados.

—Estaba caliente cuando lo he preparado, hace una hora.

Filiz llevaba dos años trabajando para aquel ermitaño excéntrico y había aprendido a sobrellevar sus estados de ánimo.

—El fuego aún está encendido. Haré más…

—¡No importa! —Solón echó la cabeza hacia atrás para hacer bajar el café por su garganta. Tuvo una arcada melodramática y se limpió la boca con uno de sus pálidos brazos—. Tu café es solo un poco peor cuando está frío, como si lo hubieran trasladado de Alcatraz a Siberia.

Detrás de Solón, Basil se rió disimuladamente. El segundo ayudante de Solón tenía diecinueve años, era alto y moreno, con el pelo negro, lacio y brillante peinado en una cola de caballo, y un brillo pícaro en los ojos. Basil no era como los demás chicos de su comunidad. Escuchaba vieja música country en lugar de electrónica. Idolatraba al artista de grafiti Bansky y había pintado algunas de las formaciones rocosas cercanas con coloridos superhéroes distorsionados. Creía haber hecho los grafitis de forma anónima, pero Filiz sabía que él era el artista. Le gustaba alardear de su inglés utilizando proverbios, pero nunca los traducía bien. Solón había empezado a llamarle «el Poeta».

—Puedes intentar llevar el gato al agua, pero tu café sabe a caca —dijo el Poeta, riéndose de la mirada asesina de Filiz.

El Poeta y Filiz parecían mayores que su jefe, cuyo rostro pálido y esculpido era tan terso como el de un niño. Solón tenía el aspecto de un chico de quince años, pero era mucho más viejo. Tenía unos mordaces ojos azules y llevaba el pelo rubio rapado y teñido con manchas de leopardo negras y marrones. Se hallaba junto al robot plateado que yacía sobre una mesa larga de madera.

El robot se llamaba Ovidio. Medía un metro ochenta, tenía unas proporciones humanas envidiables, una cara bonita y la mirada perdida de una estatua griega. Filiz no había visto nada parecido a él y no tenía ni idea de dónde había salido. Estaba compuesto totalmente de oricalco, un metal del que ni ella ni el Poeta habían oído hablar, pero Solón insistía en que era invaluable y poco común.

Ovidio estaba roto. Solón pasaba los días intentando resucitarlo, aunque no le decía a Filiz por qué. Solón estaba lleno de secretos, a caballo entre la magia y las mentiras. Era el tipo de loco que hacía la vida interesante, y peligrosa.

En los setenta y cinco años que habían pasado desde que llegara a la remota comunidad turca, Solón rara vez había dejado aquella amplia madriguera de pasillos estrechos que llevaban a la cueva que denominaba la Nube Amarga. Tenía un taller en el piso inferior de la gruta. Desde allí, una escalera de caracol conducía a los aposentos —su salón— y luego subía otro tramo hasta una pequeña galería, que ofrecía unas vistas espectaculares. Daba a un campo de rocas con forma conoide, los techos de las cuevas de los vecinos de Solón.

La característica más mágica de la Nube Amarga era la cascada. El agua caía con fuerza unos quince metros, abarcando dos pisos elevados que incluían la pared del fondo de la cueva. Su agua salada era blanca como una paloma y siempre provocaba un gran estruendo, un sonido que Filiz oía incluso después de salir de trabajar. En la cima de la cascada, una orquídea fucsia se aferraba peligrosamente a la cumbre pedregosa, temblando contra la corriente. Y en la base de la cascada, una charca azul oscuro bordeaba el taller de Solón. El Poeta le había dicho a Filiz que un largo canal conectaba la charca con el océano a cientos de kilómetros de distancia. Filiz deseaba darse un baño en la charca, pero sabía muy bien que tenía que pedir permiso. Había muchas cosas prohibidas dentro de la Nube Amarga.

De unos pequeños huecos en el salón colgaban unas alfombras turcas que separaban dos dormitorios de la cocina. Las velas titilaban en candelabros que construían montañas de estalagmitas pegajosas con la cera que derramaban. Numerosos cráneos revestían las paredes y describían intrincados diseños en zigzag. Solón había colocado con cuidado cada uno de los cráneos en su Galería de las Sonrisas, eligiéndolos por el tamaño, la forma, el color y la personalidad que imaginaba.

Solón también era el autor de un inmenso mosaico en el suelo que representaba la muerte y el amor. La mayoría de las noches, después de volver a perder la esperanza en Ovidio, examinaba concienzudamente un montón de piedras irregulares en busca del tono adecuado de azul translúcido para el velo nupcial de Cupido o el rojo apropiado para los colmillos sangrantes de la Muerte.

Filiz se había especializado en encontrar esas piedras de color rojizo a orillas de los arroyos de la zona. Cada vez que le llevaba una piedra aceptable a Solón, este le permitía pasear unos instantes por la sala de mariposas detrás de su dormitorio. Un manantial de agua caliente borboteaba en ella, de modo que la estancia era una sauna natural. Millones de especies de insectos alados pululaban por la húmeda cámara y hacían que Filiz se sintiera como si estuviese dentro de un cuadro de Jackson Pollock.

—¿Sabéis dónde tienen café de verdad? —preguntó Solón mientras rebuscaba en una abollada caja de herramientas metálica.

—En Alemania —respondieron Filiz y el Poeta, y pusieron los ojos en blanco.

Solón lo comparaba todo con Alemania. Allí había sido viejo y había estado enamorado.

A Solón, como a todos los Portadores de la Simiente, le perseguía una antigua maldición: el amor consumía su vida, le hacía envejecer deprisa. El hecho de saberlo no le había impedido hacía setenta y seis años enamorarse desesperadamente de una chica alemana bellísima llamada Byblis. Nada podía haberlo evitado, le había dicho Solón a Filiz muchas veces; era su destino. Había envejecido diez años al inclinarse para darle el primer beso.

Byblis era una chica del lagrimaje y había muerto por eso. Su muerte había revertido a Solón tan rápidamente como su amor le había hecho envejecer. Sin Byblis, regresó a la eterna niñez al aislar sus emociones por completo, más que cualquier otro Portador de la Simiente. Filiz le había visto admirando su reflejo en la charca al fondo de la gruta. La belleza juvenil irradiaba del rostro de Solón, pero salía de los poros, sin sugerir un alma.

Solón introdujo la mano en el cráneo de Ovidio y palpó las protuberancias del cerebro de oricalco del robot.

—No recuerdo haber cambiado estos dos circuitos de aquí...

—Lo intentaste la semana pasada —le recordó el Poeta—. Los genios pensamos igual.

—No, te equivocas. —Solón tensó unos alicates entre sus dientes—. Esos eran unos cables diferentes —dijo, y los cambió.

La cabeza del robot salió disparada de los hombros hacia la oscuridad del otro lado de la habitación. Por un momento Solón y sus ayudantes escucharon como una estalactita goteaba agua en los ojos del robot, siempre abiertos.

Entonces sonó el timbre de campanas de viento. Las poleas planas y los dientes triangulares que las conectaban se sacudían hacia delante y hacia atrás por el techo de la cueva.

—No las dejes volver aquí —ordenó Solón—. Averigua qué quieren y envíalas muy lejos.

Filiz no logró llegar a la puerta. Oyó el zumbido revelador y luego la palabrota de Solón. Las brujas chismosas habían entrado.

Ese día eran tres: una parecía tener unos sesenta años, la siguiente, cien; y la tercera, no más de diecisiete. Vestían caftanes largos, hasta el suelo, con pétalos de orquídea color amatista que crujían mientras bajaban en fila la escalera de caracol de Solón. Llevaban los labios y los párpados pintados a juego con sus vestidos. Tenían las orejas perforadas desde el lóbulo hasta la punta por un montón de finos aros de plata. Iban descalzas y tenían los dedos de los pies largos y bonitos. Las lenguas eran sutilmente bífidas. Una nube de abejas pululaba por encima de los hombros de cada bruja, rodeando continuamente sus cabezas… cuya parte posterior nadie veía jamás.

En las montañas alrededor de la cueva de Solón vivían dos docenas de brujas chismosas. Viajaban en múltiplos de tres. Siempre entraban en una habitación avanzando en una sola fila, pero, por algún motivo, se marchaban volando hacia atrás. Cada una de ellas poseía una belleza cautivadora, pero la más joven era excepcional. Se llamaba Esme, aunque solo a otra bruja chismosa se le permitía llamar a una bruja chismosa por su nombre. Llevaba un cristal reluciente con forma de lágrima en una cadena colgada al cuello.

Esme sonrió seductoramente.

—Espero no haber interrumpido nada importante.

Solón observó como la luz de las velas se reflejaba en el colgante de la bruja joven. El hombre era más alto que la mayoría de las brujas chismosas, pero Esme le sacaba varios centímetros.

—Ayer os di tres caballitos del diablo. Eso me da al menos un día sin vuestro acoso.

Las brujas intercambiaron miradas, levantando sus cejas esculpidas mientras las abejas pululaban en círculos.

—Hoy no hemos venido a recoger nada —respondió la más anciana, cuyas arrugas eran fascinantes, hermosas, como una duna de arena a la que un viento fuerte hubiera dado forma.

—Traemos noticias —anunció Esme—. La chica llegará dentro de poco.

—Pero si ni siquiera está lloviendo…

—¿Qué sabrá un pedorro como tú? —le espetó la bruja de en medio.

El agua del mar salió disparada de la charca de la cascada y empapó al Poeta, pero rebotó en la piel del Portador de la Simiente.

—¿Cuánto tiempo tardarás en prepararla? —preguntó Esme.

—No la conozco. —Solón se encogió de hombros—. Aunque no sea tan tonta como sospecho, estas cosas llevan su tiempo.

—Solón. —Esme toqueteó el amuleto de su collar—. Queremos irnos a casa.

—Eso está clarísimo —replicó Solón—, pero el viaje al Mundo Dormido no es posible en este momento. —Hizo una pausa—. ¿Sabéis cuántas lágrimas se han derramado?

—Sabemos que Atlas y el Relleno están cerca.

La lengua bífida de Esme silbó.

¿Qué era el Relleno? Filiz vio a Solón estremecerse.

—Cuando vidriamos tu casa, nos prometiste que nos lo compensarías generosamente —le recordó a Solón la bruja más vieja—. Todos estos años te hemos mantenido oculto a los ojos de tu familia…

—¡Y os pago por esa protección! Ayer mismo fueron tres caballitos del diablo.

Filiz había oído a Solón refunfuñar por estar en deuda con aquellas bestias. No soportaba acceder a sus incesantes peticiones de criaturas aladas que obtenía de la sala de mariposas. Pero no le quedaba más remedio. El vidriado de las brujas hacía que el aire alrededor de la cueva de Solón resultara imperceptible a los sentidos. Sin él, los demás Portadores de la Simiente detectarían su ubicación en el viento. Perseguirían al hermano que los había traicionado al enamorarse de una joven del lagrimaje.

¿Qué hacían las brujas con los aleteantes caballitos del diablo y las libélulas, con las majestuosas mariposas monarcas y las esporádicas morfo azules que Solón les ofrecía en pequeños tarros de cristal? A juzgar por los ojos ansiosos de las brujas chismosas cuando le arrebataban los tarros de las manos y se los metían en los largos bolsillos de sus caftanes, Filiz se imaginaba que se trataba de algo terrible.

—Solón. —Esme tenía una manera de hablar que parecía estar a una galaxia de distancia pero a la vez dentro del cerebro de Filiz—. No esperaremos eternamente.

—¿Creéis que estas visitas aceleran el proceso? Dejadme trabajar.

Por instinto, todos miraron el patético espectáculo que presentaba Ovidio sin cabeza, con los cables saliéndole del cuello.

—No queda mucho tiempo ya, Solón —susurró Esme, sacando algo del bolsillo de su caftán. Dejó un jarro pequeño en el suelo—. Te hemos traído un poco de miel, cariño. Adiós.

Las brujas sonrieron con complicidad mientras arqueaban los brazos por detrás de la cabeza, alzaban los pies del suelo y volaban hacia atrás, subiendo por la cascada y saliendo de la cueva húmeda y oscura.

—¿Las crees? —preguntó Filiz a Solón mientras el Poeta y ella dejaban la cabeza del robot junto al cuerpo—. ¿Que la chica está en camino? Conociste a la última joven del lagrimaje. Nosotros solo hemos oído historias, pero tú...

—No mencionéis jamás a Byblis —dijo Solón y se dio la vuelta.

—Solón —insistió Filiz—, ¿crees a las brujas?

—Yo no creo nada.

Solón se dispuso a colocar la cabeza de Ovidio en su sitio.

Filiz suspiró y observó a Solón fingir que olvidaba su existencia. Luego ella subió las escaleras hacia la entrada de la cueva. De camino al trabajo, el cielo se había teñido de un extraño tono plateado que le recordó a un potro salvaje que solía ver con frecuencia en las montañas. El aire era fresco y la había hecho caminar deprisa, frotándose los brazos. Se había sentido nerviosa y sola.

En ese momento, mientras salía de la cueva, una gran sombra cayó sobre ella. Una inmensa nube de tormenta dominaba el cielo, como un huevo negro gigantesco a punto de romperse. Filiz notó que se le empezaba a encrespar el pelo, y entonces...

Una gota le cayó en el dorso de la mano. La estudió. La saboreó. Salada.

Era cierto. Durante toda su vida, los mayores le habían advertido sobre ese día. Sus antepasados habían vivido en esas montañas desde que las grandes riadas habían retrocedido, hacía milenios. Su pueblo tenía un recuerdo turbio de la Atlántida y un miedo muy arraigado de que llegara algún día otra inundación. ¿Iba a suceder de verdad en aquel momento, antes de que Filiz hubiera subido a la Torre Eiffel, hubiera aprendido a conducir un coche o encontrado algo parecido al amor?

Su zapato destrozó su reflejo en un charco y deseó estar destrozando a la chica que había provocado aquella lluvia.

—¿Qué te pasa, pelocrespo?

La voz de la bruja de en medio era inconfundible. Su lengua bífida se movió mientras las brujas chismosas flotaban en el aire por encima de Filiz.

Filiz nunca había comprendido cómo volaban unas brujas sin alas. Las tres se mantenían inmóviles en medio de la lluvia, con los brazos en los costados, obviamente sin ningún esfuerzo por mantenerse en el aire. Filiz vio que unas gotitas de agua salada se posaban como diamantes sobre los cabellos negros y brillantes de Esme.

Filiz se pasó la mano por su propio pelo y al instante se arrepintió. No quería que las brujas pensaran que se preocupaba por su aspecto.

—Esta lluvia nos matará, ¿no? Envenenará nuestros pozos, destruirá las cosechas...

—¿Cómo vamos a saberlo nosotras, niña? —exclamó la más vieja.

—¿Qué beberemos? —preguntó Filiz—. ¿Es cierto lo que dicen sobre que tenéis una fuente infinita de agua fresca? He oído que la llaman...

—Nuestro Brillo no es para beber y, sobre todo, no es para ti —respondió Esme.

—Las lágrimas de la chica, ¿son tan poderosas como dicen? —quiso saber Filiz—. Y... ¿a qué os referíais cuando habéis mencionado a Atlas y el Relleno?

Los bonitos y brillantes caftanes de las brujas contrastaban con la nube gigantesca que se había formado encima de ellas. Se miraron las unas a las otras con los ojos perfilados de amatista.

—Piensa que lo sabemos todo —dijo la más anciana—. Me pregunto por qué…

—Porque —contestó Filiz, nerviosa— sois profetas.

—Es tarea de Solón prepararla —continuó la mayor—. Llévale a él tu miedo de mortalidad. Si no puede preparar a la chica, tu jefe nos deberá su cueva, sus posesiones, toda esas maripositas preciosas…

—Solón nos deberá su vida. —Los ojos de Esme se oscurecieron y con una voz repentinamente aterradora añadió—: Nos deberá incluso su muerte.

La risa de las brujas retumbó en las montañas mientras flotaban hacia atrás y desaparecían en la lluvia, cada vez más intensa.

4

Sangre nueva

La lluvia clavaba a Eureka al precipicio. Había caído sobre la muñeca que se había roto en el accidente que mató a Diana. Ya se le estaba hinchando. El dolor le resultaba familiar; sabía que se la había vuelto a romper. Se esforzó por ponerse de rodillas mientras los restos de la ola se retiraban por encima de ella.

Una sombra cruzó su cuerpo. La lluvia pareció amainar.

Ander estaba sobre ella. Con una de las manos le agarró la cabeza por detrás y con la otra le acarició la mejilla. Su calor dificultaba a Eureka recuperar el aliento. El pecho de él rozó el de ella. Notó los latidos de su corazón. El chico tenía unos ojos tan azules que ella se imaginó que arrojaban luz turquesa sobre su piel, haciéndola parecer un tesoro sumergido. Sus labios apenas los separaban unos centímetros.

—¿Estás herida?

—Sí —susurró—, pero eso no es nada nuevo.

Con el cuerpo de Ander contra el suyo, la lluvia no caía sobre Eureka. Las pesadas gotas de agua se reunían en el aire por encima de ellos, y se dio cuenta de que su cordón la estaba cubriendo. Alzó la mano y lo tocó. Era suave, ligero y un poco esponjoso. Tenía un toque de sí pero no, como el aroma del jazmín nocturno al doblar una esquina en primavera. Las gotas resbalaban por los laterales del cordón. Eureka miró a los ojos de Ander y escuchó la lluvia, que caía en todas partes menos sobre ellos. Ander era el refugio; ella era la tormenta.

—¿Dónde están los demás? —preguntó.

Unas imágenes de los mellizos arrastrados por el mar inundaron la mente de Eureka. Se puso en pie de un salto y salió del cordón de Ander. La lluvia le chorreaba por la cara y le goteaba de las mangas a los zapatos.

—¡Papá! —llamó—. ¡Cat!

No los veía. El cielo parecía el fondo de un estanque cada vez más profundo.

El momento en el que Eureka se había refugiado en los brazos de Ander había sido exquisito, pero aquello la asustaba. No podía permitir que el deseo la distrajera del trabajo que tenía que llevar a cabo.

—¡Eureka! —La voz de William sonó muy lejos.

Fue enseguida hacia ella. La ola había inundado la última parte del camino desde la roca hasta la tierra, por lo que Eureka tuvo que saltar otra vez al agua y caminar tres metros contracorriente para alcanzar la orilla. Ander iba a su lado. El agua les llegaba hasta las costillas, no le alcanzaba la piedra de rayo. Se dieron la mano bajo el agua y se agarraron con fuerza hasta que se ayudaron el uno al otro a salir.

Unas curiosas pendientes de piedra gris clara se extendían ante Eureka. A lo lejos, rocas más altas formaban una extraña silueta de conos estrechos, como si Dios hubiera lanzado gigantescas oleadas de piedra sobre el torno de un alfarero. Entre las rocas se produjo un estallido de azul: William, con su pijama de Superman empapado, la saludaba con el brazo.

Eureka salvó la distancia entre ambos. William se metió el pulgar en la boca. Tenía la frente y las manos manchadas de sangre. Lo agarró por los hombros, examinó su cuerpo en busca de heridas y luego lo sostuvo contra su pecho.

El niño apoyó la cabeza en su hombro y le enganchó el índice en la clavícula, como hacía siempre.

—Papá se ha hecho daño —dijo William.

Eureka echó un vistazo a las rocas mientras el agua helada le subía hasta los tobillos.

—¿Dónde está?

William señaló un peñasco que se alzaba en medio de un charco. Con su hermano en brazos y Ander a su lado, Eureka rodeó la roca. Vio la parte de atrás de los vaqueros negros de Cat y su jersey de ganchillo. Los zapatos de charol, con tacón de aguja, que había comprado con el dinero que había ahorrado durante seis meses cuidando a niños, estaban clavados en el barro. Eureka se agachó.

—¿Qué ha pasado? —preguntó.

Cat se dio la vuelta. El lodo le cubría el rostro y la ropa. La lluvia goteaba por sus trenzas deshechas.

—Estás bien —musitó y después se apartó para revelar dos cuerpos detrás de ella—. Tu padre…

Su padre estaba tumbado de lado en la base del peñasco. Sostenía a Claire tan cerca de él que parecían una sola persona. Él tenía los ojos cerrados con fuerza y la niña abría los suyos de par en par.

—Estaba intentando protegerla —dijo Cat.

Eureka echó a correr hacia ellos y su mente retrocedió a las miles de veces que su padre la había protegido a ella: en su viejo Lincoln azul, echaba el brazo derecho hacia el cuerpo de Eureka en el asiento del pasajero cada vez que frenaba bruscamente. Caminando por los campos de algodón de New Iberia, la protegía con el hombro de la estela polvorienta de un tractor. Cuando bajaron el ataúd vacío de Diana al suelo y Eureka quiso seguirlo, su padre había temblado por el esfuerzo de retenerla.

Con cuidado, despegó el brazo de Claire.

—La ola los atrapó, los lanzó contra la roca y…

Cat tragó saliva, no podía continuar.

Claire se escurrió para soltarse, luego cambió de opinión e intentó volver gateando a los brazos de su padre. Cuando Cat la cogió, la niña agitó los puños y se quejó:

—¡Echo de menos a Squat!

Squat era su labradoodle. Los mellizos casi siempre lo utilizaban como puf. Una vez nadó contracorriente por el bayou para alcanzar a Eureka y a Brooks, que iban en canoa. Cuando llegó a la orilla y se sacudió, el pelo se le quedó de un tono claro de chocolate con leche. Solo Dios sabía qué había sido de él en la tormenta. Eureka se sentía culpable porque Squat no se le había pasado por la cabeza desde que había empezado el diluvio. Estudió a Claire, el miedo en estado puro que reflejaban sus ojos, e identificó enseguida lo que su hermana no se atrevía a decir: echaba de menos a su madre.

—Lo sé —dijo Eureka.

Comprobó el pulso de su padre; todavía le latía el corazón, pero tenía las manos blancas como la nieve. Un morado le oscurecía el lado izquierdo de la cara. Ignorando el dolor punzante de la muñeca, Eureka pasó la mano por la frente de su padre. El cardenal se extendía detrás de la oreja, por el cuello, hasta el hombro izquierdo, donde tenía un corte profundo. Olió la sangre. Se acumulaba en las grietas arenosas entre los surcos de las rocas y fluía como un río desde su origen. Se acercó aún más y vio el hueso del omóplato, el tejido rosado cerca de la columna vertebral.

Cerró los ojos un instante y recordó las dos ocasiones en las que se había despertado en un hospital, una vez después del accidente de coche que se había llevado a Diana de su lado y la otra después de tragarse aquellas estúpidas pastillas porque la vida sin su madre era imposible. Su padre había estado allí las dos veces. Sus ojos azules habían llorado cuando ella abrió los suyos. No había nada que pudiera hacer para impedir que él la quisiera.

Un verano, en Kisatchie, dieron un largo paseo en bicicleta. Eureka se había adelantado, contenta de alejarse de la vista de su padre, hasta que derrapó al doblar una curva. A los ocho años el dolor de las rodillas y los codos pelados había sido cegador, y cuando se le aclaró la vista, su padre estaba allí, retirando las piedrecitas de sus heridas y usando su camiseta como compresa para restañar la sangre.

Eureka se desabrochó la camisa mojada y se quedó con la camiseta de tirantes que llevaba debajo para envolver la tela lo más fuerte posible alrededor del hombro de su padre.

—¿Papá? ¿Me oyes?

—¿Va a morirse papi como mami? —preguntó Claire llorando, lo que hizo llorar a William.

Cat limpió la sangre de la cara del niño con su chaqueta de punto y le lanzó a Eureka una mirada desconcertada de «qué coño hacemos». Eureka se sintió aliviada al ver que William no estaba herido físicamente; de su piel no salía sangre.

—Papá se va a poner bien —dijo Eureka a sus hermanos, a su padre y a sí misma.

Su padre no se movía. Había demasiada sangre en el intento de torniquete de Eureka y, aunque la lluvia la limpiara, seguía saliendo.

—Eureka —dijo Ander detrás de ella—, estaba enfadado y mi Céfiro...

—No es culpa tuya —lo interrumpió. Para empezar, ninguno de ellos habría estado allí si Eureka no hubiera llorado. Su padre estaría en casa, rebozando quimbombó sobre las placas de inducción salpicadas de aceite, cantando *Ain't No Sunshine* a Rhoda, que no habría muerto—. Es culpa mía.

Recordó algo que le había dicho uno de sus terapeutas sobre la culpa, que no importaba de quién fuera la culpa de algo después de que ese algo hubiera ocurrido. Lo que importaba era cómo reaccionabas, cómo te recuperabas. Eureka tenía que concentrarse en la recuperación: la de su padre, la del mundo... La de Brooks también. Pero no sabía cómo se recuperaría ninguno de ellos de una herida tan profunda.

La añoranza de Brooks cayó sobre ella como una repentina tormenta. Él siempre sabía qué decir, qué hacer. Eureka todavía se esforzaba por aceptar que el cuerpo de su viejo amigo estuviera poseído por un mal antiguo. ¿Dónde estaba Brooks en ese momento? ¿Tenía tanta sed, tanto frío y tanto miedo como Eureka? ¿Se podía albergar ese tipo de sentimientos por alguien unido a un monstruo?

Debería haber reconocido antes el cambio que se había producido en él. Debería haber encontrado la manera de ayudarle. Quizá entonces no habría llorado, porque cuando tenía el apoyo de Brooks, Eureka podía superar las cosas. Quizá nada de aquello habría pasado. Pero todo había pasado.

Su padre respiraba superficialmente, con los ojos aún cerrados con fuerza. Durante unos segundos pareció descansar mejor, como si el dolor menguara, pero después la angustia volvió a su cara.

—¡Ayuda! —gritó Eureka, que echaba de menos a Diana mucho más de lo que podía soportar. Su madre le diría que buscara la salida de la madriguera—. ¿Cómo vamos a encontrar ayuda? Un médico. Un hospital. Siempre lleva la tarjeta del seguro en la cartera, en el bolsillo...

—Eureka.

El tono de Ander le decía, por supuesto, que no habría ayuda, que su llanto se la había llevado.

Cat se estremeció.

—Mi despertador va a sonar de un momento a otro. Y cuando nos encontremos en tu taquilla antes de latín y te cuente esta locura de sueño, pienso adornarlo para que esta parte sea mucho más divertida.

Eureka escudriñó las áridas montañas.

—Vamos a tener que separarnos. Alguien tiene que quedarse aquí con mi padre y los mellizos mientras los otros dos vamos en busca de ayuda.

—¿Adónde? ¿Alguien sabe de dónde estamos? —preguntó Cat.

—Estamos en la luna —contestó Claire.

—Tenemos que encontrar a Solón —dijo Ander—. Él sabrá qué hacer.

—¿Estamos cerca? —quiso saber Eureka.

—He intentado dirigirnos hacia una ciudad llamada Kusadasi, en la costa oeste de Turquía. Pero esto no se parece a ninguna de las fotografías que encontré. La costa es...

—¿Qué? —preguntó Eureka.

Ander apartó la mirada.

—Ahora es diferente.

—¿Quieres decir que la ciudad a la que intentabas llevarnos ahora está bajo el agua? —sugirió Eureka.

—¿Alguna vez has visto a ese tal Solón? —preguntó Cat, que merodeaba por el entorno recogiendo algas que agrupaba debajo de un brazo.

—No —respondió Ander—, pero...

—¿Y si es tan horrible como el resto de tu familia?

—No es como ellos —replicó Ander—. No puede ser como ellos.

—Pero nunca lo sabremos —dijo Cat—, porque no tenemos ni idea de dónde encontrarlo.

—Creo que puedo hacerlo.

Ander se pasó rápidamente los dedos por el pelo, algo que solía hacer cuando estaba nervioso.

Cat se secó la lluvia de las mejillas y se sentó con su montón de algas en el regazo. Las anudó de tal manera que casi parecían una manta. Para el padre. Eureka se sintió como una tonta por no haber pensado lo mismo.

—¿Cree que puede hacerlo? —masculló Cat a la manta.

Ander bajó la vista hacia Cat.

—¿Tienes la menor idea de cómo es rechazar todo lo que te han enseñado a creer? Lo único auténtico en mi mundo es lo que siento por Eureka.

—Si no vuelvo a ver a mi familia... —dijo Cat.

—Eso no va a suceder. —Eureka intentó mediar—. ¿Quién viene conmigo a buscar ayuda?

Cat se quedó mirando las algas. Eureka advirtió que estaba llorando.

La herida de su padre era grave, pero al menos estaba allí con Eureka y los mellizos. Cat ni siquiera sabía dónde estaba el suyo. Las lágrimas de Eureka habían disuelto a la familia de Cat. No tenía ni idea de qué había sido de ellos. Eureka era lo único que le quedaba.

—Cat…

Eureka tendió la mano hacia su amiga.

—¿Sabes lo último que le dije a Barney? —preguntó Cat—. Le dije que se comiera dos zurullos y se muriera. No pueden ser las últimas palabras que le diga a mi hermano. —Ahuecó las manos y se las llevó a la cara—. Se suponía que mi madre y yo íbamos a ir a aquella clase de ópera en la que te enseñaban a cantar en falsete. Mi padre me prometió llevarme al altar haciendo la rueda… —Miró fijamente al padre de Eureka, semiinconsciente en el lodo, y le pareció ver a su propio padre—. Tienes que arreglar esto, Eureka. Y no como cuando pegaste el retrovisor de tu madre con cinta adhesiva. Me refiero a arreglarlo de verdad, todo.

—Lo sé —dijo Eureka—. Encontraré ayuda. Llamarás a tu familia. Le dirás a Barney lo que ya sabe, que le quieres.

—Sí. —Cat se sorbió la nariz—. Me quedaré aquí. Id vosotros dos.

Tapó al padre con la manta de algas y luego se sentó con expresión triste en una roca. Atrajo a los mellizos a su regazo y trató de cubrirles la cabeza con su chaqueta de punto. Y eso que era de las que no iba de camping si cabía la más mínima posibilidad de que lloviznara.

—Deja que te ayude.

Eureka intentó estirar la chaqueta sobre los mellizos y su amiga. Notó una vaharada de calor detrás de ella y se dio la vuelta.

Bajo el recodo de una roca que se extendía desde el peñasco, Ander había encendido una pequeña hoguera usando restos de madera. Ardía a los pies de su padre, casi completamente resguardada de la lluvia.

—¿Cómo has hecho eso? —preguntó ella.

—No hace falta más que un par de soplos para secar la madera. El resto ha sido fácil. —Levantó una esquina de la manta de algas para revelar un montón de ramitas secas y unas astillas más grandes—. Por si necesitas más combustible antes de que volvamos —le dijo a Cat.

—Deberías quedarte con mi padre —le dijo Eureka a Ander—. Tu cordón podría protegerle…

Él apartó la vista.

—Mi familia puede crear cordones más grandes que un campo de fútbol, pero yo ni siquiera puedo proteger a una persona que esté a mi lado.

—Pero antes, en tus brazos después de la ola… —dijo Eureka.

—Eso ha pasado sin que lo intentara, pero cuando lo intento… —Sacudió la cabeza—. Todavía estoy aprendiendo a conocer mi fuerza. Dicen que será cada vez más fácil. —Miró por encima del hombro, como si se acordara de su familia—. Deberíamos darnos prisa.

—Ni siquiera sabes dónde estamos ni conoces el camino…

—Conozco dos cosas —dijo Ander—: al viento y a ti. El viento es lo que nos ha hecho cruzar el océano y tú eres el motivo por el que lo hemos cruzado. Pero solo podré ayudarte si confías en mí.

Eureka recordó el día en que lo había encontrado corriendo por el bosque bajo aquella lluvia inofensiva. Se había atrevido a mojar su piedra de rayo. Ella se había reído, porque lo encontraba absurdo. Cualquier cosa podía mojarse.

«Si resulta que tengo razón —había dicho—, ¿prometerás confiar en mí?»

A Eureka le gustaba confiar en él. Era un placer físico confiar en él, tocarle las yemas de los dedos y pronunciar aquellas palabras en voz alta: «Confío en ti».

Miró a su espalda y vio un rayo que alcanzaba una ola a lo lejos. Se preguntó qué ocurriría en ese punto de impacto. Se dio la vuelta, observó las montañas y se preguntó qué habría al otro lado.

Sujetó con más fuerza la bolsa de mano púrpura bajo el brazo. A dondequiera que fuese, *El libro del amor* iba con ella. Se inclinó para dar un beso a su padre. Este tensó los párpados, pero no los abrió. Eureka abrazó a los mellizos.

—Quedaos aquí con Cat. Cuidad a papá. No tardaremos mucho.

Miró a Cat a los ojos. Se sentía fatal por marcharse.

—¿Qué? —preguntó Cat.

—Si no hubiera estado tan enfadada ni deprimida —dijo Eureka—, si hubiera sido una de esas personas felices del pasillo, ¿crees que mis lágrimas habrían hecho esto?

—Si hubieras sido una de esas personas felices del pasillo —contestó Cat—, no serías tú. Te necesito tal como eres. Tu padre te necesita tal como eres. Si Ander tiene razón y eres la única que puede detener este diluvio, el mundo entero te necesita tal como eres.

Eureka tragó saliva.

—Gracias.

Cat señaló con la cabeza hacia la pendiente pedregosa.

—Así que vete con tu lado oscuro.

La mano de Ander encontró el camino hasta la de Eureka. Ella se la apretó y echaron a andar tierra adentro, con la esperanza de que Cat estuviera bien y preguntándose cuánto quedaba del mundo que debían salvar.

5

Ultracongelación

Eureka y Ander siguieron un arroyo crecido por un valle, hacia un mundo de piedra blanca y suave. Cruzaron un bosque de conos rocosos flanqueados por mesetas. Iban de la mano entre los cactus que bordeaban el arroyo, erectos y con pinchos de varios centímetros de largo, lo bastante puntiagudos para rasgar la piel.

A Eureka le preocupaba que los cactus no aguantaran la sal de la lluvia. Se imaginó sus plantas favoritas: las orquídeas de Hawái, los olivares de Grecia, los naranjos de Cayo Hueso, las aves del paraíso en California y los reconfortantes laberintos de las ramas de los robles perennes en su bayou natal…; todas resecas, desintegrándose en sal. Entrecerró los ojos, de forma que los pinchos de los cactus parecían más largos, más gruesos, más afilados, y se los imaginó defendiéndose.

Sus zapatillas de correr, cubiertas de barro, le recordaron las fotos que sus compañeras de equipo solían colgar en internet después del entrenamiento de campo a través cuando había tormenta. Manchas grises y marrones que llevaban con orgullo. Se preguntó si en el futuro alguien volvería a disfrutar corriendo en un día lluvioso. ¿Le había arrebatado a la lluvia su belleza?

Doblaron una esquina desde donde se veía la bahía azul acero abajo. Localizaron la roca en la que habían tomado tierra y el peñasco triangular tras el cual Cat y su familia permanecían acurrucados delante de la hoguera de Ander, esperando. El peñasco parecía diminuto. Habían caminado más de lo que Eureka creía. Le ponía nerviosa estar tan lejos.

Miró más allá del peñasco, al océano que se extendía a su alrededor bajo una luz turbia. Lentamente, una geometría más regular iba emergiendo. Unas formas creadas por el hombre se hundían en el diluvio. Tejados. Los fantasmas de una ciudad arrasada.

Se imaginó a las personas bajo esos tejados, ahogadas en su dolor. Había flotado por debajo de aquella devastación, dentro del escudo de la piedra de rayo, pero en ese momento Eureka lo veía. No sabía qué hacer. Quería desintegrarse en la lluvia. Quería arreglarlo todo en ese preciso instante.

—Sabes que vas a hacer que la situación mejore —dijo Ander.

Eureka intentó dejar que su apoyo la fortaleciera, como un contrafuerte en una catedral, pero se preguntaba de dónde sacaba Ander su fe en ella. Parecía creer de verdad que podía arreglar las cosas, pero ¿era simplemente porque le gustaba o había algo más? Continuaba afirmando que Solón respondería todas sus preguntas..., si lo encontraban.

El camino se dividió en dos senderos. Un instinto que no podía explicar le decía que cogiesen el de la izquierda.

—¿Por dónde? —le preguntó a Ander.

Él giró a la derecha.

—Iremos al este. O... ¿al norte? Tenemos que subir a las montañas para ver mejor dónde estamos.

Ander parecía muy seguro de sí mismo hacía un instante, cuando creía en ella.

—¿Tienes un mapa? —inquirió.

El chico dejó de caminar y se volvió hacia Eureka con unos ojos tan tristes que ella le dio la mano. Se maravilló por lo bien que encajaba en la de ella, como ninguna otra. Él bajó la mirada y le acarició las yemas de los dedos.

—Ya veo —dijo Eureka—. No hay mapa.

—El mapa está en mi cabeza, trazado con líneas murmuradas por mis tías y mis tíos cuando era muy pequeño. No sé por qué memoricé sus palabras, quizá porque la conversación sobre un Portador de la Simiente perdido sonaba extraña y romántica, y en mi vida había muy poca emoción.

Eureka dejó caer la mano. Se imaginó la reacción de Cat al enterarse de que Ander les había llevado a la otra punta del mundo basándose en un mapa imaginario. No quería culpar a Ander. Se encontraban allí. Tenían que apoyarse el uno en el otro. Pero no podía evitar pensar en la manera en que Brooks, pese a que no sabía leer un mapa ni con una pistola apuntándole a la cabeza, siempre terminaba en el lugar correcto. Antes, en su imaginación, se había abierto camino con los brazos en el agua oscura. ¿A qué costa había llegado cuando Eureka parpadeó y lo hizo desaparecer?

Ander eligió el sendero empinado de la derecha.

—Solón hizo planes antes de escapar. Se dirigió a una cueva en el oeste de Turquía que llamó la Nube Amarga.

El camino se ensanchó. Eureka comenzó a correr. Sentía un dolor punzante en la muñeca con el impacto de sus zapatillas contra la tierra, pero el hecho de correr le otorgaba un aire familiar a aquel paisaje extraño. Su cuerpo encontró un mecanismo que entendía.

Ander seguía el ritmo. La miró, y llegaron a un acuerdo al instante. Comenzaron a correr más rápido. Eureka movía las piernas arriba y abajo. El viento silbaba a su espalda. Le escocían los ojos a causa de la sal de la lluvia y el dolor de la muñeca era insoportable, pero cuanto más rápido avanzaba, menos lo sentía.

Pensó que no podría aminorar la marcha jamás. Se habían perdido, ella lo sabía, pero siguió adentrándose en un pasadizo de solo unos pocos metros de ancho, bordeado por rocas muy inclinadas. Era como atravesar corriendo un pasillo en medio de la oscuridad. Cada paso que daban les acercaba más a ninguna parte, pero Eureka tenía que correr hasta que aquella quemazón saliera de su organismo, hasta que hubiera bajado aquella fiebre. En algún momento tendrían que recobrar el aliento y pensar qué hacer.

—¡Eureka!

Ander se paró delante de ella. Ella derrapó a su espalda y su pómulo chocó contra el omóplato de él. Notó los músculos de Ander tensos, como si estuviera intentando protegerla de algo. Eureka se puso de puntillas para ver más allá de él.

Había una niña muerta a orillas del arroyo. Aparentaba unos doce años. Las hojas se le habían pegado al pelo. Estaba de lado, sobre un tronco largo y retorcido. Eureka clavó la vista en su blusa blanca, en la falda plisada de color rosa claro, manchada de sangre. El flequillo, negro como el ébano, se le apelmazaba en las mejillas y llevaba una larga cola de caballo atada con una alegre cinta amarilla.

Eureka pensó en cómo era ella misma a los doce años: tenía las manos y los pies grandes como un cachorro, los cabellos permanentemente enredados y una sonrisa en la que faltaban dientes. Todavía no había conocido a Cat. Durante el verano en el que tenía doce le habían dado su primer beso con lengua. Estaba oscureciendo, y Brooks y ella habían estado nadando bajo el muelle de su cobertizo para botes. Sentir sus labios suavemente en los suyos era lo último que esperaba cuando salió a coger aire mientras nadaba a braza. Ambos nadaron como un perro después del beso, riéndose histéricamente porque estaban demasiado avergonzados para hacer nada más. Entonces las cosas eran muy diferentes.

Sintió que le ardía la garganta. Deseó estar en el pasado, en aquellas aguas cálidas de Cypremort, muy lejos de allí. Deseó estar en cualquier sitio menos de pie delante de una niña muerta.

Sin embargo, dejó de estar de pie para arrodillarse junto a ella. Se sentó en el arroyo a su lado y apartó del tronco el brazo roto y retorcido de la niña. La cogió de la mano.

—Te he hecho daño —dijo Eureka, aunque lo que se le pasó por la mente fue «Te envidio», porque la niña había dejado atrás el dolor y los problemas de este mundo.

Empezó a rezar a la Virgen, porque de ese modo la habían educado, pero enseguida tuvo la sensación de estar faltándole el respeto. Cabía la posibilidad de que aquella niña no fuera católica, y Eureka no podía hacer nada para ayudar a su alma a llegar donde necesitaba ir.

—Voy a enterrarla.

—Eureka, no creo… —empezó a decir Ander.

Pero Eureka ya había empezado a apartar el cuerpo de la niña del tronco. La tumbó junto a la orilla y le alisó la falda. Escarbó con los dedos entre las piedras y llegó al lodo. Notó que la arenilla limosa llenaba el espacio bajo sus uñas mientras sacaba la tierra a puñados. Pensó en Diana, a quien no llegaron a enterrar.

La niña estaba muerta porque Diana nunca le había dicho a Eureka lo que harían sus lágrimas. Se apoderó de ella una ira hacia su madre que jamás había sentido.

—No habrá tiempo de ocuparnos de todos los muertos —dijo Ander.

—Tenemos que hacerlo.

Eureka siguió cavando.

—Piensa en tu padre —añadió Ander—. Y en mi familia, que te encontrará si no damos antes con la Nube Amarga. Honrarás más a esta niña si continúas, encuentras a Solón y averiguas qué debes hacer para redimirte.

Eureka dejó de cavar. Le temblaron los brazos cuando dirigió la mano a la cinta amarilla de la niña. No sabía por qué tiraba del lazo. Sintió que se soltaba al deslizarse por los cabellos negros y mojados de la niña. El viento agitó la cinta entre los dedos de Eureka y llevó una súbita ligereza a su pecho.

Reconocía aquella sensación vagamente. Era una vieja amiga que había regresado tras un largo viaje pródigo: la esperanza.

Esa niña era una llama brillante que las lágrimas de Eureka habían apagado, pero ahí fuera había más llamas ardiendo. Tenía que haberlas. Ató la cinta amarilla a la cadena de la que colgaba la piedra de rayo. Cuando se sintiera perdida o desalentada, recordaría a aquella niña, la primera pérdida por culpa de las lágrimas que había presenciado, y la animaría a detener lo que había empezado, a enmendar sus errores.

Eureka no se dio cuenta de que tenía lágrimas en los ojos hasta que se volvió hacia Ander y vio su expresión de pánico.

Inmediatamente él apareció a su lado.

—¡No!

La agarró de la muñeca rota. El dolor era espantoso. Una lágrima se deslizó por su mejilla.

De pronto recordó la araña de luces, una reliquia familiar que rompió al cerrar la puerta principal en un ataque de ira. Después de que su padre pasara horas reparándola, al final la lámpara parecía casi nueva, pero la siguiente vez que Eureka cerró la puerta, con cuidado y suavidad, la araña tembló y se rompió en mil pedazos. ¿Era Eureka como aquella lámpara tras haber llorado una vez? ¿Acaso lo más mínimo podía destrozarla?

—Por favor, no derrames más lágrimas —suplicó Ander.

Eureka se preguntó cómo dejaba de llorar la gente. ¿Cómo desaparecía el dolor? ¿Adónde iba? Ander hacía que pareciese pasajero, como una nevada en Lafayette. Tocó la cinta amarilla.

Ya había derramado la lágrima que había inundado el mundo. Había supuesto que el daño estaba hecho.

—¿Qué más pueden hacer mis lágrimas?

—Hay un epígrafe antiguo que predice el poder de cada lágrima derramada…

—¡Eso no me lo habías contado! —Eureka comenzó a respirar superficialmente—. ¿Cuántas lágrimas he derramado?

Empezó a secarse la cara, pero Ander le agarró las manos. Sus lágrimas pendían como granadas.

—Solón te lo explicará…

—¡Dímelo!

Ander la cogió de las manos.

—Sé que estás asustada, pero tienes que dejar de llorar. —La rodeó con el brazo y le sostuvo la parte posterior de la cabeza con la mano. El pecho se le hinchaba al inhalar—. Te ayudaré —añadió—. Mira hacia arriba.

Por encima de la cabeza de Eureka se formó una columna estrecha de aire que se arremolinaba. Giró más rápido, hasta que unas cuantas gotas perdieron intensidad y velocidad… para convertirse en nieve. La columna se hizo más densa, con unos copos brillantes y ligeros que caían sobre las mejillas, los hombros y las zapatillas de deporte de Eureka. La lluvia chocaba ruidosamente contra las rocas y salpicaba formando charcos a su alrededor, pero sobre su cabeza la tormenta era una elegante ventisca. Eureka se estremeció, embelesada.

—No te muevas —susurró Ander.

Notó que se le ponía la piel de gallina cuando las lágrimas calientes se enfriaron y luego se congelaron en su piel. Alzó la mano para tocar una, pero Ander cubrió con sus dedos los de ella. Por un momento se dieron la mano contra su mejilla.

Él sacó un frasco plateado con forma de huso de su bolsillo. Parecía hecho del mismo oricalco que el ancla. Con cuidado, retiró las lágrimas congeladas del rostro de Eureka y las dejó caer en el frasco, una a una.

—¿Qué es eso?

—Un lacrimatorio —le respondió—. Antes de la inundación, cuando los soldados atlantes iban a la guerra, sus amantes les regalaban sus lágrimas en frascos como este.

Colocó la tapa plateada y puntiaguda en el frasco, y se lo guardó otra vez en el bolsillo.

Eureka envidiaba a cualquiera que pudiese derramar lágrimas sin consecuencias fatales. No volvería a llorar. Crearía un lacrimatorio en su mente, donde su dolor podría vivir congelado.

Los copos de nieve empezaron a derretirse en sus hombros. La muñeca le dolía mucho más que antes. La lluvia ventosa había vuelto. Ander le acarició la mejilla.

«Ya está —recordó ella que le había dicho la primera vez que se encontraron—. Se acabaron las lágrimas.»

—¿Cómo has hecho eso con la nieve? —preguntó.

—He tomado prestado un poco de viento.

—Entonces ¿por qué no congelaste mis lágrimas cuando lloré la primera vez? ¿Por qué no me detuvo nadie?

Ander parecía tan angustiado como Eureka cuando había perdido a Diana. Salvo por su propio reflejo, no había visto nunca a nadie tan triste. Aquello le hacía incluso más atractivo para ella. Tenía unas ganas tremendas de tocarlo, de que la tocara, pero Ander se puso tenso y se dio la vuelta.

—Puedo trasegar cosas para ayudar, pero no puedo detenerte. No existe nada en el universo ni la mitad de fuerte de lo que sientes.

Eureka miró a la niña en la tumba a medio cavar. Sus ojos azules, sin vida, estaban abiertos. La lluvia le otorgaba unas lágrimas ajenas.

—¿Por qué no me avisaste de lo peligrosas que eran mis emociones?

—Hay diferencia entre el poder y el peligro. Tus emociones son más poderosas que cualquier otra cosa en el mundo. Pero no deberías temerlas. El amor es más fuerte que el miedo.

Una sonora risita les sobresaltó a ambos.

Tres mujeres vestidas con caftanes de color amatista salieron de detrás de unos árboles achaparrados en el otro lado del arroyo. Sus prendas estaban tejidas con pétalos de orquídea. Una era muy vieja; otra, de mediana edad, y la tercera parecía lo bastante joven y alocada para haber deambulado por los pasillos del Evangeline con Cat y Eureka. Tenían el pelo largo y abundante, e iba del cano al negro. Sus ojos examinaban a Eureka y a Ander. Enjambres de abejas zumbaban en el aire alrededor de sus cabezas.

La más joven llevaba un collar de plata con un amuleto que brillaba con tanta intensidad que Eureka no logró distinguir qué era. La chica sonrió y toqueteó la cadena.

—Oh, Eureka —dijo—. Estábamos esperándote.

6

Los enemigos se acercan

Las mujeres eran tan raras que le resultaban familiares, como un *déjà vu*. Pero Eureka no se imaginaba dónde había visto antes a nadie así. Entonces la voz áspera de madame Blavatsky penetró en su cabeza y recordó estar sentada en el bayou detrás de su casa al amanecer, escuchando a la sabia anciana, que leía su traducción de *El libro del amor*.

Los músculos de la cara de Eureka se tensaron mientras intentaba aceptar que estaba experimentando algo que había deseado cuando era niña: los personajes de un libro habían cobrado vida, y era terrible. No había manera de avanzar y asegurarse de que ese capítulo fuese a terminar felizmente. No sabía más de lo que sabía el héroe de la historia; ella era la heroína y estaba perdida.

Se puso firme y levantó la barbilla.

Las mujeres arquearon sus cejas negras.

—Adelante —la provocó la de mediana edad—, dilo.

Tenía la lengua bífida, como la de una serpiente.

—Brujas chismosas —dijo Eureka, con un tono más dramático de lo que pretendía.

En *El libro del amor*, las brujas chismosas eran hechiceras sin edad que vivían en los acantilados que daban al océano Atlántico. No eran las confidentes de nadie, pero conocían los secretos de todos. Avisaron a Selene de que Leander y ella escaparían de la isla, aunque jamás podrían escapar de la maldición de Delphine.

«La desgracia guarnece vuestros corazones y lo hará para siempre.»

Cuando madame Blavatsky tradujo esa línea, las palabras «para siempre» se aferraron al corazón de Eureka. Selene era su antepasada; Leander era el antepasado de Ander. ¿La antigua maldición de las brujas chismosas podía afectar a lo que Eureka y Ander sentían el uno por el otro? ¿Había algo más en el linaje de Eureka que lágrimas prohibidas? ¿Acaso el amor también era imposible?

—¡Brujas chismosas! —increpó la anciana, y Eureka advirtió que todas las brujas tenían la lengua bífida.

Los ojos negros de la más vieja eran brillantes y cautivadores, le recordaban a Eureka a los de su abuela, Sugar. Era fácil ver lo despampanante que aquella bruja debía de haber sido en su juventud. Eureka se preguntó cuánto tiempo hacía de eso.

La anciana dio un manotazo en la espalda de sus dos compañeras, que hizo salir volando las gotas de lluvia de sus prendas de orquídeas como fuegos artificiales.

—¡Los jóvenes estáis tan apegados a las etiquetas!

—He oído historias sobre vosotras —dijo Ander—, pero me enseñaron que pertenecíais al Mundo Dormido.

La bruja joven inclinó la barbilla hacia Ander, revelando el brillante amuleto de cristal en el hueco perfecto de su cuello. Tenía la forma de una lágrima.

—¿Y quién eres tú, que tienes unos maestros tan aburridos?

Ander se aclaró la garganta.

—Soy un Portador de la Simiente…

—Ah, ¿sí?

Fingió intriga, abarcando el cuerpo de Ander con sus ojos hambrientos, envolviéndolo con su mirada.

—Bueno, lo era —se corrigió Ander.

—¿Y ahora qué eres?

La bruja joven entrecerró los ojos.

Él miró a Eureka.

—Soy un chico sin pasado.

—¿Cómo te llamas?

El murmullo hipnotizante de la voz de la bruja joven mareaba a Eureka.

—Ander. Me pusieron ese nombre por Leander.

—¿Cómo os llamáis vosotras? —preguntó Eureka.

Si eran las tías y primas de Selene, como decía *El libro del amor*, entonces aquellas mujeres eran parientes de Eureka y no debía temerlas.

Las brujas chismosas parpadearon como si fueran reinas cuyo peso hubiera adivinado Eureka. Después emitieron unas carcajadas exageradas. Se apoyaron las unas en las otras y dieron fuertes pisotones con sus pies pálidos en el barro.

La más joven se serenó y se dio unos toquecitos en las comisuras de los ojos con la manga de pétalos. Se inclinó hacia el oído sordo de Eureka.

—Nadie es nunca lo que parece. En especial tú, Eureka.

Eureka se apartó y se masajeó la oreja. Había distinguido la voz de la chica con total claridad por el oído prácticamente sordo. Recordó haber percibido también con el oído malo el bonito canto del inseparable abisinio Polaris de madame Blavatsky. Aquella melodía le había parecido un milagro. El susurro de la bruja chismosa le llegó como un puñetazo telepático y magulló algo en su interior.

—Tu nombre significa «Lo he encontrado», aunque llevas perdida toda tu vida.

La anciana movió la lengua hacia la nube de abejas, cogió una y la hizo girar sobre su aguijón como una peonza para después devolverla al enjambre.

—Ahora más que nunca.

La mirada de la bruja de en medio se movió a su alrededor y volvió a posarse sobre Eureka.

Lentamente, las tres giraron la cabeza para clavar los ojos en la bolsa púrpura que colgaba del hombro de Eureka. Eureka escamoteó la lona mojada en actitud protectora.

—Deberíamos marcharnos.

Las brujas se rieron.

—¡Cree que va a alguna parte! —gritó la anciana.

—Me recuerda aquella canción que decía «no va a ninguna parte, solo se marcha» —cantó la bruja de en medio.

—Ven, Eureka —dijo la bruja joven—. Estás perdida y nosotras te conduciremos a donde quieres ir.

—No estamos perdidos —replicó Ander con firmeza.

—Por supuesto que no. —La mayor puso sus grandes ojos oscuros en blanco—. ¿Creéis que podéis encontrar la Nube Amarga vosotros solos?

Se acercó más y agarró a Eureka de la muñeca rota hasta que la chica gritó.

—Dale el bálsamo —dijo la anciana con impaciencia.

De un bolsillo hondo hecho de pétalos, la más joven sacó un pequeño frasco de cristal. Una sustancia de un tono púrpura reluciente se arremolinaba en el interior. Le tiró el frasco a Eureka, que lo cogió con dificultad.

—Para tu dolor —dijo—. Bueno, ven por aquí.

Señaló al otro lado del arroyo enlodado, hacia la cumbre irregular de una colina de unos treinta metros de altura.

En el acantilado había una escalera natural, empinada, que llevaba a la cima de la montaña. Eureka sintió de nuevo la desconcertante sensación de que ese era el camino que debía seguir. Miró a Ander. Él asintió sutilmente.

Eureka desenroscó el tapón de la botella y olió el contenido. El aroma dulcemente floral a narcisos penetró en su nariz, seguido por la punzante sensación de que se le rompía otra vez el hueso de la muñeca.

—Querrán algo a cambio —le susurró Ander a Eureka.

—Eso dejádselo a Solón.

Las brujas se rieron.

—Adelante —dijo la bruja joven—. Te curará los huesos. Esperaremos.

Eureka se echó un poco del líquido purpúreo en la palma de la mano. Tenía motas doradas, como los esmaltes de uñas del salón de belleza de su tía Maureen. Se untó la yema de un dedo con el bálsamo y se frotó una parte de la muñeca.

Un calor abrasador se apoderó de Eureka y se sintió inmensamente estúpida por haber confiado en las brujas chismosas. Pero, al cabo de un instante, el calor menguó y un frescor agradable recorrió su cuerpo, venciendo el dolor. La inflamación se redujo; el moratón se fue borrando hasta desaparecer allí donde había aplicado el bálsamo. Era un milagro. Eureka extendió más líquido por la muñeca. Soportó el calor, esperando el alivio fresco y el dolor que se llevaba, quitándolo como si fuese una capa de ropa. Cerró los ojos y suspiró. Metió la botella en la bolsa de mano, impaciente por compartir el resto con su padre.

—Vale —les dijo a las brujas chismosas—, os seguiremos.

—No. —La bruja joven negó con la cabeza y señaló la escalera en la roca—. Nosotras os seguiremos a vosotros.

El camino era empinado y estaba lleno de agua. Las nubes estaban bajas y eran tan negras como el humo de una casa en llamas. Las brujas guiaron a Eureka y a Ander por el encaje de las delicadas cumbres montañosas, siempre caminando detrás de ellos, gritando órdenes como «¡Izquierda!», cuando la ruta se bifurcaba de forma imprevista, «¡Arriba!», cuando tenían que escalar un risco empinado y resbaladizo, y «¡Agachaos!», cuando una serpiente moribunda se deslizaba por una rama y les tosía-silbaba al pasar. La bruja de en medio soltaba órdenes que Eureka no entendía: «¡Uh!», «¡Ja!» y «¡Roscoe Leroy!».

Cada paso que daba Eureka la llevaba más lejos de su familia y de su amiga. Se imaginó a William y a Claire escudriñando la montaña. Se preguntó cuánto aguantarían antes de dejar de mirar.

Entró en un bosque de avellanos moribundos. Las hojas se estaban poniendo marrones y las cáscaras de las avellanas cubiertas de sal crujían bajo su calzado. Una telaraña colgaba entre dos ramas y se mecía con el viento. Unas gotitas colgaban de ella como perlas que una joven ninfa hubiera abandonado en los bosques.

—¡Eureka!

Alzó la vista y vio a William y a Claire en las ramas de un avellano gigantesco. Los mellizos saltaron al suelo, salpicaron de lodo y corrieron hacia ella. No creyó que fueran ellos, ni siquiera cuando los tuvo en sus brazos. Cerró los ojos y respiró su aroma, queriendo creer: era jabón Ivory y noches estrelladas.

—¿Cómo habéis llegado hasta aquí?

Cada mellizo la cogió de una mano. Querían enseñarle algo.

Al otro lado del árbol, un objeto blanco y alargado brillaba bajo la lluvia. Eureka se acercó cautelosamente, pero los mellizos se reían y tiraban de ella con más fuerza. Tenía forma de hamaca, aunque la tela le hacía parecer más bien un capullo enorme. Eureka lo estudió, asombrada por lo que parecía ser un millón de alas iridiscentes de polilla entretejidas. Las piezas frágiles y diminutas formaban un gran entramado que flotaba en el aire por sí solo.

Dentro del entramado se encontraba el padre de Eureka. Un fino dosel de alas suaves y marrones le protegía el rostro de la lluvia. El trozo de camiseta que Eureka había atado al hombro cortado se había sustituido expertamente por una gasa fucsia sedosa. Una cataplasma del mismo material le cubría la magulladura de la frente. Estaba despierto. Extendió el brazo para cogerla de la mano y sonrió.

—Hay buenos médicos en esta parte de la ciudad.

—¿Y el dolor? —preguntó Eureka.

—Es una agradable distracción.

Tenía la mirada lúcida, pero hablaba como si estuviera soñando.

Eureka metió la mano en el bolsillo y apretó el frasco con el bálsamo que tenía en la mano.

—Esto te ayudará.

Más allá del entramado de alas de polilla, tres nuevas brujas chismosas se acurrucaban bajo otro árbol, más triste, murmurando entre ellas tras el dorso de las manos. Las brujas que habían guiado a Ander y a Eureka hasta allí se dirigieron hacia las demás, las besaron en las mejillas y susurraron como si tuvieran que ponerse al día de las noticias de varios años.

—¿Cuántas hay? —se preguntó Eureka.

Cat se situó a su lado.

—Estas extrañas hadas madrinas han aparecido a los pocos minutos de marcharos. Yo me he puesto en plan: «¿Dónde están los dientes de leche que os llevasteis?». Gracias por enviarlas a ayudarnos.

—Yo no las he enviado —respondió Eureka.

—Una de ellas ha metido la lengua en un agujero en un árbol —dijo William— y han salido volando de allí tropecientos bichos.

—Los bichos han formado un gran rombo blanco en el cielo, ¡y luego han subido a papá hacia la lluvia! —añadió Claire.

—Los enanos dicen la verdad —aseguró Cat.

—¡Papá vuela! —exclamó William.

Cat llevó la mano hacia la piedra de rayo de Eureka y estudió la superficie impermeable.

—Cuando han aparecido en la playa, he sabido que tenían algo que ver contigo. Es como si, de algún modo, pegaras más aquí que en el Evangeline.

—Y yo que creía que jamás encontraría a mi cuadrilla… —dijo Eureka secamente.

—Lo digo en serio —continuó Cat—. Tienes sentido donde lo imposible es posible. Tú eres una de esas cosas imposibles. —Cat abrió una mano para coger un poco de lluvia—. Tus poderes son reales.

Eureka volvió la vista hacia las brujas chismosas, pero se habían ido. Lo único que quedaba de ellas era un único pétalo de orquídea, que brillaba en el suelo.

—Quería darles las gracias.

—No te preocupes —le susurró una voz al oído malo. Era la bruja chismosa joven, aunque Eureka no la veía por ninguna parte—. Solón tiene una cuenta con nosotras.

—¿Adónde vamos? —gritó Ander a la lluvia.

La risa de las brujas sacudió la tierra. Eureka sintió algo en su mano y bajó la mirada. Había aparecido una antorcha entre sus dedos. El mango, largo y plateado, se ensanchaba en una copa ancha estriada cerca de la punta. En el centro de la copa resplandecía una llama que no se apagaba bajo la lluvia. Eureka miró el centro de la antorcha, buscando el queroseno o carbón que alimentara la llama, pero lo que vio fue un montoncito de amatistas resplandecientes.

—De nada —susurró la bruja joven al oído sordo de Eureka.

—¡Nuestros peores deseos a Solón! —gritó la anciana.

Se oyeron más risas, luego silencio y después la lluvia.

Eureka daba vueltas por la arboleda, buscando pistas que su nueva antorcha pudiera iluminar. Justo al pasar por el tronco de uno de los árboles, chocó contra algo duro. Se restregó la frente. No veía nada inusual delante de ella, no había más que árboles retorcidos pudriéndose. Sin embargo, se había golpeado con algo tan sólido como una pared. Volvió a intentarlo y chocó de nuevo, incapaz de dar otro paso.

Ander recorrió con los dedos la fuerza invisible.

—Está mojado. Parece un cordón. Es real, puedo sentirlo, pero no está ahí.

—Chicos. —Claire les hizo señas a unos pasos de distancia—. ¿No deberíamos usar la puerta?

Eureka entrecerró los ojos cuando algo blanco y borroso apareció delante de su hermana. Claire se puso de puntillas y alzó los brazos por encima de su cabeza, como tocando una y otra vez lo que parecía un sitio difícil de alcanzar. En la linde del bosquecillo, bajo el recodo de una rama de avellano, justo después de una piedra plana con un trozo cubierto de liquen cuya forma recordaba a Luisiana, una pared de roca blanca porosa se definía, lenta e increíblemente, ante ellos.

Claire la había creado con los dedos o había hecho que resultara visible, puesto que la roca se hallaba allí antes que la niña.

—Aquí está.

Las manos de Claire se movieron por encima de una parte negra de la roca como si estuviera sacándole brillo a un coche. La roca cada vez tenía más aspecto de una entrada redonda.

Eureka deseó que Rhoda estuviera allí para aplaudir. Aquella idea le hizo pensar en el cielo, lo que la llevó a pensar en Diana, y se preguntó si dos almas interesadas en los mismos temas terrenales podrían reunirse en el mismo lugar celestial para observarlos. ¿Estaban Rhoda y Diana juntas, en algún lugar ahí arriba, en una nube? ¿El cielo todavía se encontraba más allá de la mancha gris de tristeza que cubría sus cabezas?

Alzó la vista en busca de una señal. La lluvia caía con el mismo ritmo solitario con el que llevaba haciéndolo todo el día.

Ander se arrodilló junto a Claire.

—¿Cómo has hecho eso?

—Los niños ven más que los adultos —respondió Claire con total naturalidad y se escabulló por la puerta como un fantasma.

7

Por una canción

Eureka se volvió hacia Ander.

—¿Crees que esto es de verdad…?

—La Nube Amarga.

La sonrisa de Ander era lo contrario a la amplia sonrisa burlona de William. Era una sonrisa al borde del llanto, un pasaporte apenas vislumbrado y vuelto a guardar. A Eureka le fascinaba, y le asustaba considerar lo que significaría ser la novia de Ander, combinar su enorme dolor con el de él, convertirse en una poderosa pareja de pérdida. Comprenderían sus penas de forma natural, pero ¿quién relajaría el ambiente?

—Estás tan triste como yo —susurró Eureka—. ¿Por qué?

—Soy más feliz que nunca.

Deseó haber conocido a Ander de toda la vida, tener tantos recuerdos de él como los que él había reunido de ella durante todos aquellos años.

Tocó la roca blanca y brillante. La Nube Amarga. Si esa era la cueva de Solón, Eureka vería por qué comparaba el travertino con una nube. Incluso después de que Claire hubiera revelado lo sólida que era, poseía cierta ligereza, como si se pudiera atravesar con los dedos.

Eureka sostuvo la antorcha delante de ella y entró en la cueva. Su oído malo percibía la suave vibración de las alas de polilla que llevaba a su padre detrás de ella.

William vio alargarse su sombra en las paredes de la cueva y se acercó a Eureka.

—Tengo miedo.

Eureka tenía que dar ejemplo de que el amor era mayor que el miedo.

—Estoy contigo.

Las paredes de la cueva tenían una extraña textura veteada. Eureka acercó la antorcha a ellas y sus dedos se tensaron alrededor del mango plateado.

Debía de haber miles de cráneos colocados por las paredes. ¿Se trataría de antiguos huéspedes? ¿Intrusos, como ella? La Eureka de antes se hubiera estremecido ante aquel panorama. La chica en la que se había convertido se acercó más a la pared y miró detenidamente un rostro risueño sin piel que tenía delante. Presintió que aquel cráneo había pertenecido a una mujer. Las cuencas de los ojos eran grandes, bajas y perfectamente redondas. Los dientes permanecían intactos en la delicada mandíbula. Era precioso. Eureka pensó en lo mucho que solía desear la muerte, lo mucho que aspiraba a ser esa mujer. Se preguntó adónde había ido el alma de aquella bonita calavera y qué dolor había dejado en la tierra.

Extendió la mano. Los pómulos del cráneo estaban helados.

Eureka se alejó y la calavera se integró en el diseño general. Fue como apartarse de un telescopio en una noche estrellada. Los cráneos estaban separados aquí y allá por otro tipo de huesos: fémures, costillas, rótulas. Eureka sabía por sus excavaciones arqueológicas con Diana que aquella sala habría hecho dar vueltas a la cabeza de su madre.

Se adentraron en la cueva con los tacones de aguja de Cat repiqueteando en la piedra. La antorcha iluminaba el espacio un par de pasos por delante de Eureka y un par de pasos por detrás, de modo que los demás tenían que permanecer cerca de ella. Las estalactitas goteaban del techo como dedos gigantes congelados que se derritieran. Cat empujó la cabeza de Eureka para indicarle que se agachara bajo una con forma de lanza.

Eureka llevó la antorcha en la dirección de Cat. La luz hacía que las pecas de su amiga destacaran en su piel. Tenía un aspecto joven e inocente —las dos cualidades menos favoritas de Cat—, lo que le hizo pensar en los padres de Cat, que siempre verían a su hija de esa manera, aunque tuviera sesenta años. Esperaba que la familia de Cat estuviera a salvo.

—Ami-del al.

Eureka leyó su mitad del collar en forma de corazón, en el completo, se leía «Amigas del alma». Cat y ella lo habían ganado en el concurso de baile en línea cajún del Festival de Caña de Azúcar, en noveno curso.

Cat recitó automáticamente su mitad del colgante: «Gas-ma». Movió la cadera como si siguieran allí, bailando en New Iberia, pasados los escaparates decorados de Main Street, en una noche que prometía un nuevo año en el colegio, con fútbol y chicos guapos vestidos con gruesas y cálidas chaquetas de punto dentro de las que podías colarte.

Ya no llevaban los collares, pero, de vez en cuando, se llamaban con esas palabras familiares, buscando la respuesta de la otra. Era una forma de comunicarse, de decir «Siempre te querré», «Eres la única que me entiende» y «Gracias».

La cueva tenía un fuerte olor a humedad, igual que el garaje de Eureka después del huracán Rita. El suelo era sorprendentemente liso, como si lo hubieran lijado. Todo se hallaba en silencio salvo por el sonido del agua que goteaba de las estalactitas y caía en charcos de color cerveza oscura. Unos renacuajos de color claro corrían de un lado a otro.

Lo más notable de la cueva era la ausencia de lluvia. Eureka se había acostumbrado a la continua sensación de la tormenta en la piel. Bajo el cobijo de la cueva, su cuerpo estaba entumecido y cargado al mismo tiempo, sin saber qué hacer en aquel momento de calma.

La antorcha iluminó un espacio oscuro en el centro de un pequeño muro de cráneos revueltos al otro extremo del pasadizo. Eureka se acercó y vio que era la entrada a un pasillo más estrecho. Llevó la antorcha de las brujas hacia la penumbra.

Había más calaveras bordeando el camino pequeño, que se estrechaba hacia un infinito oscuro. La claustrofobia de Eureka se despertó y tensó la mano que sujetaba la antorcha.

Su padre levantó la cabeza desde el místico entramado de polillas. Desde que era pequeña, había intentado tranquilizarla ante ataques de pánico en ascensores y desvanes. Vio comprensión en su rostro y se sintió aliviada al ver que aún estaba lo suficientemente consciente para entender por qué se había quedado paralizada en la puerta.

Su padre señaló con la cabeza hacia la sobrecogedora oscuridad.

—Tienes que pasar por ello para superarlo.

Esa había sido su frase en aquellos días borrosos tras la muerte de Diana. Entonces se refería a la pena. Eureka se preguntó si sabía a lo que se refería en ese momento. Nadie sabía lo que les aguardaba al otro lado de la oscuridad.

El acento del bayou de su padre resultaba todavía más marcado lejos de casa. Eureka recordó que la única vez que había dejado el país fue cuando Diana y él viajaron a Belice de luna de miel. Las fotografías, rebosantes de sol, estaban impresas en su mente. Sus padres eran jóvenes, vitales, atractivos... Nunca reían a la vez.

—Vale, papá.

Eureka dejó que las paredes la abrazaran.

La temperatura descendió. El techo también lo hizo. Unas velas encendidas titilaban esporádicamente por el camino. Su luz superficial se apagaba durante largos tramos de oscuridad antes de que apareciese la siguiente vela. Eureka notaba la presencia de sus seres queridos a su espalda. No tenía ni idea de hacia dónde los dirigía.

Unos sonidos distantes retumbaron en las paredes. Eureka se detuvo a escuchar. Solo podía oírlos con su oído bueno, lo que significaba que las voces pertenecían a su mundo, no a la Atlántida. Cobraban fuerza, estaban acercándose.

Eureka cambió de postura para proteger a los mellizos y sostuvo la antorcha con ambas manos como si fuera una maza. Golpearía a lo que fuese que se acercara.

Gritó y movió la antorcha...

Al borde de la luz se hallaba un niño pequeño, descalzo y moreno. No llevaba más que unos pantalones cortos, marrones y andrajosos. Tenía las manos sucias y la cara manchada de algo negro y brillante.

Los llamó en lo que podría haber sido turco, aunque Eureka no estaba segura. Sus palabras sonaban como el idioma de un planeta cercano de hacía mil años.

Lentamente, William salió de detrás de la pierna de Eureka y saludó al niño con la mano. Eran de la misma edad, de la misma altura.

El chiquillo sonrió. Tenía los dientes pequeños y blancos.

Eureka se relajó medio segundo y fue entonces cuando el niño se tambaleó hacia delante para coger a William y a Claire de la mano y arrastrarlos a la oscuridad.

Eureka gritó y corrió tras ellos. No se dio cuenta de que había dejado caer la antorcha hasta que se hubo adentrado en la negrura. Siguió los chillidos de sus hermanos hasta que de algún modo sus dedos encontraron la cintura de los pantalones cortos del niño. Lo tiró al suelo. Cat sostuvo la antorcha y vio que Eureka forcejeaba con el niño.

Era increíblemente fuerte. Eureka luchaba como una fiera para arrebatarle los mellizos.

—¡Suéltalos! —gritó, sin creer que alguien tan pequeño y joven pudiera ser tan fuerte.

Ander levantó al niño en el aire, pero el crío no soltaba a los mellizos y los alzó del suelo consigo. William y Claire se retorcían y lloraban. Eureka quería desmembrar al chaval y convertir su cabeza en parte del mosaico de las paredes.

Ni Ander ni ella podían separar los dedos diminutos del niño. Claire tenía el brazo rojo e hinchado. El niño había conseguido deshacerse de Ander y se había escurrido de las manos exhaustas de Eureka. Estaba llevándose a los mellizos.

—¡Para! —gritó Eureka, a pesar de la inutilidad absurda de las palabras.

Tenía que hacer algo. Salió a toda prisa tras los tres y, sin saber por qué, empezó a cantar:

—*To know, know, know him is to love, love, love him.*

Era una canción de los Teddy Bears de los años cincuenta. Se la había enseñado Diana mientras la bailaba en un porche húmedo de Nueva Iberia.

El niño se detuvo, se dio la vuelta y se quedó mirando fijamente a Eureka, boquiabierto, como si nunca hubiera escuchado música. Al final del estribillo, sus manos de hierro se habían relajado, y los mellizos se escabulleron.

Eureka no sabía qué hacer salvo seguir cantando. Había llegado al puente inquietante de la canción con una nota demasiado aguda para ella. Cat se le unió, afinando nerviosamente, y después también se encontró con la voz grave e intensa de su padre.

El niño se sentó con las piernas cruzadas delante de ellos, sonriendo con aire soñador. Cuando estuvo seguro de que la canción había terminado, se puso de pie, miró a Eureka y desapareció en los huecos de la cueva.

Eureka se desplomó en el suelo y atrajo a los mellizos hacia sí. Cerró los ojos y disfrutó de la sensación de su aliento en el pecho.

—Creo que ese no era Solón —dijo su padre desde el entramado y todos se rieron.

—¿Cómo has hecho eso? —preguntó Ander.

Eureka reconoció en sus ojos el asombro por cómo la había mirado Diana unas cuantas veces. Miraba como solo podía hacerlo una persona que te conociera muy bien y únicamente cuando se asombraba de que todavía pudieras sorprenderla.

Eureka no estaba segura de cómo había hecho lo que había hecho.

—Solía cantar eso cuando los mellizos eran bebés —dijo—. No sé por qué ha funcionado.

Clavó la vista en la dirección en la que el niño había corrido. El pulso se le había acelerado por la victoria, por la simple y sorprendente alegría de cantar.

Era la primera vez que cantaba desde que Diana había muerto. Antes cantaba todo el tiempo, incluso se inventaba sus propias canciones. En séptimo curso, cuando aún era amigas, Maya Cayce participó en un concurso de poesía de la escuela usando las letras de las canciones que había sacado del diario de Eureka. Cuando ganó la canción robada de Eureka, ninguna de las chicas lo mencionó. Maya ganó veinticinco dólares por el poema que le había leído a través del interfono el viernes por la mañana. Aquello fue lo que pasó entre ellas, una mirada de desprecio por encima del saco de dormir en alguna fiesta de pijamas y, más tarde, sobre los barriles de cerveza en alguna juerga. ¿Estaba Maya muerta entonces? ¿Le había quitado Eureka la vida igual que ella le había arrebatado sus palabras?

—Creo que el niño quería que fuéramos sus amigos —comentó William.

—Creo que tenemos a nuestro primer fan. —Cat le devolvió la antorcha—. Ahora tenemos que ponerle un nombre al grupo. Y necesitamos un batería.

Cat empezó a proponer nombres de grupos mientras continuaban avanzando con más cautela por el estrecho pasadizo. Sus divagaciones eran reconfortantes, aunque Eureka no pudiera permitirse la energía de atender a todas las ideas frenéticas que se le pasaban por la cabeza a su amiga.

Unas baldosas blancas y negras pavimentaban en ese tramo el suelo bajo sus pies. En la pared había una placa de mármol en la que aparecían talladas las palabras «Memento mori».

—Gracias por recordármelo —bromeó Cat.

A Eureka le encantaba que Cat supiera que el cartel significara «Recuerda que debes morir» aunque no hubiera estado en la clase de latín donde Eureka había aprendido la frase el año anterior.

—¿Qué significa? —preguntó William.

—Un esclavo se lo dijo a un general romano que se dirigía a la batalla —respondió Eureka al tiempo que oía en su cabeza el acento de su profesor de latín, el señor Piscadia. Se preguntó cómo habrían aguantado él y su familia la inundación. Una vez lo había visto con su hijo en el parque paseando un par de boxers atigrados. En su imaginación, una ola gigantesca se llevó el recuerdo—. Significa que en el presente eres poderoso, pero sigues siendo un hombre y caerás. Cuando lo estudiamos en clase de latín todo el mundo se quedó hablando de que iba sobre la vanidad y el orgullo. —Eureka suspiró—. Recuerdo haber pensado que las palabras resultaban reconfortantes. Como si, algún día, todo esto fuera a terminar.

Miró a los demás, a sus caras de sorpresa. El sarcasmo de Cat era una tapadera para su auténtico carácter alegre. Su padre no quería considerar que su hija sentía tanto dolor. Los mellizos eran demasiado pequeños para comprenderlo. Y quedaba Ander. Sus ojos se encontraron y supo que él la entendía. La miró y no tuvo que pronunciar ni una palabra.

Diez pasos más tarde, el camino se convirtió en un callejón sin salida. Pararon ante una puerta torcida, de madera, con bisagras de latón, un timbre antiguo y una segunda placa, esa vez de plata: «Lasciate ogni speranza, voi ch'entrate».

—«Vosotros que entráis, abandonad toda esperanza» —tradujo Ander.

Cat se acercó más a la placa.

—Esta me gusta. Podría ser un tatuaje brutal para una fulana.

—¿Qué es una fulana? —preguntó Claire.

Eureka estaba sorprendida. Ander le había dicho que nunca había ido al colegio, que ella era la única asignatura que había estudiado. Se preguntó dónde había aprendido italiano. Se lo imaginó sentado delante de un ordenador en una habitación oscura, practicando frases románticas de un curso de internet que escuchaba por los auriculares.

—Es de *El Infierno*, de Dante —dijo.

Eureka quería saber más. ¿Cuándo había leído *El Infierno*? ¿Qué le había hecho escogerlo? ¿Le había gustado, había hecho sus propias listas de quién pertenecía a qué círculo del infierno, igual que Eureka?

Pero aquello no era la cafetería Neptune's de Lafayette, donde te arrebujabas en uno de los bancos de vinilo rojo con tu enamorado y coqueteabas contándote secretos mientras comías patatas fritas con queso y gumbo de pollo. Se dio cuenta de que, como los paseos sin prisa por el parque del señor Piscadia, en ese momento aquel tipo de citas estaban en el fondo del mar.

Llevó la mano al timbre y llamó.

8

La prueba de la orquídea

S e abrió un panel en la puerta.

El reflejo de Eureka la recibió. Su pelo *ombré* estaba empapado y enredado. Tenía la cara hinchada y los labios cortados. Los iris azules parecían sin brillo a causa del cansancio, pero no sabía si llorar había cambiado sus ojos de algún modo.

Cat frunció los labios al contemplar su rostro en el espejo y los dedos se apresuraron a rehacerse las trenzas.

—He tenido peor aspecto. Normalmente en el contexto de circunstancias más… agradables, pero he tenido peor aspecto.

Eureka observó que Ander apartaba la vista del espejo. Estaba sacudiendo el pomo, intentando entrar.

—¿Qué hace un espejo en una puerta en medio de una cueva? —preguntó Claire.

William llevó un dedo al espejo. Hacía unos meses, un mago había visitado su jardín de infancia, y Eureka recordaba que una de las cosas que William había aprendido era a detectar si un espejo estaba polarizado: un espejo normal tenía un pequeño espacio entre la superficie reflectante y el cristal que la cubre; un espejo polarizado, no.

Si apretabas un dedo contra el cristal y no veías el espacio en su reflejo, había alguien al otro lado observándote.

Eureka bajó la vista al dedo de William. No había ningún espacio. El niño miró a Eureka en el espejo.

Una voz les sobresaltó.

—¿Quiénes creéis que sois?

Eureka cogió a William de los hombros al hablarle al espejo.

—Me llamo Eureka Boudreaux. Venimos de…

—No te he preguntado cómo te llamas —la interrumpió la voz. Era una voz suave y grave, de chico, aderezada con un ligero acento alemán.

Resultaba extraño estar mirándose a sí misma, dirigiéndose a una voz incorpórea, discutiendo la naturaleza de la identidad.

—Cuando quien eres cambia todo el tiempo —contestó—, lo único que tienes es tu nombre.

—Buena respuesta.

La puerta se abrió con un chirrido, pero no había nadie tras ella. Ander los guió hacia una sala circular, espléndida, donde retumbaba el agua que salía con fuerza del techo distante.

Eureka sostuvo la antorcha sobre el entramado de alas de polilla. Su padre se había quedado dormido, pero por la tensión de la mandíbula apretada supo que, incluso después de aplicarle el ungüento, el dolor que sufría era intenso. Esperaba encontrar ayuda dentro de esa cueva.

Un enorme mosaico cubría el suelo. El diseño representaba a la Parca mostrando unos colmillos sangrientos al sonreír. Una hoz destellaba en su mano izquierda, y donde terminaba la derecha se había construido un brasero en la piedra. El fuego emanaba de los dedos huesudos de la Parca.

Entre las pilas de cráneos, las paredes estaban decoradas con oscuros murales. Eureka se quedó mirando uno que representaba una gran inundación, donde las víctimas se ahogaban en un mar violento. Hacía un día le habría recordado a los murales de Orozco que había visto con Diana en Guadalajara. En ese momento podría haber sido una ventana al exterior.

—Hemos recorrido todo este camino para terminar en la casa de un solterón raro —le susurró Cat a Eureka al oído bueno.

—Los bichos raros pueden ser amigos valiosos —dijo Eureka—. Fíjate en nosotras.

Cerca de una pared en el otro extremo de la sala, una escalera de caracol de piedra subía a un piso y bajaba a otro. Pero, a medida que se adentraban en la sala, Eureka vio que esa pared del fondo se movía, que era una cascada que caía desde un lugar que no se veía bajo la piedra blanca. El techo estaba abierto, el suelo descendía, y había un hueco de varios metros entre el borde del suelo y la cascada. A Eureka le entró claustrofobia y no supo por qué.

Justo delante de la cascada, había una butaca de cuero verde oscuro encima de una elegante alfombra de piel de zorro. En ella estaba sentado un hombre de espaldas a los recién llegados. Se encontraba de cara a la cascada, leyendo un libro antiguo y dando sorbos a algo con gas en una copa de champán dorada.

—¿Hola? —dijo Ander.

El hombre de la silla permaneció quieto.

Eureka se adentró en la habitación.

—Estamos buscando a alguien llamado Solón.

La figura se dio la vuelta para mirarlos, apoyando los codos en el respaldo tachonado de la butaca. Alzó la barbilla y examinó a sus invitados. Aparentaba quince años, pero su expresión tenía una marcada perspicacia que le indicó a Eureka que era más viejo. Llevaba mocasines de gamuza y una bata granate de satén atada a la cintura con un cinturón sin apretar.

—Lo habéis encontrado. —Su voz no reflejaba ninguna esperanza—. Celebrémoslo.

Cat inclinó la cabeza hacia Eureka y susurró:

—¡Uau!

A Eureka no se le había ocurrido que el chico estaba bueno, aunque… era verdad. Estaba muy bueno. Tenía los ojos de un azul claro fascinante. Su pelo, casi al rape, era rubio con unas enigmáticas motas negras y marrones, como la piel de un leopardo. El modo en que llevaba la bata sugería que habían ido a parar a sus aposentos.

El Solón del que Eureka había oído hablar había dejado a los Portadores de la Simiente hacía setenta y cinco años. ¿Estaba ese chico haciéndose pasar por él? ¿Acaso el verdadero Portador de la Simiente estaba escondido en alguna parte?

—¿Tú eres Solón? —preguntó Eureka.

—El mismo. —Miró a Eureka.

Guardaron un silencio incómodo.

—No te tomes mi antipatía como algo personal —dijo Solón—, pero esas brujas me han engañado tantas veces que, antes de recibiros en mi salón, necesito alguna prueba de tu… identidad.

Eureka se palpó los bolsillos vacíos. No tenía manera de identificarse, aparte de sus lágrimas.

—Tendrás que fiarte de mi palabra.

—No, gracias. —Los ojos azules del chico brillaron—. ¿Ves esa flor en lo alto de la cascada? —Levantó el índice.

A diez metros de sus cabezas, una orquídea de un color fucsia intenso crecía en la piedra. Era impresionante, no le afectaba el agua que caía con fuerza. A Eureka le recordó a los caftanes de las brujas chismosas. Al menos cincuenta flores de brillantes lóbulos pendían de la planta.

—La veo.

—Si eres quien dicen que eres —dijo Solón—, tráemela.

—¿Quién lo dice? —preguntó Eureka.

—Una identidad irritada después de otra. Tú primero. La orquídea.

—¿Por qué tenemos que creer que eres quien dices que eres? —preguntó Cat—. Pareces un friki de primer curso demasiado débil para llevarme los libros.

—Lo que quiere decir Cat —aclaró Eureka— es que esperábamos a alguien mayor.

—La edad está en el ojo del que mira —respondió Solón e inclinó la cabeza hacia Ander—. ¿No estás de acuerdo?

Ander parecía más pálido de lo habitual.

—Es Solón.

—Muy bien —dijo Cat—. Él es Solón. Pues Eureka es Eureka, y Cat es Cat, aunque eso seguro que no te interesa. Tenemos sed y me gustaría saber si mi familia está criando malvas o qué. Supongo que no tendrás teléfono, ¿no?

—La orquídea —dijo Solón—. Luego hablaremos.

—Esto es ridículo —soltó Cat.

—No debería tener que demostrarte quién es —dijo Ander—. Estamos aquí porque…

—Sé por qué está aquí —interrumpió Solón.

—Si te traigo esa orquídea —dijo Eureka—, ¿nos ayudarás?

—He dicho que hablaremos —la corrigió Solón—. Verás que soy un excelente conversador. Nadie se ha quejado jamás.

—Necesitamos agua —añadió Eureka—. Y mi padre está herido.

—He dicho que hablaremos —repitió Solón—. A menos que conozcas a alguien más por aquí que te dé lo que estás buscando.

Eureka estudió la cascada, intentando determinar la textura de la pared de roca blanca que había detrás. El primer paso sería llegar a la roca, más allá del agua. Luego se preocuparía de escalar.

Miró a su padre, pero seguía durmiendo. Pensó en los cientos de árboles a los que Brooks y ella habían trepado en su infancia. Su momento favorito para trepar era al anochecer, porque, cuando se acurrucaban en las ramas más altas, salían las estrellas. Eureka se imaginó uniendo todas esas ramas a un tronco descomunal. Se lo imaginó estirándose hasta el espacio, más allá de la luna. Después se imaginó una casa en un árbol en la luna, con Brooks esperándola dentro, flotando con un traje espacial, mientras hacía tiempo cambiando el nombre de las constelaciones. Orión era la única que conocía.

Clavó los ojos en la cascada. En ese momento, fantasear no iba a ayudarla en nada. Cat tenía razón, aquello era ridículo. No podría llegar a la orquídea. ¿Por qué lo estaba considerando siquiera?

«Encuentra cómo salir de la madriguera, niña.»

El recuerdo de la voz de Diana le llenó el corazón de nostalgia. Su madre decía que creer en lo imposible era el primer paso hacia la grandeza. Le hubiera susurrado a Eureka al oído: «Ve a por ello».

Al pensar en Diana, Eureka se llevó la mano al cuello. Mientras recorría con los dedos el relicario, la cinta amarilla y la piedra de rayo, ideó un plan. Le pasó a Cat la antorcha. Se descolgó la bolsa que llevaba al hombro y se la dio a Ander.

Él le dedicó una sonrisa que parecía decir: «¿De verdad vas a ir a buscarla?».

Se quedó delante de él, sintiendo el calor de sus dedos mientras cogía la bolsa. La frente se le perló de sudor. Era una tontería desear un beso de buena suerte, pero era lo que quería.

—Ve a por ello —le susurró Ander.

Eureka se agachó hasta colocarse en la posición que adoptaba antes de una carrera. Flexionó las rodillas y cerró los puños. Iba a necesitar coger carrerilla.

—Estás en buena forma. —Solón bebió lo que le quedaba en la copa—. ¿Quién iba a decir que estabas entrenada?

—Vamos, Boudreaux.

Cat repitió la frase con la que la animaba en sus encuentros. Pero su voz sonaba distante, como si no creyera que aquello estuviera sucediendo.

Eureka había practicado el salto de altura durante un tiempo antes de empezar a correr. Clavó la vista en la cascada y visualizó una línea horizontal en el agua para que su cuerpo saltara por encima. Le irradió el miedo, una energía que se dijo a sí misma que aprovecharía. Echó a correr desde el fondo de la cueva.

En las primeras zancadas, tenía los músculos fríos y tensos, pero pronto notó como se relajaban y se aligeraban. Inspiró hondo, llevando aquel aire extraño y húmedo a sus pulmones, y aguantó la respiración hasta que se sintió inmersa en el ambiente. Sus zapatillas dejaron de chapotear. La caja torácica se ensanchó. Su mente viajó a la rama más alta de la luna. No bajó la vista cuando el suelo cayó bajo sus pies. Giró en el aire, arqueó la espalda, levantó las manos y se lanzó de espaldas hacia la cascada.

El agua fría rugía a su alrededor. Gritó cuando su cuerpo cayó seis metros y la absorbió la catarata. Entonces el escudo de la piedra de rayo brotó a su alrededor, una oración escuchada que la hizo rebotar hacia arriba. Era ingrávida, estaba protegida. Pero la fuerza de la cascada la arrastraba hacia abajo.

Iba a tener que nadar para subir.

Puso el cuerpo derecho. Dio una brazada y después otra.

Era una tarea ardua. A cada brazada sentía ardor en los brazos, pero solo avanzaba un centímetro. Cuando no se esforzaba por subir, el agua la empujaba hacia abajo. Tras un trecho largo y agotador, Eureka tenía la sensación de estar solo al nivel del suelo de la cueva. Le quedaba mucho por recorrer.

Sus brazos empujaban hacia delante. Gemía cuando se esforzaba por llevarlos atrás. Daba fuertes patadas con las piernas. Hizo todo lo que estaba en su mano por subir la cascada, dobló los centímetros en su avance y después, aunque pareciera imposible, los convirtió en metros.

Temblaba de cansancio cuando vio que las finas raíces de la orquídea recorrían el lateral de la piedra. Más allá de la cascada, se agitaban unas hojas anchas y verdes, y brillaban unas flores fucsias. Estaba tan entusiasmada que se lanzó hacia la orquídea.

Se movió demasiado rápido. Su cuerpo atravesó la cascada antes de que se diera cuenta de su error: en cuanto el escudo quedó expuesto al aire, estalló como un globo.

La mano de Eureka había estado a unos centímetros de la flor, pero perdía propulsión. Los brazos giraron. Las piernas pedalearon en el aire. Gritó y su cuerpo cayó…

Entonces algo le rozó la espalda. Una fuerza la golpeó en medio del aire mientras se elevaba por la cara de la cascada. La orquídea estaba otra vez a su alcance.

El Céfiro. La sensación del aliento de Ander envolviendo su cuerpo era maravillosa e íntima. La abrazó y la elevó más alto hacia el cielo. Los separaban diez metros, pero Eureka se sentía tan cerca de él como cuando se habían besado.

Alargó la mano y agarró la orquídea. Los dedos se cerraron alrededor de su fino tallo y lo arrancaron de la roca.

Abajo, Ander gritaba de alegría. Los mellizos aplaudían y saltaban. Cat silbaba. Cuando Eureka se dio la vuelta para sacudir triunfalmente la flor, vio que Solón miraba a Ander con el entrecejo fruncido.

El viento cambió de dirección y apartó la fuerza que había estado sosteniéndola. La gravedad regresó. Eureka se precipitó delante de la cascada hacia la lejana oscuridad.

9

Submarinismo

Eureka cayó en picado a través de una niebla fría. Oyó a los mellizos gritar. Alargó el brazo hacia sus cuerpos borrosos mientras bajaba a toda velocidad, atravesaba el espacio en el suelo de la cueva y se sumergía en un conducto ancho y oscuro.

Se la tragó la oscuridad. Cruzó los brazos sobre el pecho, agarrando la orquídea con una mano y la piedra de rayo con la otra. La cinta amarilla le dio en la barbilla, como recordándole que había fallado a esa niña. Se preparó para aquello contra lo que fuera a chocar. Toda cascada tenía un final.

Le preocupaba sumergirse en aguas poco profundas para su escudo. Volvió a la noche lluviosa en la que había muerto su abuela, cuando las plantas de sus pies se le fueron poniendo azules poco a poco, y recordó la última palabra de la anciana con voz ronca: «¡Reza!». Por algún motivo, esa imagen la tranquilizó. Susurró:

—Ya voy, Sugar. Ya voy, mamá.

Cobró velocidad. Entonces dio una voltereta. Si eran los últimos momentos de su vida, no pensaba pasarlos como un maniquí.

Le vinieron a la cabeza un millón de cosas a la vez: un poema que había leído en la sala de espera de la psiquiatra llamado *Caída*, de James Dickey, una película sobre unas personas que se suicidaban saltando del puente Golden Gate, la primera vez que probó la nata montada con las tortitas, la dolorosa y barroca dulzura del mundo, el lujo de permitirse sentirse sola y triste.

De repente, el conducto se abrió hacia una cámara enorme y sombría, y Eureka vio el agua debajo. Por la película sobre los suicidios en el Golden Gate, supo que debía sentarse antes de romper la superficie del agua.

Se sumergió a toda velocidad como si fuera atada a una silla invisible. El escudo apareció a su alrededor. Intentó respirar, disminuir el ritmo de su corazón acelerado. Intentó recuperar lo que estaba pensando mientras caía, pero esos pensamientos volaban arriba, donde fuese que vivieran los sueños.

Oyó unos gritos, la llamaban por su nombre. Una gran zambullida echó el escudo hacia atrás. Ander nadó hacia ella. Llegó delante del escudo y apretó la superficie con las manos. Parecía desesperado por coger a Eureka.

Ella soltó la orquídea. Empujó el escudo con las manos, de manera que sus palmas quedaron contra las de Ander. Entonces, lentamente, presionó con la frente y los hombros. Ander levantó la barbilla, embelesado, mientras ella apretaba los labios contra el escudo.

Eureka lo miró. Él tenía la boca entreabierta. Dudó un instante y luego recorrió con un dedo los labios de ella a través del escudo. Eureka sintió la ligera presión de su roce, pero no la suavidad de la piel.

El calor atravesó a Eureka. Se hallaban tentadoramente cerca…

Podían nadar hasta la superficie para que el escudo desapareciera, pero Eureka de pronto presintió que una fuerza poderosa podría estar siempre entre ellos, burlándose de ella, torturándola.

Ander llevaba mucho tiempo bajo el agua, sin aire. En el interior del escudo, Eureka podía respirar, pero a Ander debían de arderle los pulmones. Ella se retiró del borde de la burbuja y señaló hacia la superficie. Cuando Ander asintió, cogió la orquídea y se impulsaron cada vez más arriba, hasta que la cabeza de Eureka salió a la superficie y el escudo volvió a romperse.

Se miraron el uno al otro mientras flotaban en el agua, que estaba caliente, como la de una bañera. El brazo de Eureka tocó el muslo de Ander. El pie de él golpeó la rodilla de ella. La culpabilidad de Eureka rozó la del chico y luego se perdió en el agua oscura. Eureka no sabía cómo podían permanecer conectados sin hundirse.

—No os preocupéis por mí.

Solón les sonrió con complicidad desde el borde de la charca. Detrás de él, Eureka vio una escalera curva construida en la piedra. Cat y los mellizos saltaron desde el último escalón y corrieron hacia ella. El entramado de alas de su padre flotaba al pie de las escaleras.

Eureka agitó la orquídea para indicar que se encontraba bien. Todavía se estaba haciendo a la idea de que no estaba a punto de morir.

La cueva allí abajo era más oscura, sin adornos. Tan solo unos candelabros con forma de estalagmita iluminaban el enorme espacio, pero Eureka tenía la sensación de que había más en aquella cisterna subterránea de lo que veía desde la charca.

Un chorro de agua salió de golpe por detrás de Eureka y ella se echó hacia delante.

—Solo es un pequeño respiradero —explicó Solón—. No es otra prueba. ¿Por qué no te calmas y sales de ahí? Tenemos mucho de que hablar.

Ander se impulsó para salir de la charca y se dio la vuelta para ayudar a Eureka. Estaba empapada, y él, completamente seco.

Solón le lanzó una bata idéntica a la suya. La chica se la puso encima de la ropa mojada y se escurrió la coleta. Cat y los mellizos la abrazaron, su amiga por la parte superior y los pequeños más abajo.

—Bueno. Has aprobado —dijo Solón, y miró a Ander—. Haciendo un poco de trampa.

Ander sacó pecho frente a Solón.

—Por poco se mata.

Solón retrocedió. Le hacía gracia.

—Algunos dirían que esa era la idea. Estoy seguro de que sabes a qué me refiero. —Se volvió hacia Eureka—. Tu amigo está enfadado porque cuando me he dado cuenta de que estaba usando su Céfiro para ayudarte, yo he utilizado el mío para retirar el suyo. Ahí ha sido cuando te has caído.

Con dos dedos imitó el movimiento de sus piernas al caer y silbó para reproducir el sonido de su descenso.

—¿Querías que me cayera? —preguntó Eureka.

—«Querer» es una palabra fuerte. Más que nada, lo que no quiero es que un Portador de la Simiente entre en mi casa.

—Yo ya no soy un Portador de la Simiente —replicó Ander—. Me llamo Ander. Como tú, he dado la espalda…

Solón frunció el ceño y sacudió la cabeza impacientemente.

—Si has sido Portador de la Simiente, siempre lo serás. Es el aspecto más desafortunado de una existencia meridianamente desgraciada. Y no te pareces en nada a mí. —Hizo una pausa—. ¿Ander? ¿Por Leander?

—Sí.

—Bastante pretencioso, ¿no crees? ¿Ya has celebrado el Paso?

Ander asintió.

—Cumplí dieciocho en febrero.

Los ojos de Eureka iban de uno al otro, intentando seguir el ritmo de la conversación de los dos chicos. Todo aquello era nuevo para ella. Se imaginó el cumpleaños de Ander unos meses antes, en Lafayette. ¿Con quién lo habría celebrado? ¿Qué tipo de tarta le gustaba? ¿Y qué era el Paso?

—¿A quién reemplazaste? —le preguntó Solón a Ander—. Espera, no me lo digas, no entraré en esos rollos familiares solo porque un chaval se cuele en mi cueva como una broma de mal gusto.

Eureka arrojó la orquídea a la cara de Solón.

—Aquí tienes tu flor, gilipollas.

—Métetela por el respiradero —masculló Cat.

Solón cogió la orquídea por el tallo. Se la llevó al pecho y acarició los pétalos.

—¿Cuánto tiempo me has conseguido? —le preguntó a la flor.

Al levantar la vista hacia Eureka, una sonrisa inquietante apareció en su rostro.

—Bueno, ahora estás aquí, ¿no? Tendré que acostumbrarme también a eso. La privacidad y la dignidad son dos estados temporales.

—¿Alguien quiere agua?

Solón les tendió una garrafa de cobre cuando volvieron a la planta superior y se sentaron alrededor del fuego. Había repartido mantas de alpaca, que todos se habían colocado sobre los hombros.

Cat introdujo los pies en un par de mocasines de Solón.

—Estas cosas serán mi muerte —le había dicho a uno de los cráneos de la pared al resbalar con sus zapatos rojos y meter los tacones de aguja en las cuencas de sus ojos—. Lo pillas, ¿no?

La enramada de alas de polilla que llevaba al padre de Eureka había empezado a combarse durante la aventura de la chica con la orquídea. Las polillas estaban muriéndose. Cuando el entramado cayó al suelo, se desplegó, tan mágico como un edredón gris apagado. Mientras Solón y Ander acercaban al padre al fuego y lo apoyaban en una montaña de cojines, Eureka toqueteó el extraño material del entramado. Las alas de las polillas estaban cambiando, dejaban de ser una fina capa blanquecina para convertirse en polvo.

Eureka le cogió la garrafa a Solón, ansiando dar unos cuantos tragos, pero se la llevó a su padre a los labios.

Él bebió con debilidad. Carraspeó con la garganta seca mientras se esforzaba por tragar. Cuando pareció demasiado cansado para seguir bebiendo, miró a Eureka.

—Se supone que yo debería cuidar de ti.

Ella le enjugó las comisuras de la boca.

—Nos cuidaremos el uno al otro.

Él trató de sonreír.

—Te pareces mucho a tu madre, pero…

—Pero ¿qué?

Su padre rara vez hablaba de Diana. Aunque Eureka sabía que estaba cansado, quería prolongar el momento, mantenerlo allí con ella. Quería saber todo lo posible sobre el amor que la creó.

—Pero tú eres más fuerte.

Eureka estaba sorprendida. Diana era la persona más fuerte que había conocido.

—No temes fallar —dijo su padre— o estar cerca de otros cuando ellos fallen. Eso requiere una fuerza que Diana nunca tuvo.

—Me parece que no me ha quedado más remedio —le respondió Eureka.

Solón, que había desaparecido tras un tapiz que debía de conducir a un cuarto interior, regresó llevando una bandeja de madera con unas tazas altas de cerámica.

—También tengo prosecco, si lo preferís. Yo sí.

—¿Qué es un prospecto? —preguntó William.

—¿Tienes palomitas? —quiso saber Claire.

—Miradnos. —Solón le alargó una taza vacía a Cat, que la cogió por el asa con el meñique—. Celebrando una pequeña fiesta.

—Mi padre necesita un médico —dijo Eureka.

—Sí, sí —contestó Solón—. Mi ayudante estará aquí en breve. Prepara unos analgésicos estupendos.

—Se tiene que curar la herida —dijo Eureka—. Necesitaremos gasas, antiséptico…

—Cuando llegue Filiz. Ella se encarga de esas cosas.

Solón se metió la mano en el bolsillo de la bata y sacó un cigarrillo liado a mano. Se lo puso en la boca, se inclinó sobre el fuego e inhaló. Soltó una gran nube de humo que olía a clavo. William tosió y Eureka apartó el humo de la cara de su hermano.

—Primero —dijo Solón— tengo que saber quién de vosotros ha atravesado el vidriado de las brujas para llegar a mi cueva.

—Yo —confesó Claire.

—Debería haberlo sabido —respondió Solón—. Mide un metro y sabe muy bien que los adultos están llenos de chorradas. Su singularidad es todavía bastante fuerte.

—¿A qué te refieres con «su singularidad»? —preguntó Cat, pero Solón se limitó a sonreír a Claire.

—Claire es mi hermana —aclaró Eureka—. William y ella son mellizos.

Solón señaló a William con la cabeza y exhaló por un lado de la boca por cortesía.

—¿Por qué tipo de magia te decantas tú?

—Aún lo estoy decidiendo —contestó William.

No lo decía en broma. Para William, la magia era real.

El Portador de la Simiente perdido dejó el cigarrillo en la estalagmita que estaba utilizando como cenicero.

—Entiendo.

Ander cogió el cigarrillo y lo olisqueó como si no hubiera visto nunca uno.

—¿Cómo es que fumas?

Solón le arrebató el cigarrillo.

—He renunciado a muchísimos placeres, pero me mantengo fiel a este.

—Pero ¿y tu Céfiro? —preguntó Ander—. ¿Cómo puedes seguir…?

—Tengo los pulmones destrozados. —Solón dio una calada y exhaló una enorme columna de humo—. Hace un rato, cuando te he desviado, era la primera vez que usaba mi Céfiro en años. Supongo que, si mi muerte dependiera de ello, todavía podría levantar un cordón. —Dio unos golpecitos en la punta de su cigarrillo—. Pero prefiero esta pequeña alegría.

Se dio la vuelta, con el cigarrillo colgando de los labios, y arrancó los pétalos de orquídea de la rama. Los fue echando en una botella de refresco de cristal mientras contaba los pétalos entre dientes, como si fueran valiosas monedas de oro.

—¿Qué vas a hacer con eso? —preguntó Claire.

Solón sonrió y continuó con su extraña tarea. Cuando terminó de llenar la botella, sacó de su bolsillo una bolsita de terciopelo negro y guardó allí los pétalos amatista sobrantes.

—Estos me los guardo para un día algo menos lluvioso —les explicó.

—Ahora que tienes tu florecita, ¿existe alguna posibilidad de que pueda usar un teléfono o conectarme al wifi de alguien? —preguntó Cat.

—Vive debajo de una roca —dijo Eureka—. Dudo que tenga banda ancha. —Miró a Solón—. Cat se separó de su familia. Necesita contactar con ellos.

—Aquí abajo no tenemos conexión —contestó Solón—. Había un cibercafé un par de kilómetros al oeste, pero ahora todo está inundado gracias a Eureka. El agua ha arrasado la red mundial.

Cat se quedó mirando a Eureka boquiabierta.

—Te has cargado internet.

—Las brujas puede que sepan dónde está tu familia —continuó Solón—, pero no dan información gratis. —Miró la botella llena de pétalos—. Yo me lo pensaría muy bien antes de quedar en deuda con esas bestias.

—Las hemos conocido —dijo Eureka—. Han sido ellas las que nos han ayudado a encontrarte. Han transportado a mi padre y…

—Lo sé. —Solón se volvió hacia el entramado desintegrado y pasó la mano suavemente por el polvo de alas de polilla—. Reconocería los restos de mis queridas en cualquier parte.

—¿De verdad pueden las brujas poner a Cat en contacto con su familia? —inquirió Eureka.

—Pueden hacer muchas cosas. —Solón dejó la bolsa de terciopelo y cogió un saco de arpillera que había detrás de él. Volcó unas cuantas piedras de colores y empezó a examinarlas cuidadosamente—. Son unas carroñeras. Unas furcias arpías. ¿Habéis conocido a Esme? ¿Una joven, muy guapa?

—No nos hemos quedado con sus nombres —dijo Eureka.

—Nunca lo haréis y jamás debéis llamarlas por ellos. Sus nombres son un secreto para todo el mundo a excepción de otras brujas chismosas. Cualquiera que conozca uno debe fingir que no lo sabe.

—Entonces ¿por qué me dices cómo se llama? —preguntó Eureka.

—Porque Esme es la más lista y más encantadora, y por lo tanto la más terrible.

—¿Y el vidriado de las brujas?

Claire se acercó más a Solón, quien le dedicó una sonrisa temerosa, como si nadie hubiera estado tan cerca de él en años.

—Pagué a esas brujas para que encantaran la entrada de mi cueva. El vidriado es un camuflaje especial para que mi familia no pueda encontrarme. Es imperceptible a los sentidos, o eso se supone. Exigiré que me devuelvan el dinero. —Miró a Ander—. ¿Cómo has llegado tan lejos?

—Llevo mucho tiempo planeando encontrarte…

—Eso es muy fácil de decir ahora, pero nunca lo hubieras conseguido tú solo.

Solón miró con cara de terror a una de sus calaveras. Luego se levantó y desapareció otra vez detrás del tapiz. Eureka oyó que abría y cerraba armarios.

—No soy una amenaza para ti, Solón —dijo Ander—. Los odio tanto como tú.

—Imposible —contestó Solón cuando regresó un momento después con una botella helada de prosecco en una mano y una copa de champán en la otra. Señaló a Eureka con la cabeza—. Tú la tienes a ella. Mi Byblis está muerta.

Eureka tanteó la bolsa para asegurarse de que aún tenía *El libro del amor*. Byblis había sido una de las propietarias anteriores del libro, y una chica del lagrimaje. Ander le había contado a Eureka que los Portadores de la Simiente la habían matado.

Solón estudió a Eureka.

—Te pareces a ella.

—¿A Byblis?

—A tu madre.

El padre levantó la barbilla.

—¿Estás diciendo que conocías a Diana?

—Vino a visitarme hace años. —Solón descorchó la botella—. ¡Opa! —gritó cuando el tapón rebotó en la frente de una calavera y se alojó en la cuenca del ojo de otra. Había más de un cráneo con corchos por ojos.

—Mi madre… —dijo Eureka.

—Esa mujer era una joya. —Solón levantó la copa y brindó por Diana. Tomó un sorbo—. ¿Cómo está?

—Ella…

Eureka no sabía cómo terminar la frase.

—Malditos sean —susurró Solón, y Eureka se dio cuenta de que conocía los planes de los Portadores de la Simiente—. ¿Sabías que había hecho un pacto con ellos?

—¿Qué?

—Juró que te impediría llorar —dijo Solón— y que no te revelaría la verdad de tu linaje. A cambio, se suponía que iban a dejarte vivir.

Diana nunca había mencionado ningún pacto con los Portadores de la Simiente ni ningún viaje a la Nube Amarga. No había mencionado muchas cosas. Diana sabía a qué tenía que enfrentarse Eureka, pero ella no había nacido con la carga de su hija. No había sido una chica del linaje, no había nacido un día que no existía, ni era una hija sin madre ni una madre sin hijos a la que habían criado para contener sus emociones hasta que explotaron en su interior. Diana había sido la mejor aliada de Eureka, pero nunca había comprendido cómo era ser Eureka.

Aun así, su madre tenía un don para dejarse llevar por el caos hasta que este cobraba sentido. Eureka tocó su collar y se permitió la sensación desgarradora por la pérdida de su madre.

—Diana sabía que nos llevaríamos bien —dijo Solón.

Eureka entrecerró los ojos.

—Ah, ¿sí? ¿Nos llevamos bien?

—Creo que sus palabras fueron: «Si conseguís sobrevivir, os convertiréis en grandes amigos» —explicó Solón—. Tengo que advertirte de que a mí no se me puede matar fácilmente.

—Lo mismo digo —aseguró Eureka—. Créeme, lo he intentado.

—¿Sí? —Solón miró a Eureka con admiración—. Ahora sé que seremos amigos.

—Ya no soy una suicida.

Eureka no sabía por qué había dicho eso; tal vez fuese por los mellizos, tal vez por sí misma. En cualquier caso, era cierto.

—¿Qué te hace querer vivir? —preguntó Solón—. Déjame que lo adivine. —Chasqueó los dedos—. Quieres salvar el mundo.

—¿Crees que esto es una broma? —inquirió ella.

—Por supuesto que es una broma. —Solón señaló a Ander con el pulgar—. En especial para él, que está enamorado de ti.

—No nos conoces —intervino Ander—. Hemos venido aquí en busca de ayuda para derrotar a Atlas, no para que nos des tu retorcida perspectiva sobre el amor. Diana debió de hacerte prometer que ayudarías a Eureka. ¿Vas a hacerlo o no?

—Hablas como si fueras especial. —Solón sentenciaba como si supiera que sus palabras herían, y lo estaba disfrutando—. Y el resto de vosotros. No sois más que los daños colaterales de un mortífero devaneo adolescente que estos dos no pudieron evitar porque son demasiado egocéntricos.

—Oye —dijo Cat—. Yo soy el doble de egocéntrica que Eureka.

—Pero ni una décima parte de mortífera —respondió Solón.

Detrás de él, el agua, blanca como la nieve, caía por la cascada. Eureka estudió el lugar donde había cogido la orquídea. No sabía qué esperaba de Solón, pero estaba segura de que no era aquello.

—¿Por qué pensaba mi madre que podías ayudarme?

—Porque puedo —contestó Solón— y debería hacerlo. Espero que aprendas rápido. Solo tenemos hasta la luna llena antes de que este estúpido mundo llegue a su estúpido fin.

10

En lo que respecta al amor

—¿Qué pasa en la luna llena? —preguntó Eureka horas más tarde cuando Solón, Ander y ella se quedaron solos delante del brasero.

Desde que sus ayudantes habían llegado aquella tarde, Solón había estado muy callado. No iba a dar más detalles del lagrimaje de Eureka mientras la chica pelirroja, Filiz, estuviera entrando y saliendo, recogiendo los platos y haciendo fuego. Parecía inquieta, como si hubiera ido a una fiesta lejos de casa y hubiera perdido a sus amigos.

Antes de marcharse, Filiz curó el hombro al padre y preparó un potente poleo que lo dejó dormido en una habitación de invitados detrás del tapiz rojo y naranja. Los mellizos durmieron en camastros a su lado. Cat había rechazado comer o descansar hasta saber de su familia, por lo que el otro ayudante de Solón, un chico al que habían presentado como «el Poeta», la acompañó a una galería donde existía una remota posibilidad de que su teléfono tuviera cobertura.

El Poeta era alto y sexy, y tenía las yemas de los dedos manchadas de pintura, como un grafitero. Cat y él se habían evaluado intensamente. Mientras subían la escalera de caracol, Cat había sacado de un bolsillo del pantalón del chico un bote de pintura en espray.

—Así que eres un *artiste*...

Eureka supuso que tardarían horas en regresar.

Por fin, Solón llevó a Eureka y Ander a una mesa de piedra en el centro del salón. La bruma de la cascada alcanzó la piel de Eureka y humedeció las batas granates de raso que llevaban Ander y ella mientras su ropa se secaba sobre unas piedras alrededor del brasero.

—El lagrimaje está relacionado con el ciclo lunar —dijo Solón—. Cuando lloraste ayer por la mañana, puede que advirtieras la luna en cuarto creciente. Ahí fue cuando comenzó el Alzamiento. Debe completarse antes de la luna llena, dentro de nueve días.

—¿Y si no se completa? —preguntó Ander.

Solón levantó una ceja y desapareció en la cocina. Regresó al cabo de unos instantes con una bandeja llena de cuencos de cerámica desparejados y descascarillados que contenían crema de espinacas, pasta de huevo nadando en una salsa espesa de champiñones, frutos secos y albaricoques ahogados en miel, garbanzos crujientes y un trozo grande de baklava dulce y densa.

—Si la Atlántida no emerge antes de la próxima luna llena, el Mundo de Vigilia se convertirá en una ciénaga de muertos desperdiciados. Atlas regresará al Mundo Dormido, donde deberá esperar a la próxima generación del lagrimaje, si es que nace otra chica perteneciente a ella.

—¿A qué te refieres con «muertos desperdiciados»? —preguntó Ander.

Solón levantó una fuente de cerámica y se la ofreció a Eureka.

—¿Un escalope?

Eureka rechazó la fuente con un gesto de la mano.

—Suponía que ya se había completado el ascenso.

—Eso depende de cuántas lágrimas tuyas hayan alcanzado el suelo —respondió Solón—. Por lo que creo, solo has derramado dos, pero deberías informarme. El número establecerá nuestra posición en esta catástrofe.

—No estoy segura —respondió—. No sabía que debía controlarlas.

Solón se volvió hacia Ander y le puso una chuleta en el plato.

—¿Cuál es tu excusa?

—Sé que cada lágrima lleva un peso único —dijo Ander—, pero nunca supe la fórmula. Tampoco sabía lo del ciclo lunar. Los Portadores de la Simiente eran reservados, aunque yo formara parte de su familia. Después de que te marcharas, tuvieron mucho cuidado de en quién confiar.

—Guardan secretos porque tienen miedo.

Solón tragó un trozo de carne y cerró los ojos. Su voz adoptó una suave entonación cuando empezó a cantar:

—*Una lágrima para el Mundo de Vigilia fragmentar, / la segunda para las raíces de la Tierra reventar, / la tercera podrá el Mundo Dormido despertar / y permitir que los antiguos reinos vuelvan a empezar.*

Abrió los ojos.

—«La rúbrica de las lágrimas» fue lo último que se cantó antes de la Inundación. Es una metáfora, de la vida, de la muerte o…

—O del amor —concluyó Eureka.

Solón ladeó la cabeza.

—Continúa.

Eureka no sabía de dónde había salido aquella idea. No era una experta en el amor. Pero «La rúbrica de las lágrimas» le recordaba a cómo se había sentido cuando conoció a Ander.

—Quizá la primera lágrima —aventuró—, que fragmenta nuestro mundo, representa la atracción. Cuando a Cat le gusta un chico, nunca dice que está enamorada, sino que la deja hecha añicos, para ser exactos.

—Sé a qué refiere —terció Ander.

—Pero el amor a primera vista no lleva a ninguna parte —dijo Eureka—, a menos que lo veamos por segunda vez y profundicemos.

—Así la segunda lágrima —dijo Ander— atraviesa las raíces...

Eureka asintió.

—De esa forma se conoce a alguien. Sus miedos, sueños y pasiones. Sus defectos. —Pensó en las palabras que le había dicho antes su padre—. Es cuando no se teme tocar las raíces de la otra persona. Son los siguientes miles de kilómetros de ese enamoramiento. —Hizo una pausa—. Pero eso sigue sin ser amor. Es encaprichamiento, hasta...

—La tercera lágrima —aventuró Solón.

—La tercera lágrima llega al Mundo Dormido —añadió Ander—. Y lo despierta. —Se le encendieron las mejillas—. ¿En qué se parece eso al amor?

—Reciprocidad —contestó Eureka—. Cuando la persona a la que amas siente lo mismo por ti. Cuando el vínculo se vuelve inquebrantable. Ahí no hay vuelta atrás.

No se había dado cuenta de que estaba inclinándose hacia Ander y que él estaba inclinándose hacia ella hasta que Solón metió una mano entre sus caras.

—Veo que no le has contado nada de nosotros —le dijo Solón a Ander.

—¿Qué pasa con vosotros? —preguntó Eureka.

—Se refiere —Ander se volvió hacia su plato y cortó un trozo de escalope, pero no se lo comió— al papel de los Portadores de la Simiente, que debemos detener tus lágrimas.

Solón se mofó de Ander.

—Eso ya lo sé —dijo Eureka. Puede que Ander se hubiera vuelto contra su familia, pero todavía se preocupaba por el destino de sus lágrimas. Pensó en el Céfiro glacial en sus mejillas heladas—. Ander la tiene —advirtió.

—¿El qué? —preguntó Solón.

—La tercera lágrima. Volví a llorar de camino aquí, pero su aliento congeló mis lágrimas. No tocaron el suelo. Están a salvo dentro de su lacrimatorio.

—Las lágrimas del lagrimaje nunca están a salvo —replicó Solón.

—Están a salvo conmigo.

Ander le enseñó a Solón el pequeño frasco plateado y Solón se frotó la mandíbula.

—Has estado corriendo con una bomba.

—Las bombas pueden desactivarse —dijo Eureka—. ¿No podemos deshacernos de mis lágrimas sin…?

—No —respondieron Ander y Solón a la vez.

—Esto me lo quedaré yo. —Solón cogió el lacrimatorio y miró con mala cara hacia la mesa—. No he almacenado toda esta comida para que se eche a perder. ¡Comed! Deberíais ver lo que tienen para cenar mis vecinos. ¡El uno al otro!

Eureka se echó un poco de pasta en su plato. Miró la carne, que olía como la cocina del Bon Creole Lunch Shack, cuyas arrugadas bolsas manchadas de grasa bailaban al viento en la parte trasera de la mayoría de las camionetas de New Iberia. El olor despertó la nostalgia en ella y deseó estar sentada en un taburete pegajoso de Victor's, donde su padre freía ostras tan pequeñas como cuartos de dólar y tan ligeras como el aire.

Ander se metió rápidamente varias veces el tenedor lleno en la boca, sin saborear la comida, como si el vacío en su interior pudiera llenarse.

A Eureka le sorprendía el hambre que ella misma tenía. Había tomado forma dentro de ella, con unos bordes tan afilados como los de un cristal roto. Pero las palabras de Solón le habían hecho difícil masticar. Pensó en los ojos dorados y penetrantes de Filiz.

—Por eso les has pedido a Filiz y al Poeta que se marcharan antes de sacar la comida.

—¿De verdad crees que un diluvio de agua salada podría caer del cielo y no destruir la cadena alimenticia? —preguntó Solón—. Mis ayudantes creen que estoy muriéndome de hambre, igual que ellos. Deben seguir pensándolo. No quiero que mis vecinos vengan arrastrándose y se pongan a dar cabezazos contra mi vidriado. ¿Lo entendéis?

—¿Por qué no lo compartes con ellos?

Solón cogió la jarra, la sostuvo sobre el vaso vacío de Eureka y vertió un largo chorro de agua para rellenarlo.

—¿Por qué no viajas en el tiempo para no inundar el mundo?

Ander le arrebató la jarra a Solón y la dejó en la mesa con un fuerte golpe. El agua se derramó sobre los muslos de Eureka.

—Menudo desperdicio.

—Está haciendo todo lo que puede.

—Pues tiene que hacerlo mejor —replicó Solón—. La tercera lágrima está en el mundo y Atlas no tardará en apoderarse de él.

—No —dijo Eureka—. Hemos venido aquí para que me ayudes a detenerlo.

Solón pasó un dedo por su plato y lamió la grasa.

—Esto no es la elección del consejo de estudiantes. Atlas es la fuerza más oscura que el Mundo de Vigilia haya conocido jamás.

—¿Cómo? Ha estado atrapado bajo el océano miles de años —dijo Eureka.

Solón se quedó un buen rato con los ojos clavados en la cascada. Su voz era débil cuando habló por fin.

—Había un chico que vivía a dos manzanas de Byblis cuando ella vivía en Múnich. Iban juntos a clase de pintura. Eran… amigos. Entonces Atlas se apoderó de él. Poseyó la mente de un chico normal y dejó suelto a un demonio. Byblis murió en un momento determinado, pero eso no importó. Atlas no abandonó en años el cuerpo de su huésped. —Hizo un gesto desalentador con la mano—. El resto, desafortunadamente, es historia. Y si la Atlántida emerge, lo que depara el futuro es peor. No tienes ni idea de a qué te enfrentas. No lo entenderás hasta que estés cara a cara con él en el Marais.

Eureka toqueteó el relicario de Diana. Dentro, su madre había escrito esa misma palabra. Eureka abrió el broche y tiró de la cadena para mostrárselo a Solón.

—¿Qué pasa en el Marais?

—El tiempo lo dirá —respondió Solón—. ¿Qué sabes del Marais?

—Es la palabra cajún para «pantano».

Eureka se imaginó la mítica ciudad y a su rey monstruoso emergiendo del bayou por detrás de su casa. Aquello no le gustaba.

—Pero un pantano podría estar en cualquier parte —dijo Ander.

—O en todas partes —apuntó Solón.

—Tú sabes donde está —sospechó Eureka—. ¿Cómo llego hasta allí?

—El Marais no se halla en un mapa —contestó Solón—. Los lugares auténticos no salen en los mapas. El hombre ha malgastado milenios especulando sobre dónde estuvo antes la Atlántida. ¿Cayó más allá de los marlines en Florida o entre las sirenas glaciares suecas? ¿Se hundió junto a las focas antárticas? ¿Está ondulando bajo los yates de las Bahamas? ¿Desaparecida bajo las botellas de ouzo en Santorini? ¿O se la ha llevado el viento como a las hojas de las palmeras de la costa de Palestina?

En la habitación detrás del tapiz, William lloriqueaba en sueños. Eureka se levantó para ir a ver a su hermano, que a menudo necesitaba que lo tranquilizaran debido a las pesadillas, pero el niño no tardó en calmarse.

Solón bajó la voz.

—O quizá el continente entero simplemente fue a la deriva, reacio a establecerse en un lugar concreto. Nadie lo sabe.

—En otras palabras —dijo Ander—, la Atlántida podría emerger de cualquier parte.

—En absoluto. —Solón rellenó su vaso de prosecco—. A lo largo de los años, la latitud y la longitud del Marais en el Mundo de Vigilia han cambiado, pero es y siempre ha sido el lugar desde donde debe emerger la Atlántida. El lecho marino bajo el Marais está moldeado con la forma exacta del continente perdido. Desde allí, Atlas puede subir la Atlántida entera. Una exhumación con éxito.

—Entonces importa donde caiga la tercera lágrima… —apuntó Ander.

—Si es que la tercera lágrima llega al suelo —repuso Eureka.

—Donde sea que llegue la tercera lágrima, allí se levantará la Atlántida —dijo Solón—, pero, a menos que caiga en el Marais, emergerá fragmentada, en trozos irregulares, como dientes que nacen ya cariados. Atlas tendría que hacer un trabajo muy feo para reunir su imperio. —Hizo una mueca—. Y preferiría concentrarse en… otras cosas.

—El Relleno —dijo Ander en voz baja.

—¿Qué es el Relleno? —preguntó Eureka.

—Estás muy lejos de comprenderlo —contestó Solón—. El Marais es donde Eureka debe enfrentarse al Maligno. Estará esperándote allí.

Eureka recordó la imagen de Brooks nadando hacia ella cerca de la costa turca. No había sido una visión. Y tampoco era Brooks el que iba a por ella. Era Atlas.

—No —respondió—, creo que está aquí.

Solón echó un vistazo a la cueva y miró ceñudo a Eureka.

—Está confundida —dijo Ander—. De camino aquí ha creído ver al chico al que Atlas ha poseído. Le he dicho que no podía ser él…

—Pues te has equivocado. —Solón estudió el lacrimatorio en su mano y se lo guardó en el bolsillo de la bata—. Viene a por la chica del lagrimaje. Debe de esconderse en algún lugar de estas montañas. El compromiso de Atlas es de admirar. Es indispensable, Eureka, que te mantengas alejada de él hasta que estés preparada.

—Por supuesto —respondió Eureka, aunque bajó la mirada a su plato para que no le vieran los ojos.

Si Atlas estaba allí, Brooks estaba allí. Si estaba allí, aún podía salvarlo.

—Si está aquí —dijo Ander—, tendremos que matarle.

—Nadie va a tocar a Brooks —espetó Eureka.

—Brooks ya no está —exclamó Ander, y miró a Solón—. Díselo.

—De momento, el chico al que conocías existe dentro de su cuerpo —explicó Solón—, pero, una vez que Atlas se ha apoderado de alguien, no hay escapatoria. ¿Abrigas sentimientos hacia esa atadura mortal?

—Es mi mejor amigo.

—Eureka —Ander fue a cogerla de la mano—, cuando derramaste las primeras dos lágrimas en el jardín de tu casa, ¿por qué lloraste?

—Es complicado. No fue por una sola cosa.

Pero no era nada complicado. Era lo más simple del mundo. Había estado pensando en la pacana del jardín trasero de Sugar. Su mente había trepado por las ramas, en busca de Brooks. Él siempre estaba allí en los recuerdos más felices de su infancia, siempre se reía y la hacía reír a ella.

Eureka se dio cuenta de que Ander ya sabía lo que estaba a punto de decir.

—Lloré porque pensaba que había muerto.

—Y tenías razón. —Solón levantó la copa—. Así que sigamos adelante.

—Eso fue antes de verle nadando hacia mí esta mañana —dijo Eureka—. Mientras exista el cuerpo de Brooks, mientras respire por los pulmones y le lata el corazón, no perderé la esperanza en mi amigo.

—Tu amigo ahora no es más que una herramienta —dijo Solón—. Atlas utilizará los recuerdos del chico para manipularte. Cuando termine, se llevará el alma de tu amigo con él.

No. Tenía que haber una manera de detener al peor enemigo del mundo sin acabar con su mejor amigo.

—¿Y si me niego en redondo a ir al Marais? Me quedaré aquí hasta que la luna llena mengüe y Atlas tendrá que volver al Mundo Dormido. Dejará el cuerpo de Brooks y se irá a casa.

—Eso no es mejor que la idea absurda de Ander de matar a Brooks. La mente de Atlas regresará a la Atlántida y de camino se deshará del cuerpo de tu amigo, pero robará su alma —aclaró Solón—. En cualquier caso, estarías evitando lo que debes hacer. Tu obligación es enfrentarte a Atlas. Debes destruir al Maligno.

—Pero Eureka tiene razón en una cosa —terció Ander—. Bajo el vidriado de tu cueva estaría a salvo de los Portadores de la Simiente y de Atlas. ¿Por qué no podemos aguantar la tormenta hasta que vuelva a hundirse?

—¿Y pasarle la pelota a la siguiente chica del lagrimaje? —insinuó Solón—. ¿Dejar que se pudra este mundo lleno de muertos desperdiciados mientras tú estás aquí?

A Eureka la invadió la vergüenza. Ella había empezado aquel ascenso y ella tendría que ponerle fin de una vez por todas.

—Solón tiene razón. Esto debe terminar conmigo.

—Ahora sí que eres la chica de la que me habló Diana. —Los ojos de Solón reflejaban un entusiasmo juvenil.

Eureka observó la tersura de su piel, la juventud de su pelo, teñido con manchas de leopardo, el brillo intenso de sus ojos azul claro. Pero Solón había sido exiliado de los Portadores de la Simiente hacía setenta y cinco años. Ya nada tenía sentido.

—¿Por qué no eres viejo?

La pregunta se le escapó antes de advertir que sonaba grosera.

Solón dejó la copa y miró a Ander con los ojos muy abiertos.

—¿Quieres sortear tú esta pregunta?

—Deberíamos estar hablando de la preparación de Eureka para ir al Marais, no de…

—¿No de qué? —preguntó Solón mientras comenzaba a apilar los platos—. ¿De tu secreto?

—¿Qué secreto? —quiso saber Eureka.

—No hagas esto —dijo Ander.

—No se tarda ni un minuto. Tengo la historia bien ensayada. —Solón sonrió burlonamente al tiempo que recogía la cubertería de la mesa—. ¿De verdad quieres saber cómo me mantengo tan radiantemente joven?

—Sí —respondió Eureka.

—Por las glándulas de mono. Me las inyecto justo en…

Eureka gruñó.

—No estoy de broma, Solón.

—¡No! ¡Siento! ¡Nada! —Solón extendió los brazos y gritó hacia la cascada—. Ni alegría. Ni deseo. Ni empatía. Y desde luego —se la quedó mirando embelesado— no siento amor. —Solón dio unos golpecitos en la bolsa que contenía *El libro del amor*—. ¿No conoces la historia de Leander y Delphine?

—Querrás decir Leander y Selene —dijo Eureka.

Selene era su antepasada, y Leander, el antepasado de Ander. Hacía mucho tiempo, habían estado muy enamorados y escaparon de la Atlántida para poder amarse libremente, pero naufragaron y quedaron separados por una tormenta.

Solón negó con la cabeza.

—Antes de Selene, estaba Delphine.

Eureka hizo memoria.

—Vale, pero Leander dejó a Delphine porque quería a Selene.

Sonaba a cotilleo de vestuario.

Solón se había acercado a un armario detrás de la mesa. Se sirvió un poco de oporto color rubí.

—¿Te resulta familiar la expresión «No hay peor furia que la de una mujer desdeñada»?

Eureka asintió.

—Ander, ¿de qué está hablando?

—Imagínate a una hechicera despechada —continuó Solón—. Imagínate el corazón más negro quemado hasta una oscuridad aún más profunda. Multiplícalo por cuatro y esa es Delphine desdeñada.

—Esta no es la manera en que Eureka debería... —protestó Ander.

—Estoy llegando a la mejor parte —lo interrumpió Solón—. Delphine no podía evitar que Leander se enamorase de otra, pero sí podía asegurarse de que su amor lo hiciera desgraciado. Le lanzó un hechizo que heredaron todos sus futuros descendientes. Tu novio y yo sufrimos ese hechizo: el amor consume nuestra vida. El amor nos hace envejecer rápidamente, unas décadas en un momento.

Eureka apartó la vista de Ander para mirar a Solón y volvió a mirar al primero. No eran más que unos chicos.

—No lo pillo. Has dicho que una vez estuviste enamorado...

—Oh, lo estuve —dijo Solón con vehemencia, y tomó el último trago de oporto—. No había manera de detener nuestro amor. Es el destino... Los chicos Portadores de la Simiente siempre se enamoran de las chicas del lagrimaje. Tenemos la fiebre del lagrimaje.

Eureka miró a Ander.

—¿Esto ha pasado otras veces?

—No —contestó Solón sarcásticamente—. Todo esto comenzó en el momento en que empezaste a prestarle atención. Dios, las chicas son tontas.

—Lo nuestro es distinto —dijo Ander—. No somos como…

—¿Como yo? —sugirió Solón—. ¿No eres como un asesino?

Entonces Eureka se dio cuenta de lo que le había pasado a Byblis. Se estremeció y empezó a sudar.

—La mataste.

Se suponía que los Portadores de la Simiente tenían que matar a las chicas del lagrimaje. Ander debía matar a Eureka. Pero Solón lo había llevado a cabo. Había asesinado a su amor verdadero.

Ander se acercó a Eureka.

—Lo que sentimos el uno por el otro es real.

—¿Qué le pasó a Byblis? —preguntó Eureka.

—Tras un increíble y apasionado mes juntos —Solón se recostó en su asiento con las manos sobre el pecho—, estábamos sentados en una cafetería de la ribera, el uno frente al otro, más o menos como estáis vosotros ahora.

Solón señaló las rodillas de Ander y Eureka, que se rozaban bajo la mesa.

—Alargué mi débil mano para acariciarle el cabello suelto —continuó Solón—. Me quedé mirando sus ojos azul oscuro y reuní todas mis fuerzas menguantes para decirle que la amaba. —Tragó saliva, cerrando los dedos hasta formar un puño—. Después le rompí el cuello, como me habían enseñado que hiciera. —Dejó la mirada perdida con el puño todavía levantado—. Entonces era un anciano, decrépito por la edad que el amor me había dado.

—Eso es horrible —opinó Eureka.

—Pero hay un final feliz —dijo Solón—. En cuanto murió, la artritis desapareció. Las cataratas se desvanecieron. Podía caminar derecho. Podía correr. —Sonrió a Ander con suficiencia—. Aunque estoy seguro de que mi historia no tiene nada que ver con la tuya. —Tocó los ojos de Ander—. Ni siquiera esas patitas de gallo que están apareciendo.

Ander apartó la mano de Solón de un golpe.

—¿Es cierto? —preguntó Eureka.

Ander evitó su mirada.

—Sí.

—No ibas a decírmelo.

Eureka se quedó mirándolo a la cara y advirtió unas arrugas que no había visto antes. Se lo imaginó renqueando, arrugado, andando lánguidamente con un bastón.

Solón dijo algo, pero estaba en el lado del oído malo de Eureka y no lo oyó. La chica se dio la vuelta.

—¿Qué has dicho?

—He dicho que mientras te ame, Ander envejecerá. Cuanto más intensos sean sus sentimientos, más rápido sucederá. Y en el caso improbable de que no seas una de esas chicas totalmente superficiales, la edad afectará más que al cuerpo. Su mente irá tan rápido como el resto. Se hará increíble y tristemente vieja, y se quedará así. A diferencia del envejecimiento mortal, el del Portador de la Simiente no lleva a la dulce libertad de la muerte.

—¿Y si él dejara de… amarme?

—Entonces, querida —dijo Solón—, seguiría siendo para siempre el chico fornido y ceñudo que tienes ante tus ojos. Interesante dilema, ¿no?

11

Quédate, ilusión

—Necesito tomar el aire —dijo Eureka. La cueva parecía encogerse, como una mano al cerrarse en un puño—. ¿Cómo salgo de aquí?

«No hay escapatoria», había dicho Solón sobre Brooks. Sentía que la misma declaración podía aplicarse a ella. Estaba atrapada en la Nube Amarga, enamorada de un chico al que no debería amar.

—Eureka... —dijo Ander.

—No.

Los dejó en la mesa y bajó las escaleras que llevaban a la planta inferior. El rugido de la cascada resultaba ensordecedor. No quería oír sus propios pensamientos. Quería sumergirse en la charca y dejar que el agua la golpeara hasta no sentirse enfadada, perdida ni traicionada.

A la derecha de la cascada, en la parte trasera de la escalera de caracol, había un tapiz pesado, negro y gris. Eureka se metió detrás de la escalera. En el otro extremo de la charca, mantuvo el equilibrio apoyándose en la pared y levantó la esquina del tapiz.

Un canal transcurría por debajo, desde la charca hacia un infinito oscuro y estrecho. Eureka levantó el tapiz un poco más y vio una canoa de aluminio atada a un poste, a pocos metros dentro del túnel acuoso.

La canoa estaba muy abollada y en el casco lucía el perfil dibujado de un indio americano. Había un remo de madera debajo del asiento integrado, y una antorcha encendida con una base de amatista brillante insertada en una ranura en la proa. La corriente era lenta y ondulaba suavemente.

Eureka quería remar hasta el bayou marrón, no inundado, detrás de su casa, deslizarse bajo las ramas de los sauces llorones, pasar junto a los narcisos que brotaban en la orilla, remar hasta aquella época en que el mundo todavía estaba vivo.

Se subió a la canoa, la desató y levantó el remo. Estaba entusiasmada por su temeridad. No sabía adónde conducía aquel túnel. Se imaginó a los Portadores de la Simiente percibiendo su sabor en el viento. Y a Atlas dentro de Brooks, siguiéndole la pista en las montañas. Eso no la detuvo. Mientras el chapoteo del remo se convertía en el único sonido que Eureka oía, observaba la sombra que la antorcha proyectaba en las paredes a su alrededor. Su silueta era una abstracción angustiante, con unos brazos grotescamente largos. Unas formas la atravesaron como fantasmas.

Pensó en el cuerpo de Ander, en las formas injustas que el amor esculpiría en él. ¿Y si Ander envejecía hasta convertirse en un anciano antes de que Eureka cumpliera los dieciocho años?

El estrecho túnel se abrió, y Eureka entró en una laguna. La lluvia caía sobre su piel. La sal tenía el sabor del suave beso del veneno. Estaba rodeada de picos blancos de roca que pellizcaban un cielo nocturno con nubes púrpuras. Las estrellas titilaban entre las nubes.

En una ocasión, varios meses después del divorcio de los padres de Eureka, Diana la había llevado en canoa por el río Rojo. Durante tres días no habían estado más que ellas dos, quemándose los hombros, remando a ritmo de soul, acampando en la ribera y comiendo solo el pescado que cogían. Habían tomado prestada la tienda del tío Beau, pero terminaron durmiendo a la intemperie, bajo un océano de estrellas. Eureka jamás había visto las estrellas tan brillantes. Diana le dijo que escogiera una y ella escogería otra. Cada una puso a su estrella su nombre para que cuando estuvieran separadas pudieran mirar al cielo y, aunque no vieran la estrella Diana ni la estrella Eureka, aunque su padre se casara con otra mujer y se mudaran a otra ciudad donde nadie se hubiera enamorado, Eureka vería la presencia de su madre, estaría en el brillo de su madre.

Alzó la vista e intentó sentir a Diana a través de los espacios que se abrían en la lluvia. Era difícil. Se secó los ojos, bajó la cabeza y recordó algo que Diana había dicho y que hubiera deseado no saber...

«Hoy he visto al chico que le romperá el corazón a Eureka.»

Su padre había citado la frase de Diana el día en que Eureka le había presentado a Ander. Diana incluso había hecho un dibujo de un chico que se parecía a él.

Eureka no se lo tuvo en cuenta a su padre. El hombre no conocía toda la historia.

Pero ¿cuánto sabía ella? Ander era un Portador de la Simiente, aunque distinto a su familia. Eureka creía entender eso. Se avergonzó por haber dudado de sus padres. Diana sabía que algún día, de alguna manera, Eureka y Ander se encariñarían el uno del otro. Sabía que ese sentimiento consumiría la vida de él. Sabía que ese problema le rompería el corazón a su hija. ¿Por qué no la había avisado?

¿Por qué le había dicho que no llorase pero nunca le advirtió de que no debía amar?

—Mamá… —dijo a la oscuridad lluviosa con un gemido.

Una manada de coyotes aulló en respuesta. Deseó no haber abandonado la cueva. El estanque solitario resultaba ominoso cuando dejó de imaginar a Diana en el cielo.

Las velas iluminaban partes de la roca enfrente de la Nube Amarga. Eureka advirtió que se trataba de otras cuevas. De otras personas despiertas y vivas. ¿Vivían allí los ayudantes de Solón? Cayó en la cuenta de que el estanque era nuevo. Debía de haberlo creado con su llanto. Su lluvia había llenado lo que antes era un valle que conectaba a Solón con sus vecinos. Era una laguna del lagrimaje. Se preguntó cómo llegarían a la cueva Filiz y el Poeta después de que inundara el camino.

Dejó que la canoa avanzara sin rumbo y levantó la antorcha de la proa. La acercó a las otras cuevas. La luz reveló muestras de desesperación: restos de hogueras, sedales abandonados, cadáveres de animales y huesos limpios de carne.

Cayó en espiral, atraída por la seductora fuerza de la depresión. El chico en el que había confiado no podía ayudarla sin amarla, no podía amarla sin precipitarse a la senilidad. Tendría que dejarlo. Tendría que enfrentarse sola a Atlas.

—¡Eh, Sepia!

Eureka echó un vistazo a las rocas. Su corazón palpitaba con fuerza mientras intentaba localizar el origen de aquel sonido. Una sombra cruzó una roca al otro lado del estanque. Ella bajó la antorcha a su soporte y dejó que las estrellas iluminaran la silueta de un joven. El pelo oscuro se le apelmazaba en la frente. Tenía la mano alzada hacia ella. Su rostro estaba oscurecido por las sombras y llevaba un chubasquero extraño, pero Eureka supo que se trataba de Brooks.

Y dentro de Brooks estaba Atlas.

Un escalofrío le recorrió el cuerpo. Empezó a tener miedo. Cogió el remo. Había dejado la Nube Amarga sin pensar. ¿Por qué había abandonado la seguridad de su vidriado? Empujó el remo por el agua para alejarse de Atlas. De Brooks.

Hasta que él se rió. Un sonido grave y gutural, lleno de secretos compartidos; así era como siempre se reía Brooks por sus miles de bromas privadas.

—¿Intentas huir de mí?

No podía dejar a Brooks. Cambió la posición de los brazos para remar hacia atrás. Si se marchaba, lo lamentaría para siempre. Perdería la oportunidad de ver si Brooks estaba vivo o era un fantasma.

—Eso me gusta más.

Una sonrisa iluminó su voz. Eureka añoraba verla en su rostro.

Se acercó más. La luz gris de las estrellas alcanzó la piel del chico, el blanco de sus dientes. Ella recordó el último momento que habían pasado juntos antes de que se llevaran a Brooks. Quería retroceder a aquel instante y quedarse en él, aunque entonces se sintiera deprimida y tuviera miedo. Aquellos últimos momentos con el Brooks incorrupto brillaron en su memoria como si fueran de oro. Estaban tumbados en la playa bajo una capa de protección solar de coco. Brooks bebía una lata de Coca-Cola. Tenían arena en la piel, sal en los labios. Oyó el susurro del bañador cuando su amigo se levantó para nadar hasta el rompeolas. Después desapareció.

En ese momento tenía el mismo aspecto. Las mejillas salpicadas de pecas. La frente proyectaba sombras sobre sus ojos oscuros. Había dado la vuelta al mundo por ella. Sabía que era Atlas, pero también era Brooks.

—¿Estás ahí? —preguntó.

—Estoy aquí.

Atlas controlaba su voz, pero ¿no podía Brooks oírla aún?

—Sé lo que te ha pasado —dijo.

—Y yo sé lo que va a pasarte a ti.

Se agachó en el saliente para que sus caras se acercaran y le tendió la mano.

—Tengo mi barco. Conozco un lugar seguro al que podemos llevar a los mellizos, a tu padre y a Cat. Yo cuidaré de ti.

Aquello era un truco, por supuesto, pero la voz que hablaba sonaba sincera. Eureka lo miró a los ojos y quedó destrozada por lo que encontró en ellos: enemigo, amigo, fracaso, redención. Si Eureka no podía separar a Brooks de Atlas, se aprovecharía de estar tan cerca del Maligno.

—Dime qué es el Relleno.

Su sonrisa la cogió desprevenida y apartó la mirada.

—¿Quién te está llenando la cabeza con historias de fantasmas? —preguntó.

—Eureka —la llamó Ander desde una oscura distancia.

Ella se dio la vuelta. No veía el otro lado del estanque. Debido al vidriado de las brujas, ni siquiera veía la cueva donde se encontraba. Debía de haber advertido la luz de la antorcha, pero ¿la veía a ella? ¿Veía a Brooks?

Brooks entrecerró los ojos, tampoco veía nada a través del vidriado de las brujas.

—¿Dónde está?

—Quédate aquí —le pidió Eureka a Brooks—. Tiene una pistola. Te matará.

No sabía si Ander tenía aún la pistola o si las extrañas balas de verde artemisia dañarían a alguien aparte de a los Portadores de la Simiente. Pero ella haría cualquier cosa para mantener a los dos —tres— chicos separados.

Brooks se levantó.

—Eso sería interesante.

—Lo digo en serio —susurró Eureka—. Como digas una palabra, estás muerto. —Entornó los ojos al mirar a Atlas—. Te enviaremos al Mundo Dormido a saber durante cuánto tiempo. Sé que no te gustaría.

Eureka oyó el chasquido del arma al amartillarla. Brooks se llevó una pistola negra a la sien.

—¿Le ahorro la molestia?

—¡No! —Se puso de pie en la canoa y tendió la mano hacia Brooks. Quería esa pistola lejos de su cabeza. Creyó que él le daba la mano, pero en cambio le entregó el arma. El peso la sorprendió. Estaba caliente de tenerla agarrada. Lanzó una mirada en dirección a Ander. Esperaba que no la hubiera oído—. ¿Qué estás haciendo?

—Has dicho que sabes lo que me ha pasado. Tal vez —sonrió burlonamente— crees que soy peligroso. Aquí tienes tu oportunidad. Detenme.

Ella se quedó mirando el arma.

—¡Eureka! —volvió a llamarla Ander.

—Eso no es lo que quiero —susurró.

—Ahora estamos llegando al meollo del asunto. —Brooks le tocó el hombro y recuperó el equilibrio en la canoa—. Quieres algo. Déjame ayudar.

La caída de unas piedras detrás de ella hizo que Eureka se volviera otra vez. Ander estaba más cerca, fuera del vidriado. Al verle de pronto, sintió el deseo de acercarse a él. Bajaba por un sendero que terminaba en un saliente plano a seis metros por encima de la laguna.

—Tengo que irme.

Eureka usó el remo para apartarse de la roca de Brooks.

—Quédate conmigo —dijo.

—Te iré a buscar cuando pueda —respondió Eureka—. Ahora vete. —Volvió a sentarse en la canoa y remó para alejarse, hacia el centro del estanque—. Ander. —Le hizo señas con la mano—. Aquí.

Los ojos de Ander la encontraron en el agua. Arqueó los brazos por encima de la cabeza, flexionó las rodillas y saltó de cabeza. Eureka lo observó deslizarse hacia abajo, con su pelo rubio ondeando y los dedos de los pies apuntando al cielo. Cuando su cuerpo atravesó la superficie, no salpicó. Eureka contuvo la respiración cuando desapareció bajo sus lágrimas.

Miró la roca en la que se encontraba Brooks, pero ya se había ido. ¿Su encuentro había sido real? Parecía una pesadilla en la que no sucedía nada, aunque el ambiente era mortal. Dejó caer el arma al estanque. Mientras se hundía, se la imaginó descansando en el fondo de un valle inundado, en la mano de un turco ahogado.

El agua salió disparada de la laguna. Eureka se inclinó y vio a Ander emerger de ella. Él estaba encima de la tromba de agua iluminada por las estrellas, cocmo una luna magnetizada.

Ander había arrastrado consigo gran parte del agua de la laguna. A medida que la canoa rozaba el fondo, Eureka vio el fantasma enlodado del sendero que una vez había conectado la cueva de Solón con la de sus vecinos. Aquel era el aspecto que tenía antes de las lágrimas de Eureka. Intentó memorizar cada detalle de la tierra bajo el agua antes de la inundación, se imaginó al Poeta y a Filiz caminando por allí en el pasado de camino al trabajo, el Poeta recogiendo un brote de un olivo ahogado. No vio el arma.

La tromba de Ander descendió con suavidad y volvió a llenar el valle de lágrimas hasta que estuvo al nivel del estanque. Después se sostuvo sobre una pequeña ola junto a la canoa de Eureka.

—¿Estabas hablando con alguien?

—Con mi madre. Una vieja costumbre.

Le tendió la mano y él subió a la canoa.

—No quería que lo descubrieses así —dijo.

—Lo que no querías era que lo descubriese.

—Cuando no lo sabías, podía fingir que no estaba ocurriendo.

Eureka se estremeció y miró a su alrededor. Las nubes habían tapado todas las estrellas y Brooks no estaba por ninguna parte.

—Está ocurriendo todo.

Buscó alguna señal de envejecimiento en Ander. No le importaba que tuviera arrugas o el pelo gris, pero se negaba a ser la causa de que aparentara más edad. Si aumentaba su enamoramiento, consumiría la vida de Ander. Ni siquiera tenía que haber llegado tan lejos.

—Confié en ti —dijo.

—Debías hacerlo.

—Pero ¿por qué no confías tú en mí? Conoces mis secretos desde hace más tiempo que yo misma. No sé si te has enamorado antes. Ni siquiera sé tu canción favorita, qué quieres ser cuando seas mayor o quién es tu mejor amigo.

Ander miró su reflejo en el agua, borroso por la lluvia, y se quedó reflexionando un buen rato antes de decir:

—Antes tenía un perro. Shiloh era mi mejor amigo. —Le dio un puñetazo a su reflejo—. Tuve que dejarlo marchar.

—¿Por qué?

—Era parte de mi Paso. Hasta hace poco, envejecía como cualquier otro chico, día a día, estación a estación, añadiendo centímetros y cicatrices a mi cuerpo. Pero en mi decimoctavo cumpleaños, me iniciaron en una ceremonia familiar. —Alzó la vista, recordando—. Se suponía que debía repudiar todo lo que me importaba. Me dijeron que viviría para siempre. Cuando los Portadores de la Simiente cometemos un acto cruel, nuestros cuerpos rejuvenecen, como si viajáramos en el tiempo. Yo abandoné a Shiloh, pero no pude dejar de amarte, porque es todo lo que soy.

—Creía que el amor le daba vida a una persona —dijo Eureka—. Tu amor es como yo era antes…, suicida.

—El amor es un trayecto interminable por una carretera sinuosa. No lo ves todo de la otra persona a la vez.

Ander se inclinó hacia delante en la canoa e inhaló. Al exhalar, Eureka sintió que algo cálido rodeaba su cuerpo. Había generado un Céfiro suave que la llevaba hacia él. Las manos de la chica se deslizaron por sus brazos y se juntaron alrededor de su cuello. No podía negar que la sensación le resultaba agradable. Absorbió la tensión de sus músculos, el calor de su cuerpo y, antes de que lo supiera, de sus labios.

Pero entonces un mal presentimiento la asaltó. En algún lugar en la oscuridad, Brooks y Atlas los observaban.

—Espera —dijo.

Ander, sin embargo, no hizo caso. La atrajo hacia sí y la besó apasionadamente. Eureka tenía el cuerpo mojado y el de Ander estaba seco; ni siquiera la lluvia parecía saber qué hacer cuando tocaba las partes de sus cuerpos que coincidían. Eureka sucumbió un momento, sintió que la lengua de él tocaba la suya. El corazón se le hinchió. Sintió un hormigueo en los labios.

Se obligó a apartarse. No le importaba lo que Atlas viera, pero no quería que Brooks la contemplara besándose con un chico como si no hubiera inundado el mundo, como si su mejor amigo no estuviera poseído. Apretó la mano contra el pecho de Ander y notó el latido de su corazón. El de ella iba a toda velocidad por el miedo, la culpa y el deseo.

—¿Qué pasa? —preguntó Ander.

Quería confiar en él, pero todo resultaba confuso. Ander veía a Brooks solo como Atlas, el enemigo. No entendía que Eureka quería y necesitaba que parte de ese enemigo sobreviviera. Su encuentro con Brooks tenía que permanecer en secreto, al menos hasta que tuviera claro cómo salvar a su amigo.

—No puedes quererme sin envejecer —dijo finalmente—. Y yo no puedo saber eso sin que me entren ganas de llorar. Y mis lágrimas son el fin del mundo.

Ander le acarició las comisuras de los ojos con los labios para asegurarse de que estaban secas.

—Por favor, no tengas miedo de mi amor.

Cogió el remo para dar la vuelta a la canoa. Su suave respiración les hizo deslizarse hacia la entrada del túnel, de regreso a la Nube Amarga. Justo antes de que la roca se los tragara, Eureka miró atrás, hacia donde había visto a Brooks. A Atlas. El saliente en el que se hallaba no resultaba visible. Las nubes bajas habían recuperado el cielo y estaban ocupadas cubriendo el mundo de oscuridad.

12

La ocupación de la Atlántida

Aquella noche el Poeta alcanzó a Filiz en su nueva ruta, más difícil, del trabajo a casa, rodeando la nueva laguna. Que Filiz ya no pensara en el nombre celano del Poeta, Basil, sugería el impacto que Solón tenía en su modo de pensar.

El Poeta escuchaba un *discman* mientras caminaba, muy prehistórico; una vieja canción country vibraba en los auriculares cuando se los quitó para llamarla por su nombre. Tenía los labios hinchados y su compañera supo que se había estado besando con la amiga de la chica del lagrimaje. Filiz se puso celosa, no porque quisiera besar al Poeta, sino porque nunca había besado a nadie.

Le lanzó un paquete envuelto con pergamino. Tenía el tamaño de las barras de pan que la madre de Filiz horneaba cuando era pequeña y el hambre era un placer goloso que se desvanecía ante una comida preparada.

El Poeta llevaba otro paquete debajo del brazo.

—Esto es lo que Solón les ofrece a los huéspedes especiales —dijo en su lengua natal.

Eran las primeras palabras comprensibles que le había oído pronunciar en meses. La chica desenvolvió el paquete.

Era comida, caliente; carne frita acompañada de frutos secos glaseados con miel y fruta deshidratada del color de las joyas. Algo pegajoso que olía al paraíso. Baklava.

A Filiz le costó muchísimo no devorar todo el contenido del paquete durante el trayecto bajo la lluvia. Pero se acordó del rostro enjuto de su madre.

—Lleva meses almacenando a escondidas —le explicó el Poeta—. Esto es lo que he cogido hoy a hurtadillas. Pero mañana…

Calló, y Filiz supo que todo estaba a punto de cambiar. En cuanto ella compartiera la comida con su familia, y el Poeta con la suya, la comunidad entera lo sabría. La cueva de Solón dejaría de ser un refugio para Filiz o cualquier otra persona.

—Lo matarán —susurró Filiz.

Adoptó una actitud protectora hacia Solón o, al menos, hacia el placer que le proporcionaba trabajar en la cueva. Sabía que era egoísta, pero no quería perder el único toque de glamour en su vida.

No obstante, su pueblo se moría de hambre, así que Filiz apartó la mirada del Poeta y dijo:

—Nos vemos en la Asamblea.

De vuelta en la cueva donde vivía con su madre y su abuela, Filiz sacó un puñado de ramas de su abrigo y las dejó en medio del suelo. Chasqueó los dedos y encendió una llama con la punta de sus uñas azules despintadas.

No hacía mucho tiempo, tenían suficiente leña para mantener el fuego siempre vivo. En ese momento, cuando Filiz llegó a casa, estaba oscuro y hacía frío, y sabía que había estado así todo el día.

Las ramas crujieron, silbaron y echaron humo. Prender fuego a la madera húmeda era como forzar el amor, pero, desde que la chica del lagrimaje había llorado, nada estaba seco. El mundo entero se hallaba a oscuras, frío y mojado. La luz titilante calentó la mente de Filiz e iluminó a su madre, que dormía. La gente decía que Filiz se parecía a ella, aunque la joven se hubiera teñido el pelo y llevara mucho maquillaje que había robado de una droguería en Kusadasi. No veía nada de ella en el rostro cansado de su madre.

La mujer abrió los ojos. Eran del mismo tono marrón claro que los de Filiz.

—¿Cómo ha ido el trabajo?

Su madre hablaba celano, una lengua melódica y vibrante, mezcla del griego y el turco y, según algunos, el atlante. Se hablaba solamente en aquellos cinco kilómetros cuadrados de la Tierra.

La madre de Filiz le examinó la piel en busca de heridas, tal y como hacía todas las noches. Solía llevar a cabo aquella exploración nocturna en el padre de Filiz cuando estaba vivo.

—Muy bien.

Cuando Filiz era niña, le encantaba la mirada intensa y tranquilizadora de su madre sobre su piel. Para cuando la mujer retiraba la vista del cuerpo de su hija, se había curado cualquier rasguño. Era la particularidad de su madre, el único don de magia con el que habían nacido los humanos. A medida que Filiz crecía, había ido oyendo historias sobre personas fuera de su comunidad que perdían sus singularidades al hacerse mayores. No había creído tales historias hasta el último verano, cuando consiguió un trabajo en Kusadasi como guía turística en un crucero. Los pálidos turistas a los que guiaba a menudo eran amables, pero siempre iban alelados, algo así como unos zombis educados que veían el mundo a través de la lente de una cámara. Habían olvidado sus dones hacía tanto tiempo que Filiz se puso a pensar cuáles habrían sido... Tal vez el banquero antes viajaba en el tiempo, o el agente inmobiliario podía comunicarse con los caballos. Tan solo resultaban reconocibles las singularidades de los hijos de los turistas, que empezaban a desaparecer. A Filiz le deprimía ver que los educaban para que también las perdieran.

Para los celanos, el don era lo último que perdían, después de que el corazón dejase de latir. Los más viejos podían perder cualquier otra facultad —el oído, la vista, la memoria—, pero sus dones permanecían con ellos hasta pasado el último aliento. Filiz nunca perdería el suyo. Si sus dedos no fuesen capaces de hacer fuego, no sería Filiz.

Se escabulló de la mirada de su madre, que le resultaba sobreprotectora y agobiante. A veces estaba bien dejar en paz un arañazo sin importancia. De todas formas, ninguna de sus heridas estaba en la superficie. Dejó su pesada bolsa en el suelo, sin estar preparada para revelar el contenido. Tenía pensado jugar a Gülle Oyunu, el juego de canicas que su padre le había enseñado.

Pero no podía apartar los ojos de la bolsa del suelo, del modo en que la luz del fuego jugueteaba sobre ella. Había engullido un tercio de su contenido antes de llegar a casa. Quería ofrecerle a su madre el resto, pero tenía miedo de lo que podía desatar entre su gente, que desde hacía tiempo miraba a Filiz con recelo. Por supuesto, el Poeta estaría dando de comer a su propia familia en su cueva, así que de todas formas no iba a evitar lo inevitable.

Su madre la observaba, llena de preguntas. Recientemente había habido rumores de una visita que Solón iba a recibir en la cueva que todos los celanos sabían que existía pero que ninguno de ellos podía ver. Filiz sabía que su madre quería preguntar sobre aquello.

—Está aquí.

Filiz evitó los ojos enloquecidos de su madre. Se quitó la sudadera y se estiró la camiseta azul y ajustada. La ropa de alta costura que había robado en Kusadasi se ganaba miradas extrañas de la comunidad, pero Filiz odiaba las capas de lana áspera con las que se vestían. Kusadasi le había enseñado lo rural que era su casa. En ese momento las tiendas de vanguardia y los hoteles deslumbrantes de Kusadasi se hallaban a un kilómetro y medio bajo el agua.

El pueblo de Filiz llevaba miles de años viviendo en aquellas cuevas, desde antes de que se hundiera la Atlántida. Todas las generaciones rezaban por que la Atlántida no emergiera durante sus vidas o las de los hijos de sus hijos. Y la muchacha que la iba a traer de vuelta se encontraba a cien metros.

—Come. —Su madre puso agua a hervir en el fuego—. Come y luego habla. La Asamblea va a empezar aquí al lado.

Debería haber sido fácil ofrecerle a su madre famélica la comida robada, pero su familia tenía tanta hambre que Filiz temía que una cantidad limitada la deprimiera aún más.

Echó un vistazo al hervidor.

—¿Qué es?

—Sopa —respondió su madre—. La ha hecho la abuela.

—Mientes —dijo Filiz—. Es agua del cielo hervida.

—No he dicho de qué tipo de sopa se trataba. Está buena. Es salada, como un caldo.

—¿Ya has comido? —Se quedó mirando a su madre y advirtió sus ojos hundidos—. ¡No puedes comer eso!

—Tenemos que comer algo.

Filiz cogió el asa del hervidor y se quemó de un modo muy distinto al de los fuegos que prendía. Maldijo y soltó el hervidor, salpicando el suelo con su contenido.

Su madre se tiró de rodillas para recoger el agua con las manos y se la llevó a los labios.

—¡Basta!

Filiz fue hacia su madre y le apartó las manos de la boca. Cogió la bolsa y sacó una porción de baklava y una grasienta chuleta de ternera. Colocó la comida en las manos de su madre. La mujer miró boquiabierta la comida, como si sus manos estuvieran en llamas. Luego empezó a comer.

Filiz observó a su madre engullir la mitad de la chuleta.

—¿Hay más? —susurró.

Filiz negó con la cabeza.

—Nos estamos muriendo.

La Asamblea tenía lugar en la cueva de Yusuf, el tío de Filiz. Después de la cueva de Solón, que ninguno de los otros tenía permitido ver, por no hablar de entrar, la cueva de Yusuf era la más amplia para reunirse. El fuego se apagaba, Filiz no lo soportaba. Un ojo grande y malvado, pintado en la pared del fondo, los observaba. Filiz se preguntó si estaría ciego; no había protegido a su pueblo desde hacía mucho tiempo.

Filiz llevaba años sin asistir a una Asamblea, desde antes de que falleciese su padre. Aquella noche estaba allí porque sabía que el Poeta iba a delatar a Solón por su comida. Quería hacer lo que estuviera en sus manos para atemperar las reacciones de los celanos.

—Está ocurriendo. —Yusuf frunció las ásperas cejas blancas cuando Filiz entró. Su piel le recordaba a la chica a una codorniz a la sartén, marrón, tirante y agrietada por el sol—. Los animales que hace tiempo cazábamos ahora nos cazan a nosotros. Nuestro hogar se ha convertido en un lugar peligroso, puesto que todo lo que nos rodea pasa hambre.

El grupo era pequeño aquella noche, no había más de veinte vecinos. Tenían un aspecto demacrado y salvaje. Filiz sabía que eran los más saludables, que los ausentes yacían en la cueva de al lado, demasiado desnutridos para moverse.

El Poeta estaba allí, sentado entre dos chicos de su edad. La piel morena de los muchachos tenía un extraño tono blancuzco. Filiz tardó un momento en darse cuenta de que estaba cubierta de sal. Debían de haber pasado todo el día construyendo arcas bajo la lluvia. Era un antiguo proyecto de los celanos con el fin de prepararse para la inundación que temían desde hacía generaciones. Había muchas historias de héroes que sobrevivían a inundaciones del pasado en arcas recias. Pocos se tomaban en serio su construcción, hasta el punto de robar la comida que los constructores habían empezado a almacenar, cuando azotó el hambre el año anterior. Pero, una vez que la lluvia de lágrimas había caído del cielo, todo era diferente. Filiz no sabía adónde se dirigirían los celanos o cómo sobrevivirían en el mar, pero muchos estaban convencidos de que las arcas serían su salvación.

Filiz había crecido con el Poeta y los otros chicos, pero desde que había estado en Kusadasi se sentía una extraña todo el tiempo: demasiado rural para la ciudad y demasiado cosmopolita para su casa. Antes de la inundación, había llegado a la conclusión de que para ser feliz debía cortar los lazos con las montañas, que uno no debería aferrarse a situaciones por la culpa.

Su abuela Seyma estaba sentada sobre un cojín al lado de Yusuf. Los cabellos blancos le caían en cascada hasta pasadas las rodillas. Seyma afirmaba que su singularidad solo funcionaba cuando dormía —podía visitar los sueños de otros—, pero Filiz sabía que podía colarse en la mente de cualquiera en cualquier momento del día.

Sus vecinos hicieron espacio para la joven cuando caminó hacia el centro de la Asamblea. Se arrodilló junto al fuego, chasqueó los dedos y la llama volvió a crepitar con vida. No pensaba mucho en su particularidad hasta momentos como ese, cuando su valor era obvio. Lo único que el Poeta podía hacer era cantar y silbar como un pájaro, un don inútil. Las aves nunca tenían nada comprensible que decir.

Filiz se sentó junto a un niño que se llamaba Pergamon. Era como una sombra silenciosa que siempre la seguía a todas partes. Su singularidad era el poder sobrenatural de su agarre. Filiz a menudo oía a sus padres chillar cuando Pergamon los cogía de la mano. En ese momento estaba durmiendo, con la suave mejilla apoyada en el brazo.

Todos los presentes poseían algún don mágico, pero nadie podía hacer que apareciese comida o agua potable de la nada. Una persona con una peculiaridad como aquella gobernaría el mundo.

Cuando se desató la tormenta, llevaba meses sin llover. Algunos celanos habían llorado de felicidad, unas lágrimas tontas. Otros cayeron de rodillas, dieron las gracias a Dios y habían bebido lluvia. Aunque la mayoría había sido lo bastante sensata para escupir al notar el sabor a sal, hubo un chico que tenía tanta sed que no dejó de beber hasta que su cuerpo se convulsionó. Aquellos con dones curativos, como la madre de Filiz, no habían podido mitigar su deshidratación. Y la sal de la lluvia había contaminado la poca agua potable que les quedaba.

El chico murió. Filiz había asistido al sencillo funeral que se celebró aquella tarde, justo antes de irse a trabajar. Luego entró en la cueva de Solón y se encontró con la responsable de su muerte. Solón observó su reacción, pero debía de saber que ella no diría ni haría nada. Una vez que la lluvia de lágrimas estaba cayendo, la chica era su única esperanza si emergía la Atlántida.

O eso era lo que decía Solón. Cómo lo lograría la chica del lagrimaje era la gran pregunta que se hacía Filiz. A lo mejor su pueblo tenía razón y debían construir las arcas para prepararse para lo peor.

Filiz notó las miradas de sus vecinos sobre ella y se preguntó si el Poeta ya se lo había contado. Entonces vio que pasaban un plato de comida. Hombres y mujeres daban palmaditas en la espalda al Poeta y se reían. El Poeta era un héroe. Filiz contempló como se regodeaba, orgulloso. ¿Qué bien le haría a aquella gente famélica un único bocado? Quizá estuvieran demasiado hambrientos para preguntar entonces, pero en cuanto se acabara la comida, ¿no querrían saber de dónde había salido y cómo conseguir más?

Se dio cuenta de que no estaba enfadada con el Poeta. Estaba enfadada con Eureka. Vio que Pergamon, aún medio dormido, se metía unas espinacas en la boca. El chico que se encontraba a su lado cogió el plato y lo limpió a lengüetazos.

El Poeta miró a Filiz con el mismo recelo que ella sentía hacia él. Basil antes le preguntaba por qué evitaba las Asambleas. En ese momento era evidente que deseaba que Filiz no estuviera allí.

—¿Has conocido a la visita de Solón esta tarde? —le preguntó Yusuf.

Todos los ojos se clavaron en Filiz.

—Ha venido con dos niños, su padre y dos amigos —explicó el Poeta—. Son gente amable y están cansados del viaje. Hay una chica que se llama Cat y es muy...

—Basta de hablar de los otros —le espetó alguien por detrás—. ¿Qué hay de ella?

—Es una mimada egoísta —respondió Filiz y se preguntó por qué.

Tal vez fuese porque el Poeta había llevado comida y ella también quería darle a la gente algo que ansiaba. Deseaban un enemigo, una causa común, alguien a quien culpar.

—¿Le preocupaban los inocentes que iban a morir por su culpa? —Filiz negó con la cabeza—. Creía que su dolor era más importante que sus vidas. Ahora la Atlántida emergerá y se nos llevará por delante. No podemos hacer nada. —Levantó la voz al continuar—. Nos quedaremos aquí sentados, esperando, muertos de hambre.

—Siempre he querido visitar la Atlántida —dijo alguien al fondo.

—Calla, chico —ordenó la abuela de Filiz—. No tenemos comida ni agua para beber. Mi hija está muriéndose. Y mi nieta...

Apartó la vista mientras los demás terminaban la frase en sus cabezas.

—Hay más comida —dijo Filiz, porque le molestaba la desconfianza que reflejaba el rostro de su abuela.

Estaba harta de sentirse como una forastera entre su gente.

La sala quedó en silencio. Unos ojos como platillos observaban a Filiz. El Poeta no le ofreció su ayuda. La chica deseó no haber pronunciado aquellas palabras —estaba renunciando al único placer que le quedaba en la vida, el tiempo que pasaba con Solón en su cueva—, porque ya no tenía más remedio que explicarlo.

—Solón tiene comida. Lleva tiempo preparándose para esta tormenta, tiene provisiones. La chica del lagrimaje se ha dado un festín esta noche mientras vosotros os morís de hambre.

—¿Y agua? —preguntó uno de los chicos cubiertos de sal, que se hallaba sentado junto al Poeta.

—También tiene agua. —Filiz miró al Poeta—. Lo hemos descubierto esta noche.

—Nos llevarás allí mañana —ordenó la abuela de Filiz.

—No es tan fácil —intervino el Poeta—. Ya sabéis que su casa está protegida.

Las brujas chismosas no tenían interés en los celanos, así que la mayor parte de la comunidad de Filiz no se había encontrado jamás con aquellas extrañas mujeres vestidas de orquídeas, pero habían oído el zumbido de las abejas y habían sentido la presencia de magia en las rocas cercanas. Una vez Pergamon encontró un panal de una bruja, aunque nunca le dijo a nadie dónde. La mayoría de los celanos no lo admitirían, pero Filiz sabía que temían todo lo que no sabían de las brujas chismosas.

—Mañana os traeremos más comida —les prometió el Poeta.

—No. Nos ayudaréis a entrar en esa cueva —dijo la abuela de Filiz— y veremos si la chica del lagrimaje es tan especial.

13

El ojo de la tormenta

—¿**D**isfrutando de las vistas?

Eureka se sobresaltó al oír la voz de Solón detrás de ella a la mañana siguiente. Creía que estaba sola en el tejado de la Nube Amarga.

Había subido a la galería al amanecer; sentía curiosidad por las vistas que habría contemplado Ander la noche anterior cuando había ido a buscarla. Todo era plateado bajo la luz matinal de aquel día nublado. La laguna del lagrimaje había crecido y Eureka no creía que la roca de Brooks estuviera aún por encima de la superficie. Revivió el momento en que dejó caer la pistola al agua, cuando besó a Ander en la canoa y cuando se enfrentó al monstruo al que se suponía que debía temer. Sí que le tenía miedo, y le odiaba, y le quería.

Se hallaba —ambos se hallaban— ahí fuera, escondido en la orilla. Podía sentirlos, del mismo modo que aún sentía la pesadilla de la que acababa de despertar.

Había soñado que escalaba una montaña mientras llovía. Cerca de la cima, la tierra cambiaba bajo sus pies. Agarró algo resbaladizo y esponjoso, pero se desintegró en sus dedos. Después la montaña entera se desmoronó y las rocas se desprendieron peligrosamente.

Mientras Eureka sucumbía a la avalancha, advirtió que no había estado subiendo a una montaña, sino a un enorme montón de brazos podridos, piernas mohosas y cabezas en descomposición.

Había estado subiendo por los muertos desperdiciados.

—Debo admitir —Solón contempló la laguna— que tus lágrimas han mejorado el panorama. Es como cuando las puestas de sol son más hermosas en un ambiente contaminado.

Eureka ya no sentía la lluvia. Las gotas se reunían a seis metros sobre ella pero no llegaban nunca a la galería de piedra blanca. Solón debía de haber creado un cordón sobre ellos, aunque había dicho que rara vez usaba ya su Céfiro. Tosió, resolló y encendió un cigarrillo de clavo con un encendedor plateado.

—¿Has dormido bien?

La miró como si le hubiera hecho una pregunta más personal.

—La verdad es que no.

Sentía a Atlas espiando su conversación, observando cada matiz de su lenguaje corporal. Se le puso la piel de gallina.

Solón querría saber sobre el encuentro de Eureka la noche anterior, pero ella no se lo iba a contar allí, con Atlas posiblemente escuchando. No se lo podría contar en ninguna parte si tenía pensado volver a ver a Brooks. Debía permanecer en secreto.

—El grupo se está levantando —dijo Solón cuando los mellizos irrumpieron en la galería.

—¿Qué hay de desayuno?

William se columpió en la rama desnuda de un árbol en el centro de la galería.

—Se suponía que había café —contestó Solón—, pero por lo visto mis empleados han dimitido.

—He tenido una locura de sueño. —Cat apareció por las escaleras—. Mi hermano y yo conducíamos el viejo Trans-Am de mi padre por el océano a través de unos bancos de peces inmensos.

Apoyó la cabeza en el hombro de Eureka con una apatía impropia de ella. Seguía sin saber nada de su familia.

Un rato más tarde, el padre de Eureka subió por las escaleras apoyando su peso en Ander. Eureka tocó el vendaje alrededor de su hombro. Estaba limpio y bien apretado.

—Estoy mejor hoy —dijo antes de que a su hija le diera tiempo a preguntar. El morado que se extendía desde su sien estaba verde.

—Deberías estar descansando —dijo.

—Estaba preocupado por ti —terció Ander—. No sabíamos dónde estabas.

—Estoy bien…

—¡Claire! —gritó su padre—. ¡Baja de ahí!

Claire se había subido encima de la baranda de piedra de la galería y se inclinaba hacia la rama de una buganvilla rosa cuyos pétalos estaban ribeteados de marrón.

—Quiero coger una flor, como Eureka.

Se inclinó demasiado. Su pie resbaló en la piedra mojada y cayó hacia delante, por encima de la baranda. Todo el mundo fue enseguida a por ella, pero William, que siempre estaba al lado de Claire, llegó primero.

Su brazo salió disparado por la baranda y extendió la mano abierta. Para cuando Eureka llegó allí, William había agarrado a Claire.

Salvo que no era así. Sus manos ni siquiera se tocaban. Un metro y medio de aire separaba a los mellizos. Claire colgaba a una altura considerable, sostenida en el aire por una fuerza invisible. Mientras

William tendía la mano hacia abajo y Claire la tendía hacia arriba, una especie de energía en el espacio que los separaba los conectaba y evitaba que la niña se cayera. Claire miró bajo sus pies, a la nada, y se echó a llorar.

—Te tengo.

William tenía la frente perlada de sudor. Su cuerpo estaba inmóvil salvo por los dedos, que se le retorcían. Claire empezó a elevarse.

El resto observaba como Claire flotaba lentamente hacia la mano de su hermano. Sus dedos no tardaron en tocarse y luego se agarraron de las muñecas. A continuación Ander y Solón tiraron de Claire para terminar de subirla a la galería.

—Gracias.

Miró a William y se encogió de hombros después de ponerse derecha. Ya estaba a salvo.

—De nada.

Él también se encogió de hombros mientras Claire corría hacia su padre para secarse las lágrimas.

Eureka se arrodilló delante de William.

—¿Cómo has hecho eso?

—Solo quería traerla de vuelta a donde tiene que estar —respondió William—. Con nosotros.

—Inténtalo otra vez —le pidió Solón.

—Creo que no —dijo el padre.

—Lanza algo al aire —le propuso Solón a Claire—. Cualquier cosa. Pero deja que sea William quien lo coja.

Claire echó un vistazo por la galería. Su mirada se posó en la bolsa púrpura que Eureka había dejado junto a las escaleras. *El libro del amor* asomaba por arriba.

—¡No! —exclamó Eureka, pero Claire ya tenía el libro.

Lo lanzó al cielo. Hubo una pequeña explosión gris cuando el cordón se hizo visible donde el libro lo atravesó. El viento y la lluvia irrumpieron por el agujero que había creado. Eureka oyó un fuerte zumbido, y luego una nube diminuta con forma de hongo apareció en el cielo. El libro pasó por encima del estanque de lágrimas, bajo la galería. Se movía por la lluvia como si nunca fuera a detenerse, como si las respuestas a la herencia de Eureka fuesen a alejarse cada vez más. Tras lo que pareció media eternidad, *El libro del amor* dio contra el pico alto de una roca blanca y quedó abierto sobre la piedra.

—Mi libro —murmuró Eureka.

—Te lo traeré de vuelta —dijo Ander.

—Esa cosa ha atravesado mi cordón y puesto en peligro el vidriado de las brujas. —Solón se rascó la barbilla, horrorizado. Echó un vistazo enseguida al estanque de lágrimas, como si de pronto también pudiera sentir a Atlas—. ¡Que todo el mundo salga corriendo!

—Espera.

William se inclinó hacia delante y apoyó los codos en la baranda. Se concentró en el libro al otro lado del estanque. Al cabo de un rato, el tomo se elevó, se cerró de golpe y retrocedió en el aire. Un brillo púrpura parpadeó en el cielo mientras el libro atravesaba el vidriado. Entonces se produjo otra explosión gris en los límites del cordón. Todos se agacharon mientras *El libro del amor* regresaba a la galería a toda velocidad. Se arrojó a los brazos de William y lo tumbó.

—¡Increíble! —Solón ayudó a William a levantarse y luego se subió a la baranda de la galería para examinar su cordón, a través del cual ya no entraba la lluvia—. Debe de ser una contrasingularidad.

—¿Una qué?

Eureka volvió a guardar el libro en su bolsa y se la colgó al hombro.

—Ayer Claire traspasó el límite del vidriado de las brujas para entrar en la Nube Amarga. Hoy William ha hecho lo contrario. Lo ha descrito muy bien: devuelve las cosas, donde tienen que estar. Las peculiaridades de los mellizos son contrapuntos. Contrasingularidades.

—¿Qué es una singularidad? —preguntó Eureka.

—La singularidad… es… —Solón miró a los demás—. ¿Nadie lo sabe? ¿En serio?

—Eureka se ha cargado Google —se justificó Cat.

—Una singularidad es un concepto encantado —respondió Solón—, un fragmento de magia con el que nacen las almas mortales. La mayoría de las personas jamás aprende cómo utilizar la suya y muere con su singularidad aún aletargada. Esas peculiaridades son tan frágiles como la conciencia de uno mismo. A menos que tu singularidad esté protegida para sobrevivir a los espeluznantes efectos del envejecimiento, desaparece. Una verdadera lástima, porque hasta la peculiaridad más absurda es esencial en el contexto adecuado.

—¿Recibimos solo una? —preguntó William.

—¡Qué ambicioso es el niño! —exclamó Solón—. Bueno, ¿por qué debería haber un límite? Un don es un milagro, pero no seré yo el que te impida tener más. Peculiariza todo lo que quieras.

—¿Tienes tú una singularidad? —le preguntó Claire a Solón.

—Sí —respondió Cat por él—. Ser un cretino.

—Poseo la singularidad global de los Portadores de la Simiente —contestó Solón—, el Céfiro. Ander también lo comparte. Los grupos con frecuencia tienen singularidades globales y a veces contrasingularidades, como los mellizos. Mis vecinos, los celanos, visitan a los muertos en sueños. Pero esos dones no tienen por qué depender de la herencia o de quiénes fueran tus padres. Todos nosotros tenemos magia en nuestro interior. Tomamos los dones de una reserva universal. —Hizo una pausa—. William y Claire ya han despertado sus singularidades. Quizá haya llegado el momento de que el resto de vosotros haga lo mismo.

Eureka se acercó a Solón.

—Se supone que debes prepararme para ir al Marais —dijo—. Nos quedan ocho días antes de la luna llena.

—Dice la chica que desapareció anoche cuando podríamos haber estado trabajando.

—Se fue porque le soltaste una bomba —replicó Ander.

—Una bomba que no le habría soltado si hubieras sido sincero —dijo Solón.

—¿Anoche explotó una bomba? —preguntó William.

—Siempre pasa lo mejor cuando estamos dormidos —protestó Claire y se cruzó de brazos.

—Eureka tiene razón —dijo Ander—. No es momento para trucos de magia. Nuestro enemigo está ahí fuera. Enséñanos cómo luchar contra él.

—No habléis en plural. Esta lucha es mía —espetó Eureka a Solón, a Ander y a Atlas, dondequiera que estuviese.

—Si me enfrentara a la fuerza más oscura del universo —dijo Solón—, me gustaría tener toda la ayuda posible.

—Sí, bueno, algunas personas tienen menos que perder que otras —respondió Eureka.

—¿Y eso qué significa? —preguntó Solón.

—Tú no quieres a nadie, así que no te importa a quién hagan daño —contestó Eureka—. Cuando vaya al Marais, lo haré sola.

Solón resopló.

—¡El día que estés lista para ir al Marais sola, me dará un síncope y moriré!

—¡Al fin me has dado un objetivo! —gritó Eureka.

Eureka vio algo verde con el rabillo del ojo que le llamó la atención. Cat se encontraba sentada con la espalda apoyada en el tronco de un árbol, que ya no estaba pelado. Las ramas echaron delicados brotes verdes, que luego se convirtieron en miles de flores de cerezo, rosa claro. Los pétalos flotaron hacia el suelo y cayeron sobre las trenzas de Cat mientras unas cerezas rojas y maduras crecían de las yemas en las ramas. Los mellizos empezaron a reírse y saltaban para arrancar la fruta del árbol. Las ramas se curvaron hacia delante, envolviendo a Cat en lo que parecía un dulce abrazo de agradecimiento.

—¿Cómo lo has hecho? —preguntó Eureka.

—Diana dijo que Solón y tú seríais buenos amigos —dijo Cat—. No quería que os pelearais. Así que me he sentado y me he concentrado en el amor que Diana sentía por vosotros dos. Esperaba que lo sintierais el uno por el otro.

—Cat —Eureka se puso de rodillas—, ¿por qué te gusta tanto emparejar a la gente?

Cat pasó las manos por la alfombra de flores de cerezo alrededor de sus pies.

—Quiero que todo el mundo se enamore.

—Pero ¿por qué?

—El amor convierte a las personas en las mejores versiones de sí mismas.

Eureka arrancó una cereza y se la pasó a su amiga.

—Creo que has encontrado tu singularidad.

—Come una, Reka —dijo William, vertiendo un puñado en su regazo.

Eureka se llevó una cereza a la boca. Mientras masticaba, le costaba estar enfadada con Solón. Dentro de la fruta había amor. Un amor que era mayor que el miedo.

—Lo siento —le dijo a Solón—. Es que me preocupa quedarme sin tiempo.

—Ahora te toca disculparte a ti.

Claire le ofreció una cereza a Solón.

—No me arrepiento de nada —contestó Solón, y se dio la vuelta—. Trenton, tú eres el siguiente.

—Espera —dijo Cat—. Puedo hacer más. Si vamos a esos avellanos, podría revivirlos. Mi abuelo cultivaba pacanas. Un árbol produce doscientos setenta kilos de frutos al año. Digamos que hay cincuenta árboles en ese bosquecillo. Eso son trece mil quinientos kilos de comida. El Poeta dijo que su familia estaba muriéndose de hambre. Podría ayudarlos.

—Ninguno de vosotros abandonará la protección del vidriado —se impuso Solón.

—Mi familia podría estar ahora mismo muriéndose de hambre —dijo Cat—. Si alguien pudiese hacer algo para ayudarlos...

—No puedes encargarte de lo que pasa ahí fuera.

Solón fulminó a Eureka con la mirada lo que hizo que ella se preguntase si él sabía dónde había estado la noche anterior.

El padre se acercó a Solón.

—Haré lo que pueda. ¿Qué necesitas?

—No tienes que hacer nada, papá —dijo Eureka—. No estás bien.

Solón miró al padre atentamente.

—Tu singularidad probablemente esté enterrada en lo más profundo de tu ser. Pero está ahí. Siempre ha estado ahí. Tal vez pueda ayudar una herramienta. Ander, ¿el oricalco?

Ander abrió la cremallera de su mochila y sacó tres objetos plateados. El primero era la delicada ancla que había usado el día anterior cuando divisaron tierra. Relucía como si acabaran de sacarle brillo, igual que todos los objetos. Había también una funda, de quince centímetros de largo, hecha de plata apenas batida. Solón sacó de ella una lanza de aspecto futurístico que, sorprendentemente, era mucho más larga que la funda. Medía casi un metro y medio, y lucía una fina hoja dentada.

El último objeto era un cofre rectangular del tamaño de un joyero. Contenía la artemisia atlante, una sustancia mortífera para los Portadores de la Simiente. Ander se lo había mostrado a su familia cuando intentaron echar a Eureka de la carretera en Breaux Bridge. Su brillo verdoso los había ahuyentado. Solón lo miró con codicia.

—Los objetos que tienes ante ti están hechos de oricalco —le dijo Solón al padre—. Llevaba sin verlos tres cuartos de siglo hasta que Ander los ha traído aquí y estaba empezando a pensar que eran aspectos místicos de mi imaginación. El oricalco es un metal antiguo. También es un metal al servicio de su dueño. Puedes usar uno (lo que quiere decir que uno te elegirá a ti) como talismán para ayudarte a descubrir tu singularidad.

El padre se quedó mirando los objetos.

—No lo entiendo.

—Por favor, ¿podemos dejar de intentar encontrarle sentido a todo? —dijo Solón—. Se supone que tiene que ser natural, como ha sido para tus hijos. Por ejemplo, este me habla a mí.

Levantó la tapa del cofre y olió profunda y sensualmente.

Ander cerró la tapa.

—¿Te quieres suicidar?

—Por supuesto —dijo Solón, riéndose—. ¿Qué clase de loco lunático no se quiere suicidar?

—Si mueres, yo también muero —masculló Ander—. No abandonaré a Eureka porque tú seas demasiado cobarde para vivir.

Solón arqueó una ceja.

—Eso aún está por ver.

—Papá, coge el cofre —dijo Eureka.

—Sí, me gusta.

El padre cogió el cofre de las manos de Ander y Solón. Abrió la tapa y retrocedió ante el fuerte hedor. Solón se inclinó hacia delante e inspiró, encantado. Eureka advirtió que Ander también se inclinaba hacia delante. Los Portadores de la Simiente no podían resistirse a la artemisia.

Mientras Solón se doblaba por otro ataque de tos, el padre lo observó con una preocupación que Eureka reconoció. La había mirado así toda su vida.

—Tienes cáncer —dijo.

Solón se puso derecho y se quedó mirando al padre.

—¿Qué?

—En los pulmones. Lo veo claramente. Hay oscuridad aquí. —Hizo un gesto hacia el corazón de Solón—. Y aquí, y aquí. —Señaló dos sitios en la parte inferior de sus costillas—. La artemisia podría ayudarte. La hierba calma la inflamación.

—¿Lo oyes, Ander?

Solón se rió.

—La artemisia procede de la Atlántida —dijo Ander—. Es mucho más potente que ninguna otra hierba que conozcas.

—Papá, Solón no puede inhalar la artemisia sin morir —intentó explicarle Eureka—, y sin matar también a Ander.

—Hay otros remedios homeopáticos —contestó su padre, caminando de un lado para otro, nervioso—. Si pudiéramos echarle mano a un poco de extracto de atrapamoscas, podría hacer una infusión.

—Hay una tienda naturista a un par de kilómetros bajo el agua —intervino Solón.

—Siempre has tenido tu singularidad —le dijo Eureka—. Por eso intentas curarnos a todos con la comida. Ves lo que nos pasa por dentro.

—Y quieres que mejoremos —añadió William.

—Vuestra madre siempre decía que veía lo mejor en la gente —dijo su padre.

—¿Cuál de ellas? —preguntó Eureka—. ¿Rhoda o Diana?

—Ambas.

—Ahora le toca a Eureka —dijo Claire.

—Creo que mi singularidad es mi tristeza y ya la he usado bastante. Solón frunció el entrecejo.

—Eres más estrecha de miras que Diana.

—¿A qué te refieres?

—Hay un amplio espectro de emociones aparte de la pena y la desolación. ¿Te has planteado alguna vez qué podría suceder si te permitieras sentir? —Solón abrió mucho los ojos—. ¿Si disfrutaras?

Eureka miró a William y a Claire, que estaban esperando su respuesta. Recordó una cita que una vez había visto tatuada en el cuello de un chico mientras se peleaba con otro chaval en Wade's Hole: UN LÍDER ES UN PROVEEDOR DE ESPERANZA.

En algún momento, Eureka se había convertido en la líder de Cat, su padre y los mellizos. Quería darles esperanza. Pero ¿cómo?

Pensó en una frase popular en los chats en los que se había metido después de la muerte de Diana: «Mejorará con el tiempo». Eureka sabía que originalmente se decía para animar a los chicos homosexuales, pero si había una cosa que había aprendido desde la muerte de Diana, era que las emociones no viajan en línea recta. A veces mejora la situación, y a veces, empeora. Sí, Eureka había disfrutado de momentos de felicidad —en las copas de los robles perennes, en barcos destartalados que navegaban por el bayou, en largas carreras por arboledas sombreadas y cuando se reía a carcajadas con Brooks y Cat—, pero la sensación era normalmente muy breve, un intermedio en el drama de su vida, al que no prestaba mucha atención.

—¿Disfrutarías ayudándome a derrotar a Atlas? —preguntó en voz alta.

—¡Solón! —gritó una voz detrás de ellos. El Poeta apareció al final de las escaleras. Parecía aterrorizado—. He intentado detenerlos… pero a buen hambre no hay pan duro.

—¿De qué estás hablando? —preguntó Solón.

Detrás del Poeta una voz encolerizada gritó algo que Eureka no entendió. Un joven con una barba corta y espesa se unió al Poeta en las escaleras. Todos los músculos de su cuerpo estaban tensos, como si estuviera en estado de shock. Respiraba con dificultad y tenía ojos de loco. Señaló a Eureka con un dedo tembloroso.

—Sí —dijo el Poeta con gran arrepentimiento—. Es de ella de la que hablan los muertos en nuestros sueños.

14

Sobresalto en el asalto

—¡Q uédate ahí! —le gritó Solón a Eureka.

Arrastró la túnica de seda detrás de él cuando pasó junto al Poeta para bajar las escaleras. Sin la protección de su cordón, la lluvia volvió a la galería.

—¿Qué pasa? —le preguntó Cat al Poeta.

El otro chico cruzó enseguida la galería, chapoteando en los charcos, pisoteando los remolinos de flores de cerezo, en dirección a Eureka.

Un destello plateado atrajo la atención de Eureka cuando la cadena de oricalco del ancla de Ander rodeó con fuerza el tórax huesudo del chico, que gruñó mientras se esforzaba por respirar.

Ander sostuvo la tija del ancla por encima del hombro, con la cadena enrollada alrededor de la muñeca. Empujó al joven con barba y al Poeta contra la baranda de la galería. Apretó los cuellos sobre el mirador. Una capa de bruma se extendió hacia ellos y los chicos entraron y salieron de la neblinosa y blanca oscuridad.

—¿Quién está ahí abajo? —Ander apretó con más fuerza los cuellos de los chicos—. ¿Cuántos son?

—No le hagas daño —dijo Cat.

—Suéltanos —gruñó el Poeta—. Venimos destrozados.

—Mentiroso —le espetó Ander. Un relámpago hendió el cielo, iluminando los músculos de su hombro a través de la camiseta—. La quieren a ella.

—Quieren comida.

El Poeta jadeaba y se esforzaba por liberarse.

Su compañero comenzó a sacudirse violentamente para intentar darle a Ander en la cara con la cabeza.

Claire tiró de la manga de la chaqueta vaquera de su padre.

—¿Debería herir a ese chico con la lanza?

El padre miró fijamente a Eureka. Ambos habían advertido que la funda de oricalco estaba en manos de Claire. El padre la cogió para dársela a su otra hija. Eureka se la pasó por la trabilla de los vaqueros mientras su padre se guardaba el cofre de oricalco en el interior de la chaqueta.

Una serie de golpes atrajeron la atención de Eureka hacia Ander y los chicos. El extremo puntiagudo del codo de Ander le dio una y otra vez al joven barbudo en la parte posterior de la cabeza hasta que gruñó y, finalmente, relajó los músculos.

El padre intentó proteger a los mellizos de aquella escena violenta, y Eureka se sorprendió de no haber pensado hacer lo mismo. No le impresionaba como lo habría hecho antes. La violencia era ya algo normal, como el dolor por el hambre y el desánimo del arrepentimiento.

El padre llevó a los mellizos hacia las escaleras. Algo en Eureka se relajó mientras se escabullían. La sensación llegó y se desvaneció rápidamente; no lo podría expresar con palabras, pero le hizo preguntarse si preferiría estar en el lugar de Cat, no saber de su familia, no tener la responsabilidad especial de protegerlos.

Un estrépito abajo hizo que su padre se alejara de un brinco del inicio de las escaleras. No había ningún lugar seguro al que ir.

—¡Quedaos aquí arriba! —gritó Eureka.

Detrás de ella, el Poeta estaba de rodillas, dándole unas palmaditas en las mejillas al chico inconsciente al tiempo que murmuraba algo en su idioma.

—Llévale esto a tu familia —dijo Cat, con los brazos cruzados llenos de cerezas.

El Poeta le contestó con un gesto de agradecimiento y una sonrisa tímida más acorde con una escena en las inmediaciones de un partido de fútbol del instituto que sobre un cuerpo inconsciente cerca del fin del mundo.

—Tenemos más comida —se oyó decir Eureka.

Ander se colocó junto a ella. La chica notaba el calor de él cerca de su cuerpo. Sangraba por encima de la ceja donde le había golpeado el celano.

—Si los alimentamos —le dijo Ander al Poeta—, ¿juras que la dejarán en paz?

Abajo se produjo otro estruendo. Eureka oyó a Solón resollar:

—¡He dicho que me peguéis, patéticos alfeñiques!

—Solón, idiota… —masculló mientras echaba a correr hacia las escaleras.

El brazo de su padre salió disparado para intentar cerrarle el paso.

—Esta no es tu guerra, Reka.

—Esta guerra es solo mía —contestó—. No bajéis ahí.

Su padre se dispuso a discutir y luego se dio cuenta de que no podía detenerla, ni hacer que cambiara de opinión ni cambiar la persona en la que se había convertido. Le dio un beso en la frente, entre los ojos, como solía hacer siempre que tenía pesadillas. «Ahora estás despierta —la había tranquilizado una vez su voz—. Nada va a atraparte.»

Estaba despierta, en una pesadilla que jamás había sido tan real ni peligrosa. Bajó las escaleras ruidosamente.

—¡Solón!

La cueva estaba irreconocible. Una grieta gigantesca partía la mesa volcada del comedor. El brasero estaba machacado y el mosaico del suelo se deshacía por un tronco en llamas. Eureka se metió enseguida detrás de una estantería de pino toscamente labrada y observó a una docena de hombres delgados y demacrados que merodeaban entre las cosas de Solón. Notó la empuñadura de la lanza en la cadera. Quizá fuera mágica y muy valiosa, pero también podía ser mortífera. La usaría si era necesario.

Un chico moreno de su edad pasó las manos por las paredes con murales pintados. Tenía los ojos cerrados. Se detuvo en una parte del mural que representaba una serpiente que escupía una bola de fuego. Se apoyó en la pared y olió. Luego levantó una palanca y golpeó el mural. Los fragmentos de roca volaron por los lados y quedó al descubierto un armario lleno de latas.

Su peculiaridad debía de ser un sentido del olfato aumentado. Eureka miró a su alrededor y vio que los otros asaltantes usaban las suyas.

Un hombre corrió hacia el armario a la vista, pero, en lugar de coger las latas con las manos, sostuvo un saco de arpillera. Todo el contenido de la despensa se deslizó enseguida hacia el saco. Cuando lo llenó, el niño pequeño que había intentado huir con William y

Claire, cerró el saco bien fuerte con las manos. Eureka sabía que nadie podría arrancarle los dedos de allí.

Si volvía a cantarle, ¿soltaría la comida? ¿Quería ella que lo hiciera? No quería que muriera de hambre. Pensó en William y Claire al final de las escaleras. Tampoco quería que ellos murieran de hambre.

En el centro de la estancia, un hombre alto que blandía un cuchillo con forma de J rodeó a Solón. El Portador de la Simiente movía algo largo y blanco, un fémur que había cogido de la pared, y resollaba con el hueso en la mano. Estaba intentando usar su Céfiro para esquivar al atacante, pero no consiguió más que un susurro en el cabello del hombre. El cordón que había creado antes debía de haber agotado sus poderes. Tosió y escupió una flema en el rostro de su oponente.

—¡Hay otras maneras de pedir un aumento de sueldo! —le gritó Solón por encima del hombro a Filiz.

—Lo siento, Solón. —A Filiz le tembló la voz—. No...

La tos seca de Solón interrumpió a su ayudante. El Portador de la Simiente atacó al intruso con el fémur y alcanzó un lado de la cabeza de aquel hombre, lento y desnutrido. Cuando este cayó de rodillas, Solón se puso sobre él, socarrón y triunfante.

Eureka oyó un grito detrás de ella y se volvió para ver a William, Claire y su padre al pie de las escaleras. Le dio un vuelco el corazón.

—¡Os he dicho que os quedarais en la galería!

Uno de los hombres cogió a Claire del brazo. Los nudillos de su padre estaban blancos, de lo apretados que tenía los puños, preparados para golpear. Eureka se llevó la mano a la empuñadura de la lanza. Después oyó un chasquido y vio una explosión de fuego detrás del atacante de Claire.

El hombre soltó a la niña y comenzó a darse manotazos en la cabeza, humeante.

—No toquéis a los niños —ordenó Filiz.

La ayudante de Solón había encendido una bola de fuego al chasquear los dedos. Era su singularidad.

—Gracias —dijo Eureka.

Filiz, sin embargo, estaba atendiendo las quemaduras del hombre y no miró a Eureka a los ojos.

Alguien había descubierto la bebida de Solón. Los hombres abrían los cajones de un baúl camuflado en la roca. Se descorchaban botellas como si fuera Nochevieja y uno de ellos levantó una que contenía un líquido verde oscuro.

—¡Mi absenta suiza no! —gritó Solón—. Esa botella tiene ciento cincuenta y cuatro años. Fue un regalo de Gauguin.

El más grande de los asaltantes lanzó una botella vacía de prosecco a la cabeza agachada de Solón. El hombre alto del cuchillo se incorporó lentamente hasta ponerse de rodillas y le dijo algo a Filiz.

—Dicen que se mueren de hambre —tradujo Filiz—. Quieren saber por qué alimentas a la chica que ha provocado esta situación.

—Tenía pensado compartir todo esto con ellos en cuanto se marchara la chica —respondió Solón. Cogió una botella de las manos de uno de los atacantes y dio un largo trago. Cuando el hombre fue a golpearle, Solón rompió la botella en la cabeza de su oponente con indiferencia—. Pero tienes que decirles que si la chica se muere de hambre antes de arreglar las cosas, ¡nadie volverá a comer jamás!

Eureka se imaginó a cada uno de los atacantes con la barriga llena y bebiendo abundante agua. La ferocidad de sus ojos se suavizaría. Las voces se tranquilizarían. Eran buenas personas, pero el hambre y la sed los habían llevado a la violencia. Por su culpa. Quería compartir la comida.

—Filiz —dijo Eureka—, ¿puedes traducir mis palabras?

Los atacantes se agolparon alrededor de Eureka. La miraban con lascivia, estudiaban su cara. Su aliento era agrio, caliente. Uno de los hombres acercó una mano a sus ojos y gruñó cuando ella la apartó con un golpe. Todos se pusieron a hablar a la vez.

—¡Quieren saber si eres ella! —gritó Filiz por encima del caos de voces.

«De la que hablan los muertos en nuestros sueños», había dicho el Poeta.

Eureka estaba siendo juzgada, no solo por sus lágrimas, sino por todos los errores que había cometido, todas las decisiones que la habían llevado a aquel momento.

Un fuerte zumbido inundó su oído bueno. Se estremeció cuando un enjambre de insectos entró en el salón. Un millón de mariposas, abejas, polillas y pequeños colibríes se arremolinaron en círculos desenfrenados.

—Han asaltado mi sala de mariposas —dijo Solón—. ¿Qué será lo siguiente? —Pensó en algo y se quedó helado. Su rostro se contrajo en una expresión de pánico—. Ovidio. —Apartó a uno de los atacantes y bajó a toda velocidad la escalera de caracol hacia el piso inferior de la cueva.

—¿Quién es Ovidio? —preguntó Eureka, que se agachó bajo una nube de alas.

—¡No seas tonto! —gritó Filiz a Solón—. A nadie le importa eso.

En la otra punta de la estancia, mientras los colibríes pasaban zumbando y las mariposas chocaban contra el techo, el padre de

Eureka rompió una estalactita afilada y siguió a un hombre que llevaba las últimas jarras de agua hacia la entrada de la cueva.

Alguien advirtió al hombre a gritos y, cuando se dio la vuelta, le quitó la estalactita de las manos al padre. Eureka vio que otro atacante la recogía.

Se trataba de una anciana, con las cejas blancas y pobladas, y un delantal sucio. Sostenía la estalactita como un dardo, de cara al padre de Eureka. Se apartó una polilla de la cara y enseñó los dientes torcidos.

Lo que sucedió a continuación fue rápido. La mujer clavó la roca afilada en el estómago de su padre, que balbuceó, sorprendido, y se dobló por la mitad.

Eureka gritó cuando la mujer comenzó a dar patadas en la espalda de su padre, retiraba la estalactita y la levantaba sobre el pecho del hombre. Eureka corrió hacia ellos, apartando alas de su camino. Podían coger la comida y el agua, pero no iban a llevarse a su padre.

Llegó demasiado tarde. La estalactita estaba clavada profundamente en el pecho de su padre. La sangre se le extendía por el tórax. El hombre alzó la mano hacia Eureka, pero se quedó quieta en el aire, un saludo interrumpido.

—No… —susurró ella mientras la sangre le empapaba los dedos y la camisa—. No, no.

—Reka… —se esforzó por decir su padre.

—Papá…

El hombre permaneció en silencio. Ella apoyó el oído bueno en el pecho. La vorágine del asalto se hizo distante. Imaginó a los mellizos llorando, el fragor de las alas batientes, más cristales rotos, pero no oía nada.

Clavó los ojos en el dobladillo del sucio delantal de la mujer que había apuñalado a su padre. Alzó la vista y vio su rostro. La mujer masculló algo a Eureka y luego le gritó a Filiz, que se acercó. Al cabo de un momento, repitió sus palabras a Filiz.

—Mi abuela dice que eres la peor pesadilla del mundo hecha realidad —susurró Filiz.

Eureka se apartó del pecho ensangrentado de su padre. Algo en su interior se rompió. Se abalanzó sobre la anciana. Agarró con los dedos aquel pelo blanco y tiró. Comenzó a dar puñetazos a la mujer. Eureka mantuvo los pulgares fuera de los puños, como su padre le había enseñado, para no golpear como una chica.

Filiz gritó e intentó empujarla, pero Eureka le propinó una patada. No sabía qué iba a hacer, pero nada iba a impedir que lo hiciera. Sintió que la anciana cedía bajo su cuerpo. Las alas le nublaron la vista. La imagen de la mano de su padre inmóvil mientras se despedía le invadió la mente. Había dejado de pensar; había dejado de sentir. Se había convertido en su furia.

La sangre salía a chorros de alguna parte del rostro de la mujer, salpicando el pecho y la boca de Eureka. Ella escupió y la golpeó aún más fuerte, partiendo el frágil hueso que formaba su sien. Percibió el sonido de la cuenca del ojo al hundirse.

—¡Está pidiendo clemencia! —oyó que gritaba Filiz detrás de ella, pero Eureka no sabía cómo parar.

No sabía cómo había llegado hasta allí. Tenía la rodilla en la tráquea de la mujer y el puño sangriento alzado en el aire. Ni siquiera había pensado en usar la lanza.

—¡Eureka, para!

Cat sonaba horrorizada.

Eureka se detuvo. Estaba jadeando. Estudió sus manos ensangrentadas y el cuerpo debajo de ella. ¿Qué había hecho?

Un grupo de atacantes se acercó, algunos horrorizados y otros con expresiones asesinas en el rostro. Gritaban palabras que Eureka no entendía.

Ander fue hacia ella. La impresión en sus ojos azules hizo que a Eureka le entraran ganas de huir para que nadie a quien quería volviera a verla jamás. Se obligó a mirarse las manos, cubiertas de sangre, los pómulos hundidos de la mujer y la mirada ausente de unos ojos llenos de sangre.

Cuando uno de los invasores intentó coger a Eureka, comenzó a soplar un extraño viento en la cueva. Todos se agacharon y se protegieron los ojos. Ander estaba exhalando una gran corriente de aire que rodeó la cueva como si aterrizara un helicóptero. Arrastró a todas las criaturas aladas hacia su terreno, como un farol en un cielo oscuro. Los pájaros e insectos todavía volaban, pero en el mismo sitio, manipulados por la respiración de Ander.

El Céfiro había levantado un muro transparente de viento y alas que dividió la cueva en dos. En un lado, cerca de la entrada a la cueva, se hallaban los intrusos, estupefactos. En el otro lado, cerca de la cascada al fondo del salón, estaban Cat, los mellizos, Ander y, agachada sobre el cuerpo de la anciana, Eureka.

El aliento de Ander la protegía de la venganza de los celanos. No podían llegar al otro lado del muro de alas batientes. No podían hacerle lo que ella le había hecho a la abuela de Filiz, lo que la abuela de Filiz le había hecho a su padre. La respiración de Ander había forjado una tregua temporal. Quizá él fuera el proveedor de esperanza.

Pero ¿cuánto tiempo tardaría Ander en darse cuenta de lo que ella había hecho, cuánto tardaría en filtrarse en los corazones y mentes de todos aquellos a los que quería? ¿Cuánto tiempo pasaría antes de que todos le dieran la espalda?

Eureka no había tenido alternativa. Había visto morir a su padre y reaccionó sin pensar. Fue instintivo. Pero ¿qué sucedería entonces? ¿Seguía habiendo leyes en el mundo anegado?

—Coged la comida —se oyó Eureka decirle a Filiz.

Señaló las latas y los paquetes esparcidos al otro lado de la cueva.

Aquel asesinato era una fisura en la identidad de Eureka. Ya no pertenecía al mundo que intentaba arreglar. Ya no reconocía a la chica que procedía de allí. Nunca podría volver a casa. Lo mejor que podía esperar era que otras personas sí regresaran.

Una sombra atravesó su cuerpo. No sabía si había sido la de Cat o los mellizos. Necesitarían consuelo, ¿y cómo iba a consolar a nadie después de lo que había hecho?

—Eureka.

Se trataba de Solón.

—Si quieres que me vaya, lo entenderé.

—Por supuesto que quiero que te vayas.

Eureka asintió con la cabeza. Lo había estropeado todo, otra vez.

—Quiero que vayas al Marais —le susurró al oído bueno—. De repente creo que sí que podrías lograrlo.

15

Duelo interrumpido

«A sesina.»

La voz en la cabeza de Eureka aquella noche estaba cargada de odio. La había estado provocando todo el día, mientras preparaba a su padre para un funeral que no iba a recibir.

En la Nube Amarga no había tierra y Solón no les dejaría aventurarse fuera del vidriado de las brujas. En cambio, sugirió celebrar un funeral vikingo, en el que enviarían el cuerpo al mar en una pira.

—Pero ¿cómo…? —empezó a preguntar Eureka.

Solón señaló el túnel por el que Eureka había remado la noche anterior. La canoa de aluminio se mecía en él.

—Este canal tiene muchas ramificaciones —dijo y extendió los dedos de la mano—. Esta lleva directamente al océano. —Movió el dedo anular—. La verdad es que sería solemne.

—Tú solo quieres que todo sea siempre lo más morboso posible —intervino Cat, que estaba ayudando a Ander a cubrir la canoa con cajas de madera de prosecco.

La habían criado para ser supersticiosa sobre los ritos de tránsito, consciente del destino de los espíritus y recelosa de fantasmas tristes.

«Asesina.»

Ander intentó llamar su atención.

—Eureka…

—No —dijo—, no seas tierno nunca más.

—Estabas vengando a tu padre —respondió—. Has perdido el control.

Se apartó de Ander y visualizó la inminente incineración de su padre. Se alegraba de que no fuera a haber ningún ataúd claustrofóbico ni un deshonesto embalsamamiento en formaldehído. A lo mejor en el océano las cenizas de su padre encontrarían una parte de Diana y girarían juntos un momento antes de seguir a la deriva.

Si su padre hubiera sabido que estaba a punto de morir, habría escrito un menú y empezado una *roux*. No habría querido un funeral sin una buena comida que lo acompañara. Pero solo les quedaban dos garrafas de agua, una bolsa pequeña de manzanas con macas, un envase de aliño para ensaladas, una caja de Weetabix y unas cuantas botellas de prosecco que Solón había guardado en un cubeta para el hielo en su dormitorio. Comer en la ceremonia era imposible una vez que Eureka había conocido a sus vecinos muertos de hambre.

Al menos podría asear a su padre. Así que empezó por los pies, le quitó las botas y los calcetines, y le frotó la piel con agua del manantial salado. Los mellizos estaban sentados junto a ella, observando; unas lágrimas silenciosas les surcaban las sucias mejillas mientras Eureka le arreglaba cuidadosamente las uñas con un cuchillo. Tomó prestada de Solón una navaja victoriana decorada y afeitó la barba incipiente de su padre. Le alisó las arrugas de expresión alrededor de su boca. Le limpió las heridas, con especial tacto alrededor del morado de la sien.

Le resultaba más fácil centrarse en su padre que en William, Claire, Cat y Ander. Los muertos te dejan ayudarles del modo que quieres hacerlo.

Cuando le dio a su padre el aspecto más tranquilo que pudo, Eureka se volvió hacia la mujer a la que había matado. Sabía que los celanos regresarían a por el cuerpo y quería mostrarle sus respetos. Retiró a la anciana el delantal sucio. Su sangre había formado un largo reguero por las baldosas del mosaico en el suelo, que se había convertido en un ligero río al mezclase con la sangre del padre. Eureka pasó una fregona, con tanto cuidado como antes había enloquecido cuando había derramado la sangre. Alisó el pelo de la mujer a la que odiaba por haber matado a su padre, por ser hermosa, por estar muerta.

Un resplandor se acercó a Eureka. La chica se agachó a la izquierda para evitar chamuscarse cuando una esfera de fuego del tamaño de una pelota de béisbol pasó junto a su cara y golpeó un cráneo en la pared de detrás de ella.

—No toques a Seyma —le espetó Filiz.

Una segunda esfera de fuego le quemó las yemas de los dedos.

—Solo estaba…

—Era mi abuela.

Eureka se levantó para hacer espacio a Filiz junto a la anciana muerta. Al cabo de un instante, preguntó:

—¿Crees en el cielo?

—Creo que lo has atestado de gente.

El Poeta apareció y pasó una mano por debajo de la espalda de Seyma y otra por debajo de sus gruesas rodillas. Levantó a la anciana y Filiz lo siguió para salir de la cueva arrasada.

Cat se colocó junto al cuerpo del padre de Eureka.

—No tenemos un rosario.

—Cualquier collar servirá —dijo Solón.

—No. —La frente de Cat estaba húmeda—. Trenton era católico. Alguien debería rezar el Padre Nuestro, pero a mí no dejan de castañetearme los dientes. Además, nos falta el agua bendita. Si no hacemos estas cosas…

—Mi padre era un buen hombre, Cat. Va a ir allí sin importar lo que hagamos.

Sabía que Cat en realidad no estaba molesta por lo del rosario. La muerte de Trenton representaba todas las pérdidas que no habían tenido tiempo de llorar. Su muerte se había convertido en la muerte de todos y Cat quería hacerlo bien.

—¿Va a ir papá al cielo?

William ladeó la cabeza mientras miraba a su padre.

—Sí.

—¿Con mamá? —preguntó.

—Sí.

—¿Volverá? —quiso saber Claire.

—No —respondió Eureka.

—¿Hay sitio para él ahí arriba? —dijo William.

—Es como las carreteras rurales entre New Iberia y Lafayette —explicó Claire—. Amplias y llenas de espacio para todos.

Eureka sabía que la realidad de la muerte de su padre brotaría lenta y dolorosamente durante el resto de las vidas de los mellizos. Sus cuerpos se hundieron como lo hacían justo antes de llorar, así que los abrazó…

«Asesina.»

Tarareó un viejo himno para silenciar aquella voz. Contempló la expresión relajada de su padre y rezó por tener fuerzas para cuidar a los mellizos con tanto valor como habían tenido sus padres.

—Sí, «aunque pase por el valle de sombra de muerte, no temeré mal alguno» —citó Solón—. ¿No es así?

Aquel salmo solía animar a Eureka. Una cosa era caminar por un valle de muerte, pero pasar por la sombra de la muerte significaba que no sabías dónde estaba la muerte o qué luz proyectaba su sombra. El salmo hacía que la muerte sonara como una segunda luna secreta en el cielo, orbitando alrededor de todo, convirtiendo cada minuto en noche.

Hacía no mucho, Eureka le había propuesto a Dios que se llevara su vida para que volviera Diana. Ya no deseaba eso. No miró el cuerpo de su padre ni quiso estar en su lugar. De algún modo, ya estaba en su lugar, y en el lugar de todas las personas a las que había matado, a pesar de no conocer sus nombres. Parte de Eureka había muerto y siempre estaría muriendo, pero se había convertido en parte de su fuerza. Era un músculo que presentía que iba a usar cuando llegara el momento de derrotar a Atlas y redimirse.

—«Porque tú estás conmigo —terminó ella el salmo—. Tu vara y tu cayado me reconfortan.»

—Tampoco pudiste llorar en el funeral de Diana. —Solón tomó asiento en una antigua butaca y bebió prosecco con cuidado de una taza con el asa rota—. ¿Cómo lo superaste? ¿Con la ayuda de Dios?

Eureka clavó la vista en la taza rota de Solón y recordó la ventana que se había hecho añicos sobre su cabeza la noche en que Diana abandonó a su familia. Se acordó del calentador de agua explotando en el pasillo y de la tormenta que entró en el salón de su casa. Recordó ser incapaz de distinguir el granizo del cristal en su piel. Recordó sus pies en la alfombra peluda y empapada de las escaleras. Luego el sollozo. Después la bofetada que Diana le propinó en la mejilla.

«No vuelvas a llorar jamás.»

Solón estaba mirándola como si lo supiera todo.

—Quería protegerte —dijo.

—No se puede controlar cómo siente una persona —contestó Eureka.

—No, es cierto —admitió Solón, volviendo a atarse la cinta de raso de la bata con un nudo marinero—. Al menos no por mucho tiempo.

Eureka bajó la vista a su padre en la canoa. Antes de que muriera, se habían distanciado. Estaba Rhoda, después el instituto y también el hecho de que se había distanciado de todos tras la muerte de Diana. Siempre había supuesto que tendrían tiempo para volver a conectar.

—Después de que muriera Diana, el amanecer me asombraba —dijo.

—¿Solías contemplarlo con ella? —preguntó Ander.

Eureka negó con la cabeza.

—Dormíamos hasta mediodía. Pero no podía creer que el sol tuviera el atrevimiento de salir después de que muriera. Recuerdo habérselo contado a mi tío en el funeral. Me miró como si estuviera loca. Pero entonces, unos días más tarde, me encontré a mi padre en la cocina, friendo huevos. Él creía que no había nadie en casa, pero había acabado con todo un cartón. Observé como echaba uno a la sartén, se lo quedaba mirando mientras se hacía y luego lo ponía en un plato. Formó un montón, como si fueran tortitas. Luego tiró todo el plato a la basura.

—¿Por qué no se los comió? —preguntó William.

—«Todavía funciona», dijo, como si no se lo creyera —respondió Eureka—. Y después salió de la cocina.

Se suponía que Eureka iba a continuar hablando, diciendo que su padre le había enseñado a contar chistes, a silbar por la cáscara de la caña de azúcar y a no dar puñetazos como una chica. Le enseñó a doblar una servilleta en forma de cisne de papiroflexia, a saber si la langosta era fresca, a bailar dos pasos y a tocar el acorde de sol en la guitarra. Cocinaba comida especial para ella antes de las carreras, buscando el equilibrio adecuado entre proteínas y carbohidratos para darle la máxima energía. Le enseñó que el amor incondicional era posible, porque había querido a dos mujeres a las que no había sido fácil querer, que daban por supuesto que su amor siempre estaría ahí. Le enseñó a Eureka una cosa que Diana nunca pudo: a no huir cuando parecía imposible quedarse. La enseñó a perseverar.

Pero Eureka se guardaba todo eso para sí misma. Reunía los recuerdos a su alrededor como un escudo secreto, la sombra de una sombra en un valle de muerte inundado.

Solón se sirvió otra taza de vino y se levantó de la butaca. Un cigarrillo colgaba de sus labios.

—Cuando un ser querido muere de manera prematura —dijo—, sientes que el universo te debe algo. Buena suerte, invencibilidad, línea de crédito con el hombre de ahí arriba.

—¡Eres tan cínico! —exclamó Cat—. ¿Y si es al revés y el universo ya te ha bendecido con el tiempo que pasasteis juntos?

—Ah, si nunca hubiera amado a Byblis, no la echaría de menos.

—Pero sí la amaste —le dijo Ander a Solón—. ¿Por qué no te alegras del tiempo que pasasteis juntos, aunque no pudiese ser para siempre?

—Verás, este es el problema de las conversaciones —respondió Solón con un suspiro, y miró a Ander—. Lo único que hacemos es hablar de nosotros mismos. Paremos antes de que nos hagamos llorar. —Se volvió hacia Eureka—. ¿Estás preparada para despedirte?

—Se suponía que papá tenía que estar con nosotros —intervino William—. ¿No puedo utilizar mi singularidad para traerlo de vuelta?

—Ojalá —dijo Eureka.

Solón quitó el amarre de la canoa y después dirigió la embarcación hacia una abertura en la oscuridad.

—Flotará por ahí y seguirá poco a poco hasta llegar al mar.

—Quiero ir con él.

Claire tendió la mano hacia la canoa.

—Y yo —dijo Solón—. Pero aún tenemos trabajo que hacer.

—¡Espera!

Eureka se acercó por última vez a la canoa con el cuerpo de su padre. Sacó del bolsillo interior de su chaqueta vaquera el cofre de fino oricalco y lo levantó a la luz de las velas. El verde resplandor que salía de dentro palpitaba.

—Ahí está —murmuró Solón.

Ander ya había devuelto la lanza y el ancla a su mochila. Eureka reclamó la reliquia que su padre no pretendía dejarle. Se puso el cofre debajo del brazo. Solón se acercó, inhalando como una fiera. Cuando Ander también se acercó, Eureka sintió que ella debía guardar el cofre, en su bolsa con *El libro del amor*.

Apretó los labios contra la mejilla de su padre. Él siempre había odiado las despedidas. Le hizo un gesto a Ander con la cabeza y este vertió una botella de alcohol, verde oscura y con un olor fuerte, en las cajas de madera que había debajo de Trenton. Eureka cogió la antorcha de las brujas chismosas, que seguía encendida entre las estalagmitas, y acercó la llama al alcohol. El fuego prendió.

Claire clavó la vista al frente, aturdida. William le dio la espada y se echó a llorar. Eureka empujó suavemente la canoa y su padre entró en la húmeda oscuridad, se unió al ritmo de la corriente. Le deseó que descansase en paz en un cielo de luz tenue sin lágrimas.

16

El Relleno

Más tarde, esa misma noche, Eureka se despertó en la oscura calma del cuarto de invitados de la cueva, angustiada por el fantasma de una pesadilla. Había vuelto a la montaña de los muertos desperdiciados. En lugar de subir por los cadáveres en descomposición, en esa ocasión Eureka se ahogaba en ellos. Se esforzaba por salir de allí, pero estaba demasiado enterrada en huesos, sangre y limo. Se escurrían por encima de ella, calientes y fétidos, hasta que ya ni siquiera veía la lluvia. Hasta que supo que los muertos la sepultarían viva.

—¡Crees que tienes todo lo que necesitas! —La voz de Solón retumbó por encima de la cascada.

Eureka se restregó los ojos y olió la muerte en sus manos. Tras el funeral de su padre, se las había lavado en el manantial salado de la cueva y se había limado las uñas con una piedra porosa hasta que no quedó lugar para que se alojara la sangre que había derramado. Pero aun así olía a Seyma en sus manos. Sabía que siempre la olería.

—Te equivocas —dijo Solón.

Eureka llevó el oído bueno hacia el sonido y esperó una respuesta.

Pero Filiz y el Poeta se habían ido a casa, y todos los demás estaban durmiendo: William y Claire compartían una manta a los pies de la cama de Eureka. Cat había desfallecido de lado junto a Eureka y cantaba dormida, como siempre hacía, desde la primera fiesta de pijamas. Aquella noche mascullaba en voz baja el puente de Crystal Gayle, *Don't It Make My Brown Eyes Blue*.

Al otro lado de Eureka, Ander dormía boca abajo, con la cara hundida en la almohada. Hasta en sueños desaparecía. Ella colocó la cabeza cerca de la suya por un instante. Inhaló su aroma y sintió el cálido poder de su aliento. La luz tenue dejaba ver unas ligeras arrugas alrededor de sus ojos y algunos cabellos canosos cerca de la sien. ¿Estaban allí esa mañana? Eureka no lo sabía. Cuando pasas tanto tiempo mirando a alguien es difícil calcular cómo cambia.

El día anterior, la idea de que el amor hacía envejecer a Ander había consternado a Eureka. Pero ya no importaba, porque seguramente Ander había dejado de amarla. Nadie podía quererla. Ella no se lo permitiría. Liberarse del amor significaba libertad para concentrarse en llegar al Marais, contener la inundación, acabar con Atlas y... liberar a Brooks.

¿Qué pensaría Brooks de lo que Eureka le había hecho a Seyma? Por primera vez, se alegró de que se hubiera ido.

—Lo sé —insistió la voz de Solón—. Entregaré la última pieza, pero es complicado. Es delicado.

Eureka se apartó de su manta y se acercó al tapiz que separaba la habitación de invitados del salón. La antorcha de las brujas chismosas ardía bajo, sostenida entre dos estalagmitas. Sus piedras amatista le proporcionaban un combustible inagotable e inteligente: la llama se ajustaba durante el día, ardía con más intensidad solo antes de la hora de acostarse y se suavizaba como la luz de una vela cuando todos se habían retirado.

Una voz respondió a Solón:

—Te di la espalda.

Un escalofrío recorrió el cuerpo de Eureka. Aquella era la voz de su padre.

Eureka fue enseguida hacia el salón, esperando encontrar a su padre sentado junto a la mesa rota, rompiendo un huevo para echarlo en un cuenco y sonriendo, ansioso por explicar la broma que les había gastado.

No había nadie en la estancia. La cascada rugía.

—¿Solón? —le llamó Eureka.

Una luz tenue brillaba en las escaleras que llevaban al piso inferior de la cueva. El taller escondido de Solón se hallaba allí abajo.

—Te di la espalda —repitió la voz, que subía por las escaleras.

Se parecía tanto a la voz de su padre que Eureka se tropezó al apresurarse hacia ella.

Al pie de las escaleras, Solón estaba sentado en una alfombra de seda bajo un farol de cristal. Había alguien sentado enfrente de él, con la cara apartada de Eureka. Costaba distinguirlo por aquella luz sombría, pero Eureka sabía que no se trataba de su padre. Parecía tan joven como Solón, tenía la cabeza rapada, la cintura estrecha y era ancho de espaldas. Estaba desnudo.

Cuando Eureka llegó al último peldaño, la cabeza del chico se volvió hacia ella y se quedó sin aliento. Algo en aquel joven extraño le recordaba a…

—¿Papá?

Unas lágrimas brillaban en las comisuras de los ojos de Solón.

—Ha arreglado a Ovidio. Hasta ahora no estaba seguro de si funcionaría. Había rumores, por supuesto, pero nunca te puedes fiar nunca de una bruja. Y cualquier otra persona que pudiera haberlo recordado está muerta o en el Mundo Dormido.

Solón cogió a Eureka de la mano. Ella se sentó a su lado en la alfombra, delante del chico desnudo. Al verlo con más claridad, se dio cuenta de que no era humano. Era una máquina reluciente con la forma de un joven muy en forma.

—Es increíble, ¿verdad? —preguntó Solón.

Los ojos de Eureka recorrieron el cuerpo de la máquina, anatómicamente impresionante, pero cuando miró el rostro del robot, le costó respirar. Era juvenil, como una antigua estatua griega, aunque los rasgos eran los de su padre sin lugar a dudas.

Unos ojos de párpados pesados la miraban con amor paternal. Se advertía una ligera barba incipiente en su barbilla. El robot sonrió y el pliegue que se le formó en la nariz fue el mismo que habían heredado Eureka y los mellizos.

—Eureka, te presento a Ovidio, un robot de oricalco procedente de la Atlántida, edición limitada —dijo Solón—. Ovidio, esta es Eureka, la que va a llevarte a casa.

Eureka miró a Solón parpadeando, y luego al robot, que le tendió la mano. Ella se la estrechó y le asombró su flexibilidad, como la de una mano real, con un agarre firme y seguro.

—¿Por qué se parece a mi padre? —susurró Eureka.

—Porque alberga el fantasma de tu padre —respondió Solón—. Ovidio es un robot fantasma, uno de los nueve hermanos de oricalco creados antes del hundimiento de la Atlántida. Ocho todavía duermen en el Mundo Dormido, pero Ovidio se fue. Selene lo robó antes de escapar del palacio y ha vivido en esta cueva desde entonces. Si Atlas supiera que su valioso robot está aquí, haría cualquier cosa para recuperarlo.

Por segunda vez Eureka consideró contarle a Solón su encuentro con Altas en la laguna del lagrimaje. Sin embargo, le parecía una traición a Brooks. Si Solón supiera que Eureka se había reunido en secreto con Atlas, no la dejaría salir sin vigilancia. Y había prometido volver a encontrarse pronto con Brooks. Aquel triángulo era delicado: Atlas quería las lágrimas de Eureka, Eureka quería recuperar a Brooks y por supuesto Brooks quería liberarse. Lo mejor por el momento era mantener las cosas entre los tres.

—Te di la espalda —dijo el robot con la voz de su padre.

Eureka retiró la mano, horrorizada. Luego, despacio, tocó la mejilla del robot —suave como la carne humana— y observó como se iluminaba su rostro con la sonrisa de su padre.

—Llevo muchos años cuidando de Ovidio —dijo Solón—. Sabía que era inapreciable, pero jamás comprendí qué le hacía funcionar.

Eureka rodeó al robot y no encontró nada familiar en su cuerpo. Desde atrás, parecía una escultura de una elegante tienda de antigüedades del barrio francés. Solo el rostro de Ovidio parecía poseído por su padre. Se sentó de cara al robot.

—¿Cómo funciona?

—La mayoría de los robots modernos están montados para que funcionen mediante un sistema binario —respondió Solón—. Unos y ceros. Pero Ovidio es un ser ternario, lo que significa que opera con tres. Eso es muy atlante. Siempre les rodea el tres. Tres estaciones. Tres versiones de una historia. ¿Sabes que ellos inventaron el triángulo amoroso?

Eureka no podía apartar los ojos de la expresión de su padre en el rostro del robot.

—Ovidio es un soldado —continuó Solón—. Como todo lo que está hecho de oricalco, está destinado a trabajar para alguien. Te resultará muy útil.

Eureka miró a Solón.

—¿Sabe dónde encontrar el Marais?

—Sí.

—¿Y va a llevarme allí? ¿Va a ayudarme a derrotar a Atlas?

—Ese es el plan.

—¿Cuándo?

—Pronto.

Eureka se puso de pie.

—¿Esta noche?

Solón tiró de ella para que volviera a sentarse.

—Es casi el momento justo, pero Ovidio no irá antes. Es… especial. Su oricalco no es más que el armazón de lo que… O, más bien, de quien lo llena de resolución. Hoy tu padre se ha convertido en el primer fantasma en ocuparlo.

—El Relleno —dijo Eureka.

Solón lo había mencionado la noche anterior. Le había parecido algo terrible. ¿Por qué estaba implicado su padre?

—El Relleno es el plan maestro de Atlas. Es lo que temen los Portadores de la Simiente y debería temer el resto del mundo.

—Explícamelo.

Solón caminó hasta la pared donde había una botella de prosecco en una cubeta de hielo, en un hueco de la piedra. Se sirvió una copa, se la bebió entera y la llenó de nuevo. Luego encendió un cigarrillo.

—El mundo en el que emerja la Atlántida será una bazofia enlodada, irreconocible. Tras la inundación, todo tendrá que reconstruirse. Y las reconstrucciones requieren obreros. Pero los obreros son conocidos por sublevarse. Para evitarlo, Atlas tiene pensado usar a los muertos para que construyan su imperio, alojando fantasmas del Mundo de Vigilia en cuerpos invencibles, convertidos en armas que él controlará. Imagínate a mil millones de almas con esperanzas, sueños, energías y visiones, toda su inteligencia y experiencia combinada. Así es como Atlas conquistará el mundo.

Eureka clavó la vista en la cascada.

—Si Atlas quiere un mundo de fantasmas, ¿no tendrá que matarlos antes a todos?

Solón se quedó mirando a Eureka con tristeza.

—No será necesario.

—Porque ya lo estoy yo haciendo por él —concluyó Eureka—. ¿Mi tormenta va a envenenar a todo el Mundo de Vigilia? ¿Cuánto tardará?

—La mayoría morirá antes de la luna llena.

—Entonces ¿a quién intento salvar?

—A todos. Pero debes tomar sus vidas antes de salvarlos.

—No lo entiendo.

—Eureka —dijo Ovidio con el acento familiar del bayou.

—Tendrás preguntas —contestó Solón—. Pero antes oigamos lo que tiene que decir tu padre.

—Eso no es mi padre. Es un monstruo creado por Atlas.

—Los fantasmas siempre tienen un mensaje al morir —aclaró Solón—. Hasta que se adapte a vivir en el robot, esta carta de muerte forma la totalidad del idioma del fantasma. Piensa en tu padre como un fantasmita bebé que necesita tiempo y nutrición para alcanzar todo su potencial. Bueno, escucha.

Una lágrima metálica brilló en la comisura del ojo de Ovidio cuando empezó a hablar.

—Cuando naciste tenía miedo de lo mucho que te quería. ¡Siempre has parecido tan libre! Tu madre era igual, no le asustaba nada, nunca necesitó ayuda.

—Yo te necesito —susurró Eureka.

—Fue duro cuando murió tu madre. —El robot hizo una pausa y sacó el labio inferior, como hacía su padre cuando pensaba—. También fue una época difícil antes de eso. Sabía que estabas enfadada conmigo, aunque no lo estuvieras. Tenía miedo de que tú también me dejaras. Así que me protegí y añadí personas a mi vida como una armadura contra la soledad. Me casé con Rhoda; tuvimos a los mellizos. No sé cómo pasó, pero te di la espalda. A veces, cuando intentas no repetir tus errores, olvidas que los errores originales todavía están desarrollándose. Nunca planeé vivir para siempre y no habría importado que lo hubiera pensado. Los planes del hombre Dios los cancela. Quiero que sepas que te quiero. Creo en ti. —Sus ojos de oricalco miraron fijamente a los suyos—. Ander te hace feliz. Ojalá pudiera retirar lo que Diana dijo sobre él.

«Hoy he visto al chico que le romperá el corazón a Eureka.»

—Ya no me lo creo —dijo su padre—. Así que dile que cuide de ti. No cometas los mismos errores que yo. Aprende de los míos, comete los tuyos y diles a tus hijos lo que hiciste mal para que ellos lo hagan incluso mejor que tú. No le des la espalda a lo que amas porque tengas miedo. Espero que nos volvamos a encontrar en el cielo.

—El robot hizo la señal de la cruz—. Haz las cosas bien, Eureka.

Mira tus errores directamente a los ojos. Si alguien es capaz de hacerlo, eres tú.

Eureka se echó a los brazos de Ovidio y lo abrazó. Su cuerpo no se parecía en nada al de su padre y eso hizo que lo echara aún más de menos. Le indignaba permitir que una de las máquinas de Atlas la hiciera sentir.

Cuando Eureka se apartó, el rostro del robot parecía distinto. Ya no veía a su padre por ninguna parte. Los rasgos de oricalco estaban reorganizándose en una maraña en movimiento. La imagen era horrorosa. Los ojos se agrandaban, las mejillas se aflojaban y la nariz se ensanchaba por el puente.

—¿Qué pasa? —le preguntó Eureka a Solón.

—Está apareciendo otro fantasma —respondió—. Ahora que tu padre ha abierto a Ovidio, atraerá a los recién muertos dentro de cierto radio. Considéralo un vórtice de fantasmas locales.

—¿Mi padre está atrapado ahí con otra gente muerta?

Eureka se acordó de su pesadilla y se rodeó el pecho con los brazos.

—No son gente muerta —la corrigió—, sino fantasmas. Almas. Hay una diferencia. Una diferencia muy grande.

—¿Y el cielo?

Eureka creía en el cielo y también que sus padres estaban allí en ese momento.

—Puesto que tus lágrimas iniciaron el Alzamiento, todas las almas que perecieron en el Mundo de Vigilia están atrapadas en un nuevo limbo. Antes de que lloraras, habrían seguido su camino, como las almas que murieron antes que ellas, fuera donde fuese que estuvieran destinadas.

—Pero ¿ahora? —preguntó Eureka.

—Están retenidas para el Relleno. No pueden entrar en los otros robots de Atlas hasta que esos robots emerjan con el resto de la Atlántida. Y si la Atlántida no emerge antes de la luna llena, los muertos estarán demasiado deteriorados. Las almas no conseguirán llegar a las máquinas ni al cielo, si es que ese lugar existe, ni, de hecho, a ningún otro sitio.

—A eso te referías al decir «muertos desperdiciados». —Eureka lo comprendió.

Solón asintió.

—Tus lágrimas ya han matado a muchos. Para que sus almas no se pudran ni se consuman, la Atlántida debe emerger en los próximos siete días. Todos los fantasmas tienen que entrar en las máquinas. Tu misión será encontrar algún método de liberación.

—¿De liberación adónde? —preguntó Eureka.

—A un destino mejor que una esclavitud eterna bajo el yugo del Maligno.

Mientras los rasgos de la cara del robot se colocaban en su sitio, Eureka comenzó a sudar. Solón no tenía que decirle quién era el otro fantasma que se encontraba en el interior de Ovidio. Reconoció a Seyma, la mujer a la que había asesinado, cuando la piel del robot se arrugó.

—¡Filiz! —El fantasma de Seyma empezó a transmitir su mensaje en una lengua que Eureka, para su sorpresa, entendía—. No dejes que la chica del lagrimaje te engañe. Es la peor pesadilla del mundo. —La voz de la mujer se suavizó—. Un hombre ciego vería lo mucho que te quiero, Filiz. Nunca sabré por qué tú nunca te diste cuenta.

Entonces el robot cerró los ojos de oricalco. Seyma se había ido.

—Ovidio está programado con algún tipo de aparato traductor —aclaró Solón—. Sabe lo que el oyente entenderá.

—¿El fantasma de mi padre y el fantasma de la mujer que lo mató están juntos en esta máquina? ¿Cómo funciona eso?

—¡Es alucinante! —exclamó Solón—. Una cantidad inconmensurable de fantasmas puede habitar el cuerpo de Ovidio, y lanzar sus pensamientos y acciones como átomos de una onda. Harán que Ovidio sea brillante e inmortal, pero también tendrá sentimientos encontrados, supongo. Podría desatarse una guerra mundial en el interior de un solo cuerpo de oricalco…, si un fantasma inteligente organizase una resistencia. —Solón hizo una pausa y tamborileó con los dedos sobre su barbilla—. La verdad es que suena divertido.

—¿Cuántos fantasmas tiene ahora? —Eureka tocó la cinta amarilla—. Pasamos junto a una niña de camino a la Nube Amarga. Yo quería enterrarla…

—Hasta ahora parece que son solo dos. El radio de Ovidio es bastante pequeño al principio, pero crecerá con cada fantasma que llene la máquina. Será un magnífico rito de tránsito cuando Ovidio adquiera al tercer fantasma. Entonces este milagroso robot ternario estará completamente en funcionamiento, preparado para el mundo, tal y como es.

—Será entonces cuando vaya al Marais —se dio cuenta Eureka.

—A su debido tiempo. Recuerda, alguien más tiene que morir antes de que Ovidio esté preparado para guiarte. Antes de esa truculenta incidencia, te sugiero que subas a descansar. —Solón sonrió hacia la cascada—. Me pregunto quién será el cabrón afortunado.

17

Citas

C at se había ido.

Eureka regresó a la planta superior y encontró un camastro de mantas vacías donde había visto por última vez a su amiga. Fue a la cocina, a los seis huecos iluminados con velas en el salón de Solón y al minúsculo cuarto de baño más allá de las escaleras. Cat había huido de la Nube Amarga.

Eureka conocía a Cat desde hacía mucho tiempo para saber adónde había ido. El Poeta había señalado su tejado desde la galería de Solón la noche en que llegaron. Estaba justo al otro lado de la laguna de lágrimas. Por primera vez, Eureka se arrepentía de no haber dicho a los demás que había visto a Atlas la noche anterior. Cat había atravesado el vidriado de las brujas sin saber que estaba cerca. Si Atlas la encontraba, parecería Brooks. Cat no tenía ni idea de lo mucho que debía temer.

Eureka cogió su bolsa púrpura. Consideró llevarse la antorcha de las brujas, pero la haría demasiado visible en la oscuridad. En la entrada del cuarto de invitados se detuvo a contemplar cómo dormían Ander y los mellizos. William gimoteaba, acurrucado cerca de Claire, que le daba manotazos y acto seguido lo abrazaba.

Una parte de Eureka se habría sentido más segura si Ander fuera con ella, pero, tras la muerte de Seyma, ya no sabía cómo estar con él. Y no quería que los mellizos se despertaran solos. Además, si se encontraba con Atlas y Brooks esa noche, no podía poner en peligro a Ander al intentar matarlos.

Tenía pensado regresar antes del amanecer, antes de que ninguno de ellos se despertara.

En silencio, subió las escaleras hacia la galería. La lluvia rebotaba en la piedra de rayo mientras ella se asomaba por la baranda. Buscó entre las rocas a Cat. A Brooks.

El agua había subido de tres a seis metros desde aquella mañana. En el otro extremo de la laguna, unas aberturas como bocas negras señalaban las cuevas celanas. Una de aquellas cuevas se había tragado a Cat. A menos que Atlas la hubiera encontrado antes.

Después de recorrer el perímetro de la galería, Eureka descubrió un lugar del que podía saltar sin peligro a las rocas de abajo. Estaba bajando por la baranda cuando una mano la agarró del hombro y tiró de ella.

—¿Adónde vas? —preguntó Ander.

Sus hombros se rozaron. Quería abrazarlo, que la abrazara.

—Cat se ha ido —dijo—. Creo que está con el Poeta.

—Tenemos que decírselo a Solón.

—No. Voy a ir a buscarla. Vuelve abajo.

—¿Estás loca? No voy a dejar que salgas ahí fuera, y menos sola.

—Cat podría morir —replicó— si…

—Dilo —la provocó Ander—. Di lo que crees que le puede pasar. Sé que está ahí fuera, Eureka. Ambos lo sabemos. Lo que no entiendo es por qué estás tan ansiosa por caer en su trampa.

Ander quería que lo negara, que le acariciase la suave línea del pómulo, donde se desviaba hacia la mandíbula, y le suplicara que la acompañase. Ella también lo deseaba, pero no podía pedírselo.

—No quiero perderte —dijo Ander.

—Hoy me has visto matar a alguien. Sabes lo que mis lágrimas están haciéndole al mundo. Actúas como si Cupido nos hubiera lanzado sus flechas y tuviéramos que olvidar que todo está desmoronándose. Estamos en el infierno y, si no lo detengo, solo va a empeorar.

—Si pudieras quererte como yo te quiero, serías invencible.

Estaba equivocado. El amor no iba a derrotar a Atlas. Más bien la furia y la falta de misericordia.

—Si pudieras dejar de tener sentimientos hacia mí como yo he dejado de tenerlos hacia ti, no envejecerías ni un día.

Eureka saltó por encima de la baranda hacia las rocas y sintió una punzada en los tobillos por la caída.

Ander cogió aire, y cuando lo exhaló a la lluvia, salió disparado de lado hacia la laguna, generando una ola furiosa.

—Quizá yo ya no te importe. —Ander se dispuso a saltar la baranda—. Pero no puedes impedir que siga preocupándome por ti.

—Eureka —la llamó una voz aterciopelada que procedía de todas partes y de ninguna.

Por un instante los límites del vidriado de las brujas resplandecieron con un tono púrpura en la oscuridad. A pesar del constante golpeteo de la lluvia en las rocas, Eureka percibió el leve zumbido de las abejas.

—¿Quién anda ahí? —Ander hizo una pausa—. Eureka, espera.

Una figura ataviada con un largo caftán salió de las sombras. Los labios y párpados pintados de Esme parecían parte de la noche. Las gotas de lluvia caían en los pétalos de su vestido. Recorrió con los dedos el colgante en forma de lágrima, trazando pequeñas espirales.

—Puedo mostrarte el camino hasta tu amiga.

—¿Sabes dónde está Cat? —preguntó Eureka.

—¡No vayas con ella! —le advirtió Ander mientras ella se acercaba a la bruja.

Ander había aterrizado en las rocas y avanzaba hacia Eureka.

—Puedo ayudarte a deshacerte de él. —Esme señaló a Ander con la cabeza—. He oído la pelea de los tortolitos. ¿No sabías que las preocupaciones triviales como esta se hacen desaparecer? —Le hizo señas con el dedo índice para que se acercara—. Ha llegado el momento de que se alcen las mujeres profundas.

La lluvia se deslizaba por los hombros de Eureka.

—¿Adónde vamos?

—Al Brillo, por supuesto —respondió Esme—. Atraviesa el vidriado dentro del vidriado y serás libre.

Eureka volvió la cabeza para mirar a Ander. Estaba a tan solo unos metros de ella. Aceptó la mano helada de Esme y atravesó uno de los vidriados invisibles hacia el otro.

—¡Eureka! —gritó Ander, y ella supo que ya no podía verla.

Se apresuró cuando Esme le guiñó el ojo y la apartó del camino. Ander giró sobre sí mismo.

—¡Vuelve!

Pero no lo hizo. Caminaron por las montañas bajo la lluvia.

Durante varios minutos, Eureka quiso volver con él, regresar corriendo a la Nube Amarga y llevar a Ander consigo hacia donde fuera que se dirigiese. No quería ser tan cruel.

Pero, sobre todo, quería que su único deseo fuera destruir a Atlas.

Tocó la piedra de rayo, la cinta amarilla de raso y el relicario de lapislázuli que colgaba de la larga cadena de bronce. La piedra de rayo era un emblema del poder de Eureka, la cinta amarilla era su símbolo de esperanza y el relicario representaba su objetivo: llegar al Marais, aquel lugar cenagoso e indeterminado fuera de su alcance, deshacer el Relleno y lograr que Diana se sintiera orgullosa.

Eureka se preguntó qué significaría el collar de cristal para Esme. ¿Había sido un regalo de alguien a quien amaba? ¿Amaba? A veces la bruja parecía una chica mayor hermosa e intimidante; otras, como entonces, parecía una reina extraña de otra galaxia. Eureka se preguntó si la vida de Esme había resultado del modo que ella esperaba. ¿O estaba destrozada como Eureka y ocultaba el dolor con un enjambre de abejas, un brillante maquillaje amatista y ropa hecha de pétalos de orquídea?

—¿Qué es el Brillo? —preguntó Eureka.

Esme ahuecó una mano hacia el cielo y estudió la lluvia que recogía.

—Es a donde tu amiga y su cita han ido a buscar agua y donde descubrirás tu historia. La verdad está en el Brillo.

—¿Qué sabes tú de mi historia? —preguntó Eureka y añadió—: ¿Hay agua potable aquí cerca?

Esme extendió los dedos para dejar que se filtrara el agua acumulada en su mano. Donde el agua tocó la tierra, unos tallos de orquídea salieron serpenteando del suelo enlodado y se enrollaron en los tobillos de la bruja, en los cuales aparecieron brotes amatista.

Esme se inclinó hacia Eureka.

—El Brillo parece agua, pero no es para beber. Es un espejo que revela la identidad de un alma a través de los profundos recovecos de la historia. —Los brotes a los pies de Esme se convirtieron en flores a la altura de sus rodillas. Sonrió—. Los mortales pueden enfrentarse a muchas cosas, pero no a su verdadera identidad. Un solo vistazo a nuestro Brillo ha bastado para volver a todos locos hasta ahora.

—¿Somos tan malos en realidad?

—¡Y peor! —Esme sonrió—. Los mortales pasan la vida admirando su lado bueno en espejos normales. El Brillo muestra aquello que no puedes ver por ser demasiado débil o tener demasiado miedo. —La bruja se acercó más y llevó consigo una ráfaga de fragrante aire con olor a miel—. Es muy raro que alguien regrese con vida. Aunque, por supuesto —dio unos golpecitos en la piedra de rayo con una uña amatista—, hay excepciones.

—¿Está Cat ahí ahora?

La sonrisa de Esme se oscureció.

—A lo mejor el reflejo de tu amiga en el Brillo la hace madurar… en la tumba.

Eureka agarró a la bruja por los hombros.

—¿Dónde está?

La risa de Esme se elevó desde algún lugar de la tierra, el corazón negro de un volcán. Las abejas picaron las manos de Eureka. La lluvia cayó sobre los verdugones que se hinchaban y la sal aumentó el dolor de cada picadura.

—¡Enséñame dónde está!

Como una bailarina en la barra, Esme alzó el brazo desde su abdomen, se cubrió la cara y luego lo levantó por encima de la cabeza antes de extenderlo, como una flor. Su largo dedo índice pintado señaló la oscuridad. Entonces la luz cambió y una reluciente neblina de color amatista iluminó el sendero, apenas visible en la noche.

—Si te das prisa, quizá puedas alcanzarla.

Eureka apartó las abejas y echó a correr. Oyó la risita aterciopelada de la bruja por su oído sordo mientras se abría camino por el fango. No pensó en mirar atrás.

Más adelante, la neblina de la bruja chismosa iluminó un arroyo de corriente rápida que debido a la tormenta había interrumpido su trayecto. Eureka tendría que cruzarlo para seguir el resplandor. Encontró el paso más estrecho y comprobó la profundidad del agua con el pie. La orilla se inclinaba unos metros y después tal vez más. Eureka tragó saliva, tocó la piedra de rayo y entró en la corriente.

Inhaló con fuerza cuando el frío le oprimió las piernas. Se agarró a una rama baja de un avellano para equilibrarse mientras avanzaba. El agua le subió hasta el pecho, no lo bastante para usar el escudo de la piedra de rayo ni tan poco para moverse con seguridad. El arroyo bajaba con fuerza contra ella y la animaba a unirse a su rumbo, como un pasillo del instituto lleno de gente.

Se resbaló y soltó la rama. Intentó pisar el fondo, pero la corriente se movía demasiado deprisa. Su piedra de rayo flotaba en la superficie mientras nadaba, esforzándose para llegar a la otra orilla.

Se golpeó contra unas rocas afiladas bajo el agua. Algo la mordió en la parte baja de la espalda. Una enorme tortuga boba había cerrado la mandíbula alrededor de su cadera. El dolor era insoportable. Eureka pensó en madame Blavatsky y sus tortugas, y se preguntó si madame B había vuelto de entre los muertos para reprenderla por todas las maneras en las que no había alcanzado su destino. Los ojos de la tortuga eran grandes, de un tono amarillo verdoso, decididos. Eureka le dio varios puñetazos en la cabeza hasta que se le aflojó la mandíbula y se alejó en la corriente turbulenta.

Eureka no estaba lejos de la orilla, pero le dolía mucho la espalda y sabía que estaba sangrando. Se imaginó a Cat caminando feliz hacia un manantial tentador y mortífero. Aquel horror la ayudó a impulsar el cuerpo hacia delante, hasta que sus dedos por fin arañaron los bordes enlodados de la orilla. La tierra empapada a la que se aferró cayó desmenuzada al río, alejándola más del ya distante resplandor púrpura.

Su cuerpo chocó contra el tronco de un árbol y lo rodeó con los brazos antes de que la corriente la arrastrara más lejos. Recuperó el equilibrio. Se lanzó de nuevo hacia la orilla, esa vez agarrándose a las raíces limosas, que estaban lo bastante sujetas para que pudiera impulsarse hacia arriba.

Se desplomó en la orilla bajo la lluvia y consideró no volver a moverse jamás. Entonces el resplandor amatista perdió intensidad. Eureka se levantó de un salto y corrió hacia él. Dobló la esquina de un sendero enlodado y subió una escalera empinada de roca iluminada por el resplandor de Esme.

Justo cuando comenzaba a temer que aquello fuera una broma maliciosa, que ese sendero llevara a un risco sobre unas rocas afiladas como lanzas, el resplandor se proyectó encima de un gran estanque redondo. La lluvia caía en su superficie, pero el Brillo era tan liso como un espejo. Una fuente manaba del centro y más allá se alzaban unas montañas esbeltas y cónicas. Las palomas arrullaban en los árboles de alrededor.

El estanque estaba rodeado de un círculo de flores amatista. Las orquídeas altas con lóbulos púrpuras de las brujas chismosas. Unos flamencos púrpura adoptaban curiosas posturas mientras se acercaban sigilosamente a la orilla del estanque encantado.

Eureka llevó el oído bueno hacia los gemidos de felicidad que reconocía de todas las veces que había vuelto a casa con Cat después de una fiesta. Su amiga estaba apoyada en el tronco de un pino cerca del Brillo, en los brazos del Poeta.

Algo por encima de ellos atrajo la atención de Eureka hacia las ramas del árbol en el que estaban apoyados. Se movió una sombra. A Eureka no le hizo falta la luz de la luna para reconocer a Brooks. ¿Cuánto tiempo llevaría ahí arriba, observando a Cat, esperando... qué?

La llegada de Eureka, por supuesto. Ya conocía los planes de Atlas. Sabía que su papel era deshacer el Relleno. Sabía dónde estaba su valioso robot. Todo ello le otorgaba un poder que aún no sabía cómo utilizar.

«Espera, Brooks —ansiaba decir—. Espera un poquito más.»

A él le colgaban las piernas de una gruesa rama del pino. Sabía que Eureka lo había visto y se llevó el dedo índice despacio a los labios.

—¿Qué te parece si nos bañamos en pelotas antes de llenar las jarras? —le sugirió Cat al Poeta.

En la hierba mojada a sus pies había cuatro jarras de arcilla que debían de haber cogido de la cueva del Poeta.

—¿Qué es «bañarse en pelotas»? —preguntó el Poeta.

—Déjame que te lo enseñe.

Cat cruzó los brazos y empezó a quitarse el jersey.

—¡Cat! —la llamó Eureka—. ¡Para!

—¿Eureka? —Por un instante una sonrisa iluminó el rostro de Cat. Luego desapareció. Eureka se dio cuenta de que Cat se habría alegrado de verla si hubiese sido la chica de antes y no la asesina que tenía delante—. ¿Qué estás haciendo aquí?

Eureka pensó en cómo acababa de tratar a Ander. ¿A qué creía que estaba aferrándose? ¿Habría servido de algo decir que estaba preocupada por Cat? La ira se reflejó en sus ojos. Estaba enfadada consigo misma, con Atlas, pero Cat se hallaba en su línea de fuego.

—Esto no es una sexcapada con un chico del bayou.

—¿En serio? —La expresión de Cat se oscureció—. Habría jurado que esto era Lafayette y estábamos en el callejón junto al puesto de daiquiris. ¿Me crees tan estúpida? Y es una pregunta de verdad. Dejé a mi familia para huir contigo y un pirado al que apenas conozco. Ahora resulta que la chica que pensaba que era mi mejor amiga se ha convertido en una auténtica pirada a la que apenas conozco.

—Cat, tenemos que irnos.

—Actúas como si no te importaran todas las cosas espantosas que están pasando.

—Sí me importan. Por eso estoy aquí.

—Pero no puedes llorar por ello, ¿eh? Tienes una gran excusa para fingir que nada te importa, así que no tienes que sentirlo. Lo he dejado todo, lo he perdido todo, como tú. ¿Y sabes qué? He encontrado agua potable. No eres la única en el mundo que puede ayudar.

—Aléjate del agua. Es peligrosa. Ni siquiera es agua.

—No digas nada más —la interrumpió Cat—. No quiero descubrir la nueva manera que has encontrado de subestimarme.

Eureka intentó apartar a su amiga del agua tirando de ella.

—Te lo explicaré en cuanto estemos lejos de aquí.

—Vete a casa.

Cat se soltó.

Era la única vez que alguna de las dos había estado más cerca de admitir que no era solo un desacuerdo temporal. Sus hogares habían desaparecido. Eureka los había destruido. Ese lugar, esa noche, ese mal a tres metros de sus cabezas, en el árbol, era todo lo que les quedaba.

—Por favor, ven conmigo, Cat.

La luz púrpura había desaparecido. Eureka se preguntó si se habría imaginado su encuentro con Esme. La fuente burbujeaba inocentemente.

—Chicas —el Poeta levantó una de las jarras—, vamos a probar suerte, no hay nada que temer. ¿Veis…?

El Poeta se dio la vuelta de cara al agua. Estaba al borde del Brillo. Bajó la jarra hacia la superficie y luego se detuvo. Sacudió la cabeza como si intentara borrar la visión que tenía ante él. Dejó caer la jarra.

A tres metros de distancia, sujetando a Cat, Eureka no veía lo que contemplaba el Poeta en su reflejo. Gritó algo en su lengua materna. Le temblaron las piernas. Se llevó las manos a los bolsillos del pantalón y sacó un bote de pintura en espray.

—¿Qué está haciendo? —preguntó Cat.

Eureka la sujetó con más fuerza mientras el Poeta echaba una nube de pintura negra sobre el Brillo. Quería tapar lo que veía, cambiar el lienzo. Pero no podía. Y tampoco podía darse la vuelta. Su perfil ensombrecido revelaba a un chico angustiado, pero, aunque pareciera extraño, el Poeta echó las manos hacia delante para coger algo.

Las palabras de Esme volvieron a Eureka: «Los mortales pueden enfrentarse a muchas cosas, pero no pueden enfrentarse a su verdadera identidad». Volvió la vista hacia el pino, a la sombra inmóvil que sabía que estaba observando.

—Va a caer dentro —dijo Cat.

—Pase lo que pase, prométeme que te mantendrás alejada del agua —le pidió Eureka a Cat.

El Poeta llevó las manos hacia su reflejo en el estanque, embelesado. Luego cayó al agua sin salpicar.

—¡Poeta! —gritó Cat, arrastrando a Eureka unos pasos hacia el estanque.

Eureka se estremeció cuando el agua se arremolinó donde el chico había caído. Salió un brazo disparado hacia el cielo, agarrando todavía el bote de pintura negra.

—Nos está tomando el pelo —dijo Cat, aliviada—, ¿verdad?

Cuando el bote cayó de los dedos del Poeta, Eureka vio que el agua era viscosa, casi como alquitrán.

—No te acerques ahí, Cat.

—Necesita ayuda… —replicó Cat, pero no se movió.

El codo del Poeta se hundió en el Brillo, como si algo le agarrase desde abajo. Después, su muñeca llegó al nivel de la superficie. Cat gritó y Eureka siguió sujetándola. Para cuando los dedos del Poeta desaparecieron bajo el Brillo, el cuerpo de Cat había dejado de luchar. Se desplomó hacia delante, de rodillas.

—Ha sido agradable conmigo cuando necesitaba a un amigo. No le habría hecho daño a un alma…

Cat dejó de hablar, miró a Eureka y después apartó la vista.

Eureka sabía que ambas estaban pensando en lo mismo: si el reflejo del Poeta lo había matado, ¿qué horror vería Eureka si miraba dentro?

El Brillo quedó en calma un instante. Luego, tres burbujas iridiscentes se alzaron por encima de la superficie. Y estallaron de una en una, dejando un ligero resplandor amatista en el aire.

18

Ganas de saber

—No está allí.

Una hora más tarde, la voz desesperada de Ander ascendió por la cascada desde el taller de Solón. Eureka por fin había arrastrado a Cat hasta la Nube Amarga, donde se había desplomado sobre su camastro, había apartado a Eureka cuando intentó consolarla y había llorado en silencio hasta quedarse dormida.

Cat quería parar en las cuevas de los celanos para contarles lo que le había sucedido al Poeta, pero era demasiado peligroso para arriesgarse. Los celanos ya tenían que vengar la muerte de Seyma. A saber cómo reaccionarían ante la pérdida de uno de sus jóvenes.

—No está en la laguna —dijo Ander—. Ni con los celanos. He mirado por todas partes. Simplemente ha… desaparecido.

—¿Y qué quieres que haga yo? —preguntó Solón.

Eureka se acercó a las escaleras que llevaban al taller. Ahora que Solón sabía que había salido a hurtadillas, los dos chicos estarían furiosos con ella. Tenía que decirles que había regresado.

—¡Ven conmigo a buscarla! —gritó Ander—. Atlas está ahí fuera. Lo sé.

—Más razón aún para que tú y yo nos quedemos en casa. No somos rivales para él.

—¿Y Eureka sí?

—Esperemos —respondió Solón—. Si te encontraras con Atlas en estas montañas…

—Quizá ya me haya hecho lo peor que podía hacerme —masculló Ander.

Eureka se detuvo en la parte superior de las escaleras. Las brasas del fuego brillaban abajo.

—¿A qué te refieres? —preguntó Solón.

—Hay algo que debería enseñarte —dijo Ander.

Eureka se asomó por la barandilla. Solón se sentó a horcajadas en una silla de cuero con el respaldo bajo, bebió prosecco de su copa rota y se puso a fumar un cigarrillo.

Ander le daba la espalda. Parecía más delgado. Eureka estaba acostumbrada a verlo con la espalda recta, pero esa noche tenía los hombros caídos mientras se levantaba la camisa y revelaba los músculos de su torso desnudo junto con dos cortes profundos en la carne.

Solón silbó por lo bajo.

—¿Lo sabe Eureka?

—Ya tiene bastante de lo que preocuparse —contestó Ander.

Sonaba como si se sintiera muy solo.

Eureka estaba enterada de los cortes —los había descubierto la primera vez que había besado a Ander—, pero no sabía qué significaban. Tuvo que procesar muchas cosas la noche en que sus dedos encontraron aquellas extrañas hendiduras en su piel. El sabor embriagador de sus labios, la tormenta que habían desatado sus lágrimas. Brooks perdido en la bahía y el último fragmento, y el más inquietante, de la traducción de *El libro del amor*.

—También está esto. —Ander sujetaba un trozo largo de coral blanco con forma de punta de flecha—. Estaba dentro de mí. Me lo saqué de la herida.

Solón dejó la copa en el suelo con un leve tintineo mientras el cigarro le colgaba de los labios. Examinó el coral y retiró el dedo al tocar la punta afilada.

—¿Cuánto tiempo has tenido esto ahí dentro?

—Desde el día antes de que empezara la tormenta. —Ander se encogió ligeramente por el dolor cuando los dedos de Solón le palparon la espalda—. Eureka salió a navegar con Brooks. Sabía que no estaba a salvo, así que la seguí por el agua. Vi a los mellizos cayendo por la borda —cerró los ojos— y a ella tirándose detrás de los niños. Pero, antes de que pudiera hacer algo para ayudarlos, algo me cortó.

—Sigue.

Solón sacudió la ceniza del cigarro.

—No era invisible, pero tampoco visible. Se trataba de una ola que se movía independientemente de las otras, una fuerza soberana de oscuridad. Intenté luchar contra ella, pero no sabía cómo hacerlo. Me compadezco de Brooks, ahora que sé lo que tiene que soportar.

—La daga de coral abre una puerta para que Atlas entre en los cuerpos del Mundo de Vigilia. Es tan afilada porque está muerta. —Solón se recostó en la silla—. Que yo sepa, Atlas nunca ha habitado dos cuerpos terrenales a la vez, aparte del cuerpo del Portador de la Simiente. Cada vez es más atrevido. O tal vez no trabaje solo.

¿Con quién trabajaría?, quería preguntar. Por el miedo que percibió en el rostro de Ander, se dio cuenta de que él sabía a quién se refería Solón.

Solón le devolvió el coral a Ander.

—Guárdatelo. Lo necesitaremos.

—¿Estoy poseído?

—¿Cómo voy yo a saberlo? —preguntó Solón—. ¿Te sientes poseído?

Ander negó con la cabeza. Retorció el brazo a su espalda para pasarse la mano por las branquias.

—Pero no se curarán.

Solón le dio una calada a su cigarrillo y dijo:

—La peor situación posible es que tu poseedor esté dormido dentro de ti por ahora.

Ander asintió tristemente.

—Si lo miramos por el lado positivo —dijo Solón—, deberías poder respirar bajo el agua. Podrías alejarte nadando y ahorrarle a Eureka el problema de fingir que no te quiere. —Solón le dio vueltas al líquido dorado de la copa—. Aunque, por supuesto, también está el Brillo.

Eureka sintió como si un viento ártico hubiera atravesado la cueva. En cuanto Esme le contó su historia, supo que tendría que enfrentarse al Brillo, que era parte de su preparación para la Atlántida. Lo haría sola. No quería que ninguno de los otros volviera a acercarse allí.

Ander se inclinó, prestando mucha atención a las palabras de Solón.

—Parece un estanque normal —explicó el Portador de la Simiente mayor—, pero es la obra maestra de las brujas chismosas. Dicen que el reflejo de uno en el Brillo revela quién es realmente, aunque suene ridículo. Puedes probar. Yo no creo en la identidad, la realidad o la verdad, así que para mí no tiene sentido echar ese vistazo narcisista. Lo que es irónico, porque soy extremadamente ególatra.

—¿Cómo llego allí?

—No está lejos. Al sur de las cuevas celanas, a través de una serie de lo que eran valles antes de que tu novia tuviera consciencia. Ahora por allí rugen rápidos. Una bruja chismosa podría acompañarte, pero —su rostro se crispó de la preocupación— su ayuda es cara, ya lo sabes.

—Crees que debería ir aunque…

—¿Te queme la cara? —Solón terminó el pensamiento de Ander y se quedó mirando con tristeza su copa vacía—. Eso depende. ¿Cuánto deseas saberlo?

En el exterior de la Nube Amarga el cielo tenía el tono gris herrumbroso que anunciaba el amanecer. Ander había pasado su vida observando a Eureka desde lejos, pero aquella mañana la *voyeur* era ella.

Se hallaba detrás de él, acechándolo como un coyote acecha a un ciervo. El chico se movía rápido por las rocas oscuras, por entre los grupos de árboles moribundos. La funda de la lanza de oricalco brillaba en una trabilla de sus vaqueros negros.

Parecía diferente a cierta distancia. Cuando estaban cerca, la química se inmiscuía, hacía que el cuerpo de Eureka vibrara y se le nublara la visión para que lo único que viera fuese al chico al que quería. Pero fuera, al amanecer, bajo la lluvia intensa, Ander era una persona independiente.

Estaba tan concentrada en lo suyo que Eureka apenas percibía el sendero que seguía. Era distinto del que Esme le había iluminado aquella noche. Cuando Ander llegó al Brillo, Eureka se agachó tras una roca grande mientras el cielo se aclaraba al este. El viento era frío y helaba hasta los huesos. Como siempre, Ander permanecía seco bajo la lluvia.

Quería abrazarlo. Quería besarlo. Su corazón quería… ser otra clase de corazón. Pensó que la persona capaz de desear y amar había muerto con Seyma y su padre. Pero resultaba innegable que la necesidad física persistía.

Buscó el cuerpo de Brooks en el pino. No lo vio allí ni en ninguna parte.

Los ojos de Ander parecían hundidos. Percibía el miedo en él, como lo percibe un cazador en su presa. Caminó por la orilla y se pasó los dedos por el pelo. Inhaló profundamente y apretó una mano contra el corazón. Estaba donde el agua lamía la orilla, cerró los ojos y dejó la cabeza colgando.

—Esto es por ti, Eureka —dijo.

Ella salió de detrás de la roca.

—Espera.

Ander saltó hacia ella instantáneamente. Estudió sus labios, su rostro salpicado de pecas, el pico de viuda en el nacimiento del pelo, sus hombros y las yemas de sus dedos, como si hubieran estado meses separados. Le acarició la mejilla. Ella se apoyó en él un momento —dichoso instinto— y luego se obligó a apartarse.

—No deberías estar aquí —dijeron ambos al mismo tiempo.

Qué similar era su instinto de protección, su tendencia a la tristeza. Eureka no había conocido jamás a nadie tan apasionado como

Ander, y hasta eso le resultaba familiar. La gente de New Iberia a menudo decía que Eureka era «apasionada», como un insulto. Eureka no lo consideraba despectivo.

—Si mi familia te encuentra... Si Atlas te encuentra... —dijo Ander.

Eureka miró a su alrededor y se fijó en el pino vacío.

—Tengo que saber la verdad.

Ander se colocó de cara al Brillo. La lluvia rebotaba en el aire alrededor de su piel. De cerca, Eureka admiró las protuberancias del cordón de Ander.

—Yo también —contestó él.

—Cuando se llevaron a Brooks —dijo Eureka—, cambió mucho. Ahora me doy cuenta de que era evidente.

La lluvia amarga cayó en sus labios. No soportaba no haber hecho nada para ayudar a Brooks, que su amigo tuviera que luchar solo. ¿Estaba cometiendo el mismo error con Ander por miedo a enfrentarse a un cambio espantoso?

—A mí no me conoces lo suficiente para saber si soy diferente —dijo Ander.

Eureka observó como una nube cubría su rostro de sombras. Era verdad. Había protegido mucho su identidad. Aun así, él sabía muchas cosas de ella.

—Te conoces a ti mismo —dijo.

Ander estaba impacientándose.

—Si estoy poseído, no podré seguir a tu lado. No dejaré que me utilice para matarte. Me iré muy lejos y no volveré a verte jamás.

Entonces se liberaría de los sentimientos que albergaba hacia ella. No envejecería como Solón cuando había estado enamorado de

Byblis. ¿Acaso no era lo que quería Eureka? Se la imaginó continuando sin él, hacia Brooks y Atlas, y el sueño imposible de desenredarlos y redimirse. ¿Sería mejor para Ander dejarla ya?

—¿Adónde iré? —se preguntó Ander gimoteando en voz baja al tiempo que cerraba los ojos—. No sabría qué hacer si no estuviera a tu lado. Eso es lo que soy.

—No puedes depender de una persona para definirte. Especialmente de mí.

—Hablas como si no nos conociéramos —repuso—. Pero sé quién eres.

—Dímelo.

Él había tocado su reflejo más vulnerable. Eureka inmediatamente se arrepintió de sus palabras.

—Eres la chica que describió el enamoramiento mejor que nadie. ¿Recuerdas? El amor a primera vista que destroza la piel de tu mundo. No teme los defectos de alguien, ni sus sueños ni pasiones. —La tomó en sus brazos y la apretó con fuerza—. El vínculo inquebrantable del amor recíproco. Nunca has dejado de importarme, Eureka. Crees que todo lo que sientes es tristeza, pero no sabes lo que puede hacer tu felicidad.

Ander creía que había más partes de Eureka que ella no se permitía ver. La chica recordó como Esme había dado unos golpecitos a la piedra de rayo cuando dijo que había excepciones a la regla mortal del Brillo. Eureka se acercó al estanque y se quitó el collar. Sostuvo la piedra encima del agua.

—¿Qué estás haciendo? —preguntó Ander.

El Brillo respondió. Unas cintas de agua se formaron en el fondo y subieron hasta la superficie, como un mazo de cartas líquidas que se barajara. Una niebla malva se extendió sobre el Brillo y luego se convirtió en una nube de color púrpura concentrado en el centro, a unos centímetros de la fuente que manaba suavemente. La nube se transformó en una aguja de vapor púrpura, que implosionó y desapareció en el centro del estanque.

El Brillo se había quedado como un espejo reluciente.

—Creo que no deberíamos hacer esto —dijo Ander.

—Querrás decir que crees que yo no debería hacer esto.

—Podrías morir.

—Necesito saber quién soy antes de ir al Marais. La bruja me lo dijo. Mi historia está aquí.

Esperaba que Ander protestase, pero él, en cambio, la cogió de la mano. Ese gesto la conmovió de una forma que no imaginaba. Los dos alinearon los dedos de los pies con el borde del agua. A Eureka le latía con fuerza el corazón.

Se inclinaron hacia el Brillo.

La superficie se llenó de color y ella vio el contorno del cuerpo de una chica. Vio un despampanante vestido blanco donde deberían haberse reflejado sus vaqueros y la camisa azul abotonada. Tomó aire y levantó la vista lentamente, hacia el reflejo de su cara.

No era el rostro de Eureka. La joven que la miraba desde el Brillo tenía el pelo oscuro y unos grandes ojos negros, penetrantes. Tenía la piel morena, unos pómulos prominentes y una sonrisa amplia y segura. Se le separaron los labios cuando se separaron los de Eureka e inclinaba la barbilla en el mismo ángulo que la de Eureka.

Maya Cayce, la peor enemiga de Eureka en el Evangeline, la chica que le había robado su diario, que había intentado robarle a Brooks, estaba contemplándola. Eureka se quedó boquiabierta. ¿Cómo podía ser? En su reflejo, sus labios dibujaron una sonrisa. La imagen se le quedó grabada. Estaría allí para siempre, encerrada en el ámbar de su alma.

—No lo entiendo —dijo Ander, perplejo.

—¿Qué significa? —murmuró Eureka—. ¿Cómo puede ser ella?

—¿Cómo puede ser quién?

Ander sonaba aturdido y angustiado. Eureka señaló su reflejo, pero vio que los ojos de Ander estaban clavados donde... debería haber estado su reflejo.

Allí no había nadie. No le miraba más que el cielo plomizo.

19

Desalojado

—El truco es mantenerse tranquilo y falto de lógica, igual que él —les decía Solón a los mellizos cuando Eureka y Ander regresaron a la Nube Amarga más tarde aquella mañana.

Estaban sentados ante el brasero roto en medio del salón. Las velas se consumían en los candelabros de estalagmita. El suelo estaba lleno de fragmentos de cristal. A nadie se le había ocurrido limpiar después del asalto. Los mellizos estaban de cara a Ovidio, que se encontraba sentado con las piernas cruzadas sobre una alfombra turca, verde y dorada. Su postura era muy real, sus rasgos, excepcionalmente atractivos, pero los ojos… tan muertos como piedras. Claire y William estaban tumbados boca abajo, examinando los brillantes dedos del robot.

—Solón, no… —dijo Eureka.

El robot permanecía neutro por el momento, pero ella sabía lo rápido que podía convertirse en los fantasmas que llevaba. ¿No habían sufrido ya bastante los mellizos para tener que ver el rostro de su padre muerto en la máquina?

Se preguntó si el fantasma del Poeta habitaba en el robot, si el radio que había mencionado Solón abarcaría el Brillo.

—No te preocupes, está dormido. —Solón se colocó detrás de Eureka, y puso el dedo índice y el corazón en la parte inferior derecha de su mandíbula, como si le estuviera comprobando el pulso. Después, giró los dedos en el sentido de las agujas del reloj y susurró—: Para cuando te haga falta.

Estaba enseñándole a Eureka cómo apagar el robot. Ella advirtió la hendidura con forma de infinito en la parte interior de la mandíbula de Ovidio.

—Tenemos que hablar contigo —dijo—. Acabamos de llegar del Brillo.

Solón enarcó las cejas.

—¿Ha sobrevivido vuestra vanidad?

—¿Qué es el Brillo? —preguntó Claire mientras subía a los hombros de Ovidio como solía subir a los de su padre.

—He visto algo allí —le contestó Eureka a Solón.

—*Su histoooria* —canturreó una voz suave y femenina.

Eureka se dio la vuelta, pero no vio a nadie. Las abejas fueron apareciendo poco a poco hasta que empezaron a pulular por las cuencas de los ojos de los cráneos de las paredes de Solón.

Las brujas chismosas entraron en el salón, moviendo sus caftanes. Se colocaron formando un triángulo, con Esme en la punta más próxima a Eureka.

—Vaya, buenos días, Ovidio —saludó Esme—. Veo que al final ha valido la pena arriesgarse a juguetear, Solón. Dime, ¿cómo evitaste la válvula llena de arenas bermellón? ¿O no lo hiciste? Oh, ¿ha muerto alguien?

—Fue el padre de los niños, ya que das el pésame —respondió Solón.

—Todas las brujas son huérfanas —le dijo Esme a Claire. Eureka se preguntó si era posible que la bruja estuviera siendo amable. Esme se volvió hacia ella—. ¿Te lo has pasado bien en el Brillo?

—No mientas —gruñó la bruja más vieja—. Tenemos ojos acuáticos. Hemos visto lo que tú has visto. —Miró a Ander—. Y no has visto.

—¿Qué ha dicho? —Solón señaló a la anciana. Se volvió hacia Ander y emitió un sonido entre la carcajada y la tos—. ¿Qué no has visto exactamente?

—No-no sé —tartamudeó Ander—. Tenemos que hablar.

—No perteneces a este mundo —dijo la bruja más vieja—. ¿Lo entiendes? ¡No eres nada!

La bruja de en medio le dijo algo a la anciana tapándose la boca con la mano. Miraron a Eureka y se rieron.

—Sabes lo que significa mi reflejo —le dijo Eureka a Esme.

La bruja sonrió y ladeó la cabeza, considerando su respuesta mientras miraba a los mellizos, a Ander.

—Es preferible ocultar algunas verdades a los seres queridos.

Luego Esme se encogió de hombros y se rió, y Solón se rió y encendió otro cigarro. Eureka lo vio todo completamente claro: nadie tenía ni idea de lo que estaba sucediendo. Si había un sistema o un significado en la magia a su alrededor, nadie sabía lo que era. Eureka tendría que arreglárselas sola.

Una sombra se movió al fondo de la cueva y alguien se sorbió la nariz. Cat asomó la cabeza detrás del tapiz que separaba la habitación de invitados. Eureka sabía que seguían enfadadas, que las cosas entre ellas no volverían a ser lo mismo, pero su cuerpo se movió para estar con su amiga antes de que su mente pudiera detenerla.

—¿Qué están haciendo aquí? —preguntó Cat.

Las brujas movieron las lenguas y se volvieron hacia Solón.

—Ayer no recibimos nuestro pago —declaró Esme—. Hoy exigimos el triple de alas.

—El triple de alas. —Solón se rió—. No puedo dároslo. Los bichos se han largado.

—¿Qué has dicho?

La lengua bífida de Esme siseó. Las abejas se detuvieron en sus círculos llenos de movimiento para vibrar en el aire.

—Ayer me asaltaron —respondió Solón—. Lo perdí casi todo. Ya no existe ni la sala de mariposas ni el criadero. —Se sacó una bolsita de terciopelo del bolsillo de la bata—. Puedo ofreceros esto. Dos gramos de pétalos de orquídea de vuestro color preferido.

—Esa insignificancia no nos ayuda en nuestra misión —contestó la bruja de en medio.

La anciana lanzó una mirada asesina a Solón con su ojo ámbar, enorme y deformado tras el cristal de su monóculo.

—¡No podemos irnos a casa sin más alas!

Esme levantó una mano para tranquilizar a las otras.

—Nos llevaremos el robot.

Solón soltó una repentina carcajada que se convirtió en la tos irregular de un fumador.

—Ovidio no es un aval.

—Todo es un aval —intervino la bruja vieja—. La inocencia, la vida después de la muerte, hasta las pesadillas.

—Díselo al juez. —Cat se apartó de Eureka para colocarse delante de Esme—. Porque el robot se queda con nosotros.

La bruja joven enarcó una ceja. Parecía estar preparándose para llevar a cabo algo aterrador. Pero Eureka había llevado a Cat a clases de kárate. Había visto como sus puños le habían dejado los ojos morados a la mala de Carrie Marchaux. Reconocía la expresión de Cat cuando estaba a punto de sacudir a alguien.

Cat levantó la pierna izquierda y golpeó a la bruja en la mandíbula con el pie descalzo. El cuello de Esme giró a un lado y cuatro dientes blancos salieron de su boca. Repiquetearon en el suelo como azulejos sueltos del mosaico. La sangre que goteaba de los labios de la bruja tenía el mismo tono que su vestido amatista. Se secó un lado de la boca.

—Eso ha sido por el Poeta —dijo Cat.

Esme esbozó una sonrisa pícara y desdentada. Movió la lengua bífida y todas las abejas de la cueva le rodearon la cabeza. Volvió a mover rápido la lengua. Las abejas se dispersaron, avanzando como un equipo por el suelo, para recuperar cada uno de sus dientes. Echó la cabeza hacia atrás y abrió mucho la boca. Las abejas entraron en la boca y colocaron los dientes en los huecos llenos de sangre de las encías. Se volvió hacia sus compañeras y rió tontamente.

—Si la chica se enfurece por un crío tonto, imaginaos cómo se pondrá cuando se entere de que su familia… —Esme miró a Cat, escupiendo sangre púrpura mientras pronunciaba las palabras siseando— está descomponiéndose en las pútridas Nuevas Orillas de Arkansas.

Cat arremetió contra Esme. Las abejas le picaron en los brazos y en la cara, pero no parecía acusarlo. Sujetó a Esme con una llave de estrangulamiento hasta que la bruja chismosa consiguió liberar su cuello. Cat le tiró del pelo mientras las abejas reptaban por sus manos, con los dedos rondando la parte posterior de la cabeza de Esme. Entonces se detuvo y su rostro expresó repugnancia.

—¿Qué mierd...?

—¡Controla a tu amiga insolente, Eureka! —gritó Esme, que se esforzaba por apartarse de Cat—. O todos os arrepentiréis.

Cat le bajó la cabeza hacia el pecho.

Donde debería haber estado la parte posterior de la cabeza había un vacío de color amatista, en cuyo centro una sola mariposa monarca volaba frenéticamente.

Aquello explicaba el continuo apetito de las brujas chismosas por criaturas aladas. Era la razón de que volaran.

Cat arrancó la mariposa del vacío en la cabeza de Esme. El insecto batió las alas una vez más entre sus dedos; luego se enroscó y murió.

Esme gritó y se quitó a Cat de encima. Las otras brujas chismosas se quedaron mirando boquiabiertas, horrorizadas, el vacío de su cabeza. Se tocaron las suyas para cerciorarse de que todo seguía intacto.

Las abejas acudieron al puño de Esme y lo cubrieron como un guante. Descolló sobre Cat, la agarró por la parte de atrás de la cabeza y le golpeó la base del cráneo con su puño cubierto de abejas.

El dolor explotó en los ojos de Cat. La chica emitió un alarido atroz.

Eureka apartó a Esme de un empujón e intentó ahuyentar a las abejas del cuero cabelludo de su amiga, pero no se marchaban. Trató de cogerlas del pelo de Cat. Le picaban en las manos y no se movían. Ya formaban parte de la base del cráneo de Cat y pululaban por la parte posterior de su cabeza, picándola continuamente.

Esme retrocedió tambaleándose para reunirse con las otras brujas. Se había quedado sin aliento.

—Si nos acercáis a Ovidio al umbral, nos lo llevaremos a partir de ahí.

—Os vais a ir sin nada —replicó Eureka.

—¡Marchaos! —exclamó Solón, que reunió valor por la postura de Eureka—. Llevo muchísimo tiempo deseando decíroslo, zorras.

—No estás pensando con claridad, Solón —dijo la bruja de en medio, que, ayudada por la anciana, sujetaba a Esme, de aspecto débil—. Recuerda lo que pasa si no dispones de nuestro vidriado...

—Nada dura para siempre —respondió Solón y le guiñó el ojo a Eureka.

—Todos tus enemigos te encontrarán —insistió la anciana—. Incluido el peor de todos.

—Solón —intervino Ander—, si dejas que retiren el vidriado...

—¿Van a volver los malos?

William se apoyó en Eureka. A ella le dio rabia sentir la caja torácica de su hermano a través de la camiseta.

—No llores —susurró automáticamente mientras se encargaba del cuero cabelludo de Cat—. No permitiré que os pase nada.

Demasiado tarde. Las lágrimas de William cayeron en sus hombros, en sus mejillas. Su inocencia era sorprendente, una joya brillante en una grieta negra. Cambió de opinión.

—Llora —dijo—. Échalo todo sobre mí.

William lo hizo.

—Os daremos hasta medianoche para que cambiéis de opinión —dijo la bruja vieja—. Después el vidriado habrá desaparecido.

Solón apagó el cigarrillo y se acercó hacia donde Cat gimoteaba, atontada, en los brazos de Eureka. Le dio un beso a la chica en la mejilla.

—Como queráis.

La furia salió de la voz debilitada de Esme. Las otras dos brujas movieron sus lenguas y cuatro abejas regresaron despacio a la órbita de sus cabezas. El resto permaneció con Cat.

Con su compañera lisiada a cuestas, la bruja chismosa mayor y la más vieja todavía retrocedieron torpemente por el oscuro y largo pasillo de calaveras.

20

Más problemas

Al amanecer, Eureka y Ander se hallaban en el borde de la galería, contemplando la laguna de lágrimas. Solón se había retirado a su taller con Ovidio, y los mellizos y Cat descansaban en el cuarto de invitados. Cat había dicho que el dolor punzante que sentía en el cráneo había disminuido al nivel de una migraña. Ya apenas notaba los picotazos constantes; aquel dolor era más fácil de soportar que el hecho de saber lo que le había ocurrido a su familia.

—A lo mejor no es más que un chismorreo —dijo Ander, pero todos presentían que las brujas decían la verdad.

Habían dividido la comida que quedaba: dos manzanas pequeñas, unos tragos de agua y las sobras de una caja de cereales. Después de comer, el hambre revolvió a Eureka más que antes. Tenía el cuerpo débil y la mente obnubilada. No había dormido desde que se despertó de la pesadilla en la que se ahogaba entre los muertos desperdiciados. Quedaban seis noches hasta la luna llena, si es que sobrevivían tantos días.

La lluvia llevaba tanto tiempo cayendo que ya no la percibía. Se había convertido en algo tan regular como el aire. Se apoyó en la baranda de la galería y tocó la espalda de Ander para que él también se apoyara. Dos sombras borrosas alzaron la vista desde la superficie de la laguna.

—No has desaparecido a pesar de no estar en el Brillo —dijo ella—. Y yo…

—¿Tú tampoco eres la que viste? —preguntó Ander.

—Iba al instituto con esa chica —contestó Eureka—. Maya Cayce. Nos odiábamos. Competíamos por todo. De niñas éramos amigas. ¿Por qué la vería en mi reflejo?

—En algún lugar todo esto tiene sentido. —Los dedos de Ander recorrieron con delicadeza su cuello—. La cuestión es si sobreviviremos al viaje hasta allí.

Eureka apartó la vista del reflejo para mirar la realidad. Sus manos se deslizaron por el pecho de Ander, entrelazó los dedos alrededor de su cuello…, aunque sabía que no debía. Había matado con aquellas manos el día anterior. No tenían comida. El vidriado desaparecería a medianoche.

—Ojalá pudiéramos detenerlo todo y estar así siempre.

—No puede detenerse el amor más que el tiempo —respondió Ander en voz baja.

—Hablas como si el amor y el tiempo no estuvieran relacionados —dijo Eureka—. Para ti, son lo mismo.

—Algunas personas miden el tiempo dependiendo de cómo lo ocupan. La infancia es tiempo, el instituto es tiempo. —Acarició los labios de ella con la yema del dedo—. Tú siempre has sido mi tiempo.

—Vomitaría —dijo una voz detrás de Ander—, pero eso podría atraer a los hambrientos de la zona.

Alguien salió de entre las sombras del cerezo. Las brujas debían de haber retirado el vidriado pronto. Los había encontrado.

—Brooks —dijo Eureka.

—Atlas —dijo Ander, y se acercó.

Y lo mismo hizo Brooks. Eureka quedó entre los dos, con ambos cuerpos rozándola.

Lucharían en ese instante. Intentarían matarse.

—Lárgate de aquí —le soltó enseguida Eureka a Brooks.

—Creo que es él el que debería irse —replicó Brooks mirando a Ander.

El labio de Ander se levantó con gesto de repulsión.

—Vas a perder.

La cara de Brooks reflejó un espantoso instante de ira.

—Ya he ganado.

Ander sacó la larga lanza de oricalco de la funda que llevaba en la cadera.

—No si mato ese cuerpo antes de que tu mundo emerja.

—¡Ander, no! —Eureka se dio la vuelta para proteger con su cuerpo el de Brooks. Por un segundo, sintió el calor familiar de su pecho—. No te dejaré.

—Sí, por favor, Eureka, sálvame —dijo Brooks.

Después se echó hacia delante con tanta fuerza que tiró a Eureka. Cuando Ander se inclinó para comprobar si estaba bien, Brooks le golpeó con fuerza y luchó por la lanza.

La espalda de Ander se arqueó por la baranda de la galería. No podía ponerse derecho. Agarró el antebrazo de Brooks y lo llevó abajo con él. Eureka hizo ademán de detenerlos, pero ya se habían ido.

Corrió al borde de la galería. A Ander se le había escurrido la lanza de las manos y también estaba fuera del alcance de Brooks. Los chicos se agarraban el uno al otro y se propinaban puñetazos desesperados, sin alcanzar su objetivo, mientras daban volteretas por el aire, forzados a una tregua por el caos y la gravedad. Entonces atravesaron la superficie del estanque de lágrimas.

Durante la calma que reinó a continuación, Eureka no pudo evitar imaginarse que los dos habían desaparecido de su vida para siempre, que el amor se había ido, que así era más fácil.

Pero las cabezas de los chicos salieron a la superficie. Dieron vueltas en el agua hasta que se encontraron. Los separaban seis metros de lágrimas. Brooks volvió a sumergirse y se convirtió en una mancha negra, borrosa, que nadó hacia Ander con una feroz gracilidad.

El cuerpo de Ander se elevó en el agua, que enseguida se volvió roja a su alrededor. Luego fue arrastrado al fondo.

Todo quedó sumido otra vez en un silencio inquietante. Eureka caminó de un lado a otro de la galería durante un minuto que pareció una hora, antes de recordar que ambos tenían branquias que les permitían respirar bajo el agua.

Se lanzó a la laguna.

El agua se la tragó. La protección de la piedra de rayo apareció a su alrededor. No los veía. Se sumergió un poco más, avanzando en dirección contraria a la orilla.

Percibió movimiento por debajo de ella y se deslizó al fondo del escudo. Brooks tenía a Ander inmovilizado contra el suelo de la laguna y le desgarraba el pecho con la boca como si intentara comerse su corazón. El dolor que reflejaba el rostro de Ander era tan intenso que Eureka temió que fuese a perder el sentido.

Continuó hacia los chicos, nadando tan rápido como podía. Se acercó hasta estar a un metro y medio de distancia, y cerró los puños para usarlos contra Brooks. Ese no era su mejor amigo; no podía serlo. Entonces se acordó del escudo. No había forma de llegar a Ander mientras la siguiera protegiendo. ¿Le daba tiempo a subir a toda velocidad a la superficie, tirar la piedra de rayo y volver allí abajo nadando? Cuando Eureka se paró, Ander volvió la cabeza y exhaló.

Una poderosa ola hizo retroceder a Eureka, dando vueltas. Ella y su escudo giraron horizontalmente en el agua, atrapados en un remolino. Notó que se levantaba.

Daba vueltas cada vez más alto, vislumbrando breves imágenes vertiginosas de Brooks y Ander. Los tres se movían en órbitas diferentes, dentro de un torbellino creado bajo el agua por el Céfiro de Ander.

La luz que se proyectaba encima de Eureka se acercó, cobró intensidad, hasta que…

Salió del agua disparada, girando hacia arriba. El escudo de la piedra de rayo se esfumó. El remolino había salido a la superficie para convertirse en un enorme tornado. Debajo de ella, Ander buscaba a Brooks. La sangre manaba de su pecho y entraba en su propia órbita, salpicando a Brooks mientras giraba.

Después Eureka salió del chorro de viento, disparada por el aire hacia un acantilado cercano. Mientras descendía del cielo, le asombró la vista de un enorme arcoíris inclinado que se extendía más allá del horizonte.

Oyó un grito gutural y miró por encima del hombro. Brooks volaba a lo lejos, todavía rehén del Céfiro. No veía a Ander por ninguna parte.

Eureka aterrizó en una roca con un batacazo fuerte y doloroso. Los huesos le daban pinchazos mientras se ponía de lado y se mecía un momento, temblando bajo la lluvia. Tocó la piedra de rayo, el relicario de Diana y la cinta amarilla, y respiró. Al final hizo un esfuerzo para ponerse de rodillas.

No sabía dónde estaba ni dónde habían acabado Ander y Brooks, pero desde la roca veía la mayor parte del valle celano. Parecía una fotografía de la superficie de la luna. Vio el Brillo rodeado de orquídeas al sur. Vio mil círculos plateados que salpicaban el paisaje, masas de agua surgidas de sus lágrimas. Vio las cimas blancas de unas montañas lejanas, la laguna del lagrimaje con forma de recodo en el valle, entre las cuevas y, a menos de quince metros, la galería de Solón.

Subió hacia ella. El centro se hallaba donde terminaba el arcoíris. El rubí se convertía en naranja intenso, luego en dorado, después en verde hiedra, luego en índigo y, finalmente, en el bonito pero tóxico púrpura que Eureka ya asociaba con las brujas chismosas. El arcoíris se extendía hacia la noche, ya tan negra como el carbón. Ni la luz del sol ni la de la luna lo habían creado.

Al mirar con más detenimiento, Eureka vio cuatro siluetas erguidas dentro del arcoíris, flotando hacia la galería. Un zumbido hizo pensar a Eureka que habían llegado las brujas chismosas, pero no oyó ninguna risa ni vio el destello de las orquídeas. Además, aquel zumbido era distinto, se trataba más de un chirrido que de la contenta canción de las abejas.

Las cuatro figuras que se acercaban estaban inmóviles, excepto por sus torsos agitados. Eureka se dio cuenta de que el zumbido en el viento era el sonido de su respiración fatigosa.

Portadores de la Simiente.

Cada uno de ellos estaba intensamente concentrado en mantener el cuerpo del otro en el aire. Usaban la respiración como alas batientes.

Eureka por fin estuvo lo bastante cerca para ver una figura en la base del arcoíris, sola en la oscuridad de la galería. Parecía el abuelo de alguien. El arcoíris salía de su boca como una infinita bocanada de humo. Tenía la espalda arqueada de un modo incómodo, como si el arcoíris comenzara muy dentro de él. Llevaba una túnica de seda y una extraña máscara negra.

El anciano que exhalaba el arcoíris hacia el cielo era Solón.

Pero no podía ser. Su cuerpo parecía viejo. La piel de las manos y el pecho lucía las manchas de la edad. Tenía la espalda encorvada. ¿Cómo había envejecido Solón un siglo en una sola tarde? Cuando explicó el proceso de envejecimiento de los Portadores de la Simiente, había dicho que se había mantenido joven durante décadas porque no sentía nada. ¿Qué o quién había reavivado los sentimientos de Solón, su capacidad de amar?

Mientras Eureka caminaba por las rocas y se acercaba a la parte trasera de la galería, la primera silueta salió del arcoíris. Se trataba de un chico de su edad, que llevaba un traje holgado salpicado de barro. El traje le resultaba familiar, aunque el cuerpo que lo llevaba parecía muy diferente del que ella había visto la última vez. El chico la miró y entrecerró los ojos.

Albión había matado a Rhoda y maltratado a los mellizos. Fue la cabeza pensante responsable de la muerte de Diana. Aparentaba dieciocho años en vez de sesenta, pero Eureka estaba segura de que era él.

Tres Portadores de la Simiente más salieron del arcoíris. Cora. Critias. Estornino. Todos eran jóvenes. Parecían adolescentes vestidos con la ropa de sus abuelos.

Eureka subió por la barandilla. Le dolía todo y sangraba. Solón había llevado hasta allí a los Portadores de la Simiente a propósito.

¿Por qué? El arcoíris se desprendió de sus labios. Los restos quedaron en el aire en partículas de colores y luego cayeron al suelo como hojas psicodélicas.

La máscara con capucha que llevaba Solón parecía tan maleable como el algodón, pero estaba hecha de cota de malla negra, tejida apretada, tan fina que de cerca era transparente. Bajo la máscara, Solón parecía tener un millón de años.

—No te alarmes —dijo Solón con la voz amortiguada—. No es más que una máscara sobre una máscara sobre una máscara.

—¿Qué pasa? —preguntó Eureka.

—Mi obra maestra. —Solón miró hacia el cielo nocturno, ya más oscuro y más lúgubre sin la luz gloriosa—. Esos rayos coloridos de aliento abren un camino que conecta a los Portadores de la Simiente en cualquier parte del mundo.

—¿Por qué has hecho eso?

Solón le dio unas palmaditas en la mejilla.

—Saludemos a nuestros invitados. —A pesar de la máscara, los ojos sonrientes de Solón contemplaron las figuras que tenía ante él—. Eureka, creo que has tenido el placer de conocer a estos cuatro mierdas.

Los Portadores de la Simiente dieron un paso hacia delante, tan desconcertados como Eureka.

—¡Hola, primos! —bramó Solón alegremente.

—Nos ha costado tres cuartos de siglo —dijo Cora—, pero al final el tonto ha cambiado de opinión. ¿A qué debemos el placer, Solón?

La risa de Solón retumbó tras la máscara.

—Quítate esa máscara ridícula.

La voz de Albión llamaba la atención con ese timbre juvenil.

—Por lo visto tu amargura te trata bien —dijo Solón.

—Nos hemos hecho más fuertes por el odio y la repulsión —respondió Albión—, mientras que el pobre Solón camina como si fuera una hoja de otoño en las últimas. No me digas que te has vuelto a enamorar.

—Siempre me ha parecido que el odio es una forma de amor —dijo Solón—. Intenta odiar a alguien que no te importe. Es imposible.

—Nos traicionaste y ahora das pena —intervino Cora—. Nos interesa Ander. ¿Dónde está?

Miró a su alrededor. Eureka también, con temor por lo que le hubiese pasado a Ander, al cuerpo de Brooks, a Atlas.

—¡Ah, ahí están! —Estornino sonrió abiertamente. Su larga trenza era de un tono rubio brillante—. Esas cositas insignificantes que deberíamos haber matado cuando tuvimos la oportunidad.

Cat y los mellizos aparecieron en la galería. La cabeza de su amiga aún era un hervidero de abejas.

—¡Marchaos!

Eureka corrió hacia ellos.

—Hablando de Ander —reflexionó Solón, e hizo una pausa para toser en la manga de la bata—, me estaba preguntando cómo se mantiene tan joven. Nunca he visto a un chico más absorbido por el amor, aunque desde que llegó a la Nube Amarga no ha aparentado ni un día más de dieciocho años. No crees que es raro, ¿Albión?

Desde que Eureka se había enterado de lo que el amor le hacía a un Portador de la Simiente, había encontrado señales de envejecimiento en Ander cada hora que pasaba. Pero en ese momento, al observar lo increíblemente viejo que estaba Solón y que los otros

Portadores de la Simiente habían vuelto a ser jóvenes, Eureka se daba cuenta de lo extremos que eran los cambios en ellos.

¿Acaso significaba eso que Ander en realidad no la quería?

—¿Dónde está Ander? —repitió Cora—. Y, por favor, quítate esa máscara ridícula. ¡Dios mío! —exclamó cuando se le ocurrió una idea—. ¿Necesitas oxígeno para respirar?

—Siempre fue un fumador empedernido —terció Estornino.

—Un Portador de la Simiente con un enfisema —dijo Critias—. ¡Menudo idiota!

—Es cierto, tengo los pulmones tan negros como el blues —dijo Solón—, pero llevo la máscara por un motivo muy diferente. Está cargada de artemisia. —Colocó un dedo sobre un punto plateado en un lado de la máscara—. Para activarla, lo único que tengo que hacer es apretar este botón.

—Está mintiendo —replicó Cora, pero el tono su voz revelaba temor.

Solón sonrió burlonamente bajo la máscara.

—¿No me crees? ¿Tengo que demostrártelo?

—¿Qué estás haciendo? —le gritó Eureka—. Matarás a Ander también.

Albión giró enseguida la cabeza hacia la chica, con las cejas enarcadas.

—¿Vas a volver a llorar?

Se acercó a ella, sujetando un frasco con la misma forma que el lacrimatorio que Ander había usado, pero mucho menos complejo, hecho de acero mate.

Eureka estaba decidida a no llorar. Apartó el lacrimatorio de un manotazo y cogió a Albión por el cuello. Apretó con fuerza. El Portador de la Simiente resolló e intentó quitársela de encima, pero Eureka era más fuerte.

Aunque Albión parecía distinto desde la última vez que se habían enfrentado, Eureka había cambiado todavía más. Vio que él le tenía miedo. Le gruñó, con furia oscura en los ojos.

William se echó a llorar.

—No mates a nadie más, Reka…

Con el rabillo del ojo, Eureka vio a William junto a Cat y a Claire, triste, delgado y sucio. No era el mismo niño que se catapultaba a su cama todas las mañanas, tirando figuras de acción por las sábanas mientras ella le quitaba trozos de sirope de arce seco del pelo. Eureka soltó al Portador de la Simiente.

—¿Albión? —Solón chasqueó los dedos—. El espectáculo está por aquí. Yo en tu lugar prestaría atención. Antes estaba de acuerdo contigo. Antes creía que teníamos una razón para detenerla. —Se volvió hacia Eureka—. Pero nada puede detenerla. Y mucho menos nosotros.

Cora se acercó lentamente a Solón.

—El juego ha cambiado. No es lo que habríamos querido, pero todavía podemos utilizar sus lágrimas para mejorar nuestra posición. Si volvieras con nosotros…

—Quítate la máscara, primo —dijo Critias.

El dedo de Solón se movió hacia el botón plateado del lateral de la máscara. Eureka se imaginó el veneno llenando los pulmones de Ander en la distancia. Se imaginó el shock convirtiéndose en un desafío mientras se atragantaba y se quedaba sin su magnífico aliento. La dolorosa resignación mientras el cuerpo se quedaba inerte. El alma elevándose. Se preguntó cuál sería su último pensamiento.

Pensó en que su voz siempre había sonado como un susurro. Y en los movimientos de tijera que hacían sus dedos cuando se los pasaba por el pelo. En cómo encajaba su mano en la suya. El tono azul que adquirían sus ojos cuando ella pasaba por su lado, incluso aunque la hubiera visto hacía un momento. Cómo la besaba, como si su vida dependiera de ello. En la persona que se convertía ella cuando le devolvía el beso.

Solón se llevó la mano al corazón. Sonrió burlonamente y apretó el botón.

—Bombas fuera.

Un gas venenoso, tan verde como la aurora boreal, se deslizó por su rostro.

21

Ilusionamiento

L a artemisia se desenrolló sobre la cara de Solón, cubriendo su frente arrugada, luego los ojos y después las mejillas. Lo último en desaparecer tras el vapor fue una sonrisa extraordinaria.

Los Portadores de la Simiente lo rodearon. Estornino comenzó a morderse las uñas. Cora tragó saliva como si se ahogara. El rostro de Albión lucía la expresión de alguien al que estaban a punto de dar una paliza. La mejilla de Critias brilló con el rastro de una única lágrima mientras se volvía hacia los demás.

—¿Alguien quiere decir sus últimas palabras?

El cuerpo de Solón se tensó y cayó hacia delante. Chocó contra el suelo de la galería como un árbol talado. Eureka lo colocó boca arriba y tiró de la cota de malla, cerca de su cuello, hasta que le ardieron los dedos. La máscara estaba tan unida a Solón como él había sido fiel a su último objetivo.

—¿Está muerto? —preguntó Cat.

Eureka atrajo la cabeza a su pecho. Inmóvil como una estatua. La suave seda de la bata de Solón estaba mojada en su mejilla. Esperó la respiración.

Un único resuello salió del pecho de Solón. Eureka lo agarró por los hombros. Quería que su rostro revelase la verdad de la situación —por qué había hecho aquello, cuál era el destino de Ander, qué sería de Eureka y su búsqueda para salvar el mundo—, pero su expresión tras la máscara no estaba clara.

A lo mejor era mentira. A lo mejor la artemisia no mataba a los Portadores de la Simiente a través de otro. A lo mejor Ander seguía vivo bajo el agua y aparecería sobre una ola en la galería y ella podría abrazarlo como lo había hecho en su habitación de Lafayette, cuando el amor era nuevo.

A lo mejor la próxima vez que viera a Brooks sería solo Brooks, y lo que le había poseído se habría ido como una enfermedad para la que alguien había encontrado una cura.

A lo mejor no había inundado el mundo con sus lágrimas. A lo mejor no tenía nada que ver con eso. A lo mejor era otro rumor que habían lanzado unas chicas mientras bebían agua de una fuente.

A lo mejor sus padres, madame Blavatsky, Rhoda y el Poeta estaban vivos y aún podían motivarla, frustrarla y quererla.

A lo mejor la pesadilla de los meses anteriores era una pesadilla de verdad, una indulgencia de su loca imaginación; pronto despertaría, se pondría las zapatillas de correr y le echaría una carrera al sol por el neblinoso bayou, antes de que Brooks pasara a buscarla para ir al instituto, con un café con leche y canela humeante esperándola en el portavasos del coche.

El cuerpo de Solón se convulsionó. Se llevó la mano al cuello y se esforzó por respirar. Golpeó una, dos y tres veces el lateral de la máscara. Se oyó un silbido, la máscara se partió por el centro y cayó en dos trozos a cada lado de la cara de Solón. Los gases verde amarillentos que despedía la artemisia se desvanecieron en la lluvia. Eureka inhaló un olorcillo a regaliz en el aire y después el vapor desapareció.

Solón tenía los ojos cerrados. Su escasa barba canosa se había convertido en una barba poblada que bajaba por el cuello como un liquen. Su pelo corto era ya del color de un leopardo de las nieves y su piel se hallaba excesivamente arrugada, salpicada de manchas de la edad.

—Solón… —susurró Eureka.

Él abrió los ojos un instante. Los labios temblaron para esbozar una sonrisa. Se llevó una mano débil al bolsillo de la bata y sacó un sobre gris, que colocó en la mano de Eureka. Era sedoso y extraño.

—Quería una buena muerte —susurró Solón.

Miró a su alrededor, como si estuviera decidiendo si se hallaba a la altura. Luego cerró los ojos y se fue.

—Ha sido buena —contestó Eureka.

Un grito grave y gutural atrajo su atención. Albión se tambaleaba hacia ella. Avanzaba torpemente, sin equilibrio, como un borracho.

—Vas a venir con nosotros —dijo sin aliento.

Arremetió contra Eureka, tropezó con las piernas de Solón y cayó sobre el cuerpo de su primo muerto. Se retorcía mientras se arañaba el cuello con los dedos. Babeaba mucosidad por las comisuras de la boca.

Detrás de Albión, Critias se dobló, resollando. Cora y Estornino ya estaban en el suelo. La tos y los gritos de dolor retumbaban en las rocas. Eureka, Cat y los mellizos se abrazaron mientras los Portadores de la Simiente dejaban de respirar. Albión se esforzó por coger a Eureka del tobillo. Fue su último acto.

Todos estaban muertos.

Lo que significaba que Ander estaba muerto. Eureka se agarró la cabeza.

Pensó en Ovidio. Estaba abajo, lo bastante cerca para apoderarse de esos nuevos fantasmas. Su padre, Seyma... y Solón y los demás Portadores de la Simiente. ¿Estaban todos juntos?

¿Encontraría allí también a Ander?

Miró hacia el agua. ¿Dónde estaba? ¿Cómo había pasado su último aliento? Su mente retrocedió al momento en el que habían hablado por primera vez, cuando chocó contra su coche y recogió su lágrima de una forma extraña y encantadora. ¿Cómo habían llegado hasta allí? Eureka deseó haberlo hecho todo de un modo diferente. Deseó haber podido despedirse.

Ansiaba el alivio que solo producían las lágrimas. Sabía que no podía, que no debía llorar, pero, aunque intentase ser tan insensible como Ovidio, Eureka era una humana atrapada dentro de un cuerpo humano. Le ardieron los ojos.

Algo salió de la laguna con gran estruendo. Un chorro de agua subió por la baranda de la galería y en medio apareció una cabeza rubia.

Ander salió del agua, que volvió a caer a la laguna. Estaba sangrando y se esforzaba por respirar. ¿Cuánto tiempo le quedaba?

Eureka le rodeó el cuello con los brazos. Él dio una vuelta con ella como si su peso fuera una sorpresa maravillosa. Sus labios se hallaban a solo unos centímetros cuando Eureka se apartó. Estaba segura de que lo había perdido. Llevó una mano a su pecho para sentir los latidos de su corazón, cómo subía y bajaba.

—¿Está aquí? —preguntó Ander.

—¿Quién?

—¡Atlas! ¿Has visto en qué dirección se ha marchado?

Eureka negó con la cabeza. Abrió la boca, pero no pudo encontrar las palabras para decirle que solo le quedaban unos instantes de vida.

—¿Por qué me miras así?

Eureka se apartó para revelar a su familia.

Ander se pasó los dedos por el pelo. Se agachó y colocó la mano delante del rostro de Albión.

—¿Soy un fantasma?

Eureka tocó las puntas del pelo de Ander. Era tan agradable, estaba tan vivo, que le acarició el cuero cabelludo, la frente, la mejilla y el cuello. Él giró la cabeza hacia su mano.

—No —respondió ella.

Se preguntó si Ander sabía lo de Ovidio y el Relleno.

—No lo entiendo. Cuando muere un Portador de la Simiente…

—Todos los demás mueren.

—Pero yo sigo aquí —susurró Ander—. ¿Cómo?

Eureka recordó el sobre que le había dado Solón. Lo había guardado en el bolsillo de sus vaqueros. Lo sacó y levantó la solapa. Dentro encontró el lacrimatorio que contenía sus lágrimas, envuelto en un trozo de papel cubierto de una bonita cursiva.

Eureka enseguida se metió el frasco en el bolsillo. Desplegó el papel y leyó en voz alta:

A quien corresponda (Eureka):

¿Estoy muerto?

Bien.

Hay una botella de brandy del bueno en el bolsillo de la bata más apartada en mi armario. Sabrás cuál es por la percha antigua de bambú.

Una vez estés segura allí dentro, rómpela y reúne a tu alrededor a todos los que te importen y aún estén vivos. O quizá solo a las personas que queden. Entonces conocerás una parte de la verdad.

Eureka alzó la mirada mientras Cat, William y Claire pasaban por encima de los Portadores de la Simiente para acercarse.

—¿Qué más dice? —preguntó William.

Eureka continuó leyendo:

Lo digo en serio. Entra.

Eureka, por si te paraliza la indecisión: no malgastes los últimos momentos de Ander revolviendo un armario lleno de estúpidas batas de seda, buscando bebida como un vagabundo afortunado que se coló por la ventana. El chico podría vivir para saborear un millón de besos tuyos, impidiendo catástrofes fuera de mi control. Te lo explicaré todo en un momento.

—Deberíamos honrar su petición —dijo Ander y apartó a Albión de una patada para levantar a Solón del suelo.

Bajaron las escaleras hacia el salón de Solón. Ander dejó el cuerpo sobre la alfombra al lado de su silla, para que estuviera cerca de la cascada. Fue abajo para coger el brandy. William cogió la antorcha de las brujas para que hubiera luz y Eureka se sentó encima de la mesa rota del comedor y continuó leyendo:

¿Sigues enfadada conmigo? Deberías haberte visto cuando te has dado cuenta de lo que había hecho. Sí, escribí esta carta antes de ver tu cara, pero sé que te has enfadado mucho y que seguirás enfadada. ¡Estoy reventando los tiempos verbales en mi último testamento!

Soy lo bastante vanidoso para decir que me ha molestado envejecer en el crepúsculo de mi existencia. No deseaba preocuparme tanto por vosotros, pero así ha sido.

Claire, valiente y audaz, crece y no dejes de ser intrépida.

Enigmático William, aférrate a tu misterio.

Cat, bomba nuclear, en otra vida, te seduciré.

Ander. Superviviente. Eres el único hombre al que he admirado.

Y Eureka. Por supuesto, mis sentimientos empezaron contigo. Sacarías emociones de las almas más frías.

He llamado a todos los Portadores de la Simiente para matarlos y suicidarme usando la artemisia del cofre de oricalco. Pero ¿y Ander?, estarás preguntándote. La verdad es hermosa: a Ander lo criaron los Portadores de la Simiente, pero no es un Portador de la Simiente. Nació en California, en una familia mortal irresponsable, con la debilidad de unirse a las sectas. Los convencieron para que entregaran al niño entre bastidores de un auditorio en Stockton. Y por eso creció creyendo que estaba vinculado a las reglas de los Portadores de la Simiente. Necesitaban un señuelo con la edad adecuada, alguien que no desentonara en el ambiente de tu juventud.

Pero ¡nunca fue uno de nosotros! Y por eso...

¡Vive!

Durante algún tiempo he sospechado que algo no iba bien —o mejor dicho, que no le pasaba nada malo—, pero no estuve seguro hasta que las brujas revelaron que no había visto nada en el Brillo.

A las brujas solo les importa volver a la Atlántida, así que su Brillo solo revela la identidad atlante de cada uno. Puesto que Ander no tenía ningún verdadero linaje que lo relacionara con el Mundo Dormido, no tenía reflejo en su espejo. El Brillo le habría matado si tu piedra de rayo no os hubiera protegido a ambos.

Ander no pertenece a la Atlántida, el pobre. El hecho de no pertenecer a ella es el don más importante. Recuérdalo siempre.

En cuanto descubrí que mi muerte no mataría a Ander, que, de hecho, mi muerte te ayudaría, al quitar a los Portadores de la Simiente de la ecuación, no me quedó más remedio que dar el antiguo paso que todos mis héroes han dado. Un pájaro de dos tiros, como diría el Poeta. Espero verle pronto.

—No lo entiendo —interrumpió Ander—. Si no soy un Portador de la Simiente, ¿cómo puedo hacer lo que hacían ellos con la respiración?

—El Poeta me contó una historia —dijo Cat— sobre unos ladrones de peculiaridades que se colaban en las salas de recién nacidos de los hospitales para estudiar la magia de los bebés. Tal vez los Portadores de la Simiente te escogieron porque sabían que tu peculiaridad se amoldaba a lo que querían que hicieras.

Mientras los demás especulaban, Eureka estudió el resto de la carta de Solón. Tras la primera página, el tipo de papel cambiaba... a pergamino, el mismo que en *El libro del amor*. Tenía la misma letra críptica por la que había contratado a madame Blavatsky para que la tradujera. Allí estaban las páginas que le faltaban a *El libro del amor*:

Adjunto unas páginas de tu libro. Siento no haberte dicho antes que las tenía yo. Hace años, le prometí a Byblis que jamás compartiría su contenido. Eran su mayor vergüenza. Pero creo que le habría gustado que las vieras y conocieras la verdad.

Puedes pedirles a las brujas chismosas que te lo traduzcan. Usa este sobre. Llega a un acuerdo. Eres más lista que ellas.

Tal vez no te guste lo que descubras. Esa es la naturaleza del descubrimiento. Byblis nunca fue la misma después de enterarse de la verdad de su historia. No sé cómo llevarás tú la noticia, pero mereces saberlo.

No estaba destinado a ser tu guía. Un líder es un proveedor de esperanza. Esto explica mi fracaso y por qué tú, Eureka, debes triunfar.

Desde el otro lado,

SOLÓN

P. D.: Las brujas tienen algo más aparte de entender el texto. Hay algo que intercambié con ellas hace años. Es tuyo. Recupéralo. Y luego sigue adelante. Tienes todo lo que necesitas para viajar al Marais. A partir de entonces, todo dependerá de ti. Atlas estará esperando. Date prisa, pero no corras. Ya sabes a qué me refiero.

P. P. D.: ¡No te olvides de llevar a Ovidio! Lo necesitarás más de lo que crees. Si no os matáis, llegaréis a ser grandes amigos. Posee profundidades insospechadas…

22

Lengua materna

—No, no duele —estaba diciéndole Ander a Cat cuando Eureka terminó de leer.

Se había subido la camisa para revelar las branquias. Los mellizos estaban fascinados, reunidos a su alrededor, examinándole la piel. Cuando Cat se agachó, las abejas de la parte posterior de su cabeza zumbaron y reptaron. A cada instante hacía un gesto de dolor cuando una le picaba.

Nadie salvo Eureka vio que el sobre que tenía en las manos emitía una luz tan púrpura como los caftanes de las brujas chismosas. Eureka parpadeó y la luz desapareció.

—He ido al Brillo para ver qué querían decir... —oyó que Ander decía.

Entonces el sobre volvió a emitir esa luz. Esa vez Eureka vio que la solapa se agitaba como un ala. Abrió la palma. El sobre se agitó una segunda vez, luego se elevó por encima de la mano en el aire. No era como un ala, sino que el sobre estaba hecho de alas. Dos grandes polillas grises se abrazaban para llevar la carta de Solón. Habían estado quietas hasta entonces, cuando se separaban lentamente, como si despertaran de un sueño encantado. Emitieron una luz amatista y luego bajaron hacia la entrada de la cueva.

Eureka se volvió para comprobar si los demás lo habían advertido. Seguían absortos en las branquias de Ander.

—Solón cree que Atlas intentaba poseerme, pero lo he ahuyentado.

Eureka sentía que las polillas querían que las siguiera. Se metió la carta en el bolsillo y las páginas arrancadas de *El libro del amor* junto al lacrimatorio. Cogió su bolsa púrpura, que colgaba de una estalagmita en forma de gancho cerca de la puerta. Levantó la antorcha eterna de otra estalagmita en la que la había dejado William y se marchó con sigilo, como hacía en los viejos tiempos con Polaris, el inseparable de madame Blavatsky.

—¿Cómo era no tener reflejo? —le preguntó William a Ander mientras las polillas conducían a Eureka hacia un pasillo bordeado de calaveras.

—¿Qué vio Eureka en el Brillo?

La voz de Cat se perdió pasillo abajo y a Eureka se le pasó por la cabeza el reflejo de Maya Cayce. «En algún lugar todo esto tiene sentido», le había dicho Ander. Eureka se alejó corriendo del recuerdo de su reflejo, de la pregunta de Cat y de sus seres queridos.

—¿Eureka? —la llamó Ander.

Intentarían impedir que fuera a ver a las brujas. Pero Solón no había sido jamás tan claro sobre la necesidad de hacer algo. Acudiría a las brujas para recuperar lo que era suyo.

Corrió tras las polillas y, mientras avanzaba, las calaveras sonrieron en la oscuridad. Fuera, la lluvia la acribilló, fría y violenta, azotando de lado como un muro de látigos. El sol estaba saliendo e iluminaba una sección baja del cielo gris oscuro.

Había algo distinto. Detrás de ella, la entrada a la cueva de Solón sin el vidriado resultaba visible para el mundo exterior. La depresión en la roca parecía corriente, obvia, carente de magia en su interior.

Las polillas emitían luz, atrayendo a Eureka con su resplandor púrpura cuando pensaba que las había perdido en la lluvia. Las siguió por una serie de pendientes que parecían hormigueros gigantescos, dobló una esquina y encontró montañas aún más altas.

A lo lejos, en la cima del pico más alto, se mantenía en equilibrio una inmensa roca rectangular. Unas oscuras hendiduras sugerían puertas y ventanas, y un rellano marcaba la entrada a la casa de las brujas.

—¿Cómo subo hasta ahí? —preguntó Eureka a las polillas.

Volaron en el aire, brillando, hasta desaparecer en la niebla, brillando. Eureka tocó la piedra de rayo, el relicario y la cinta, y comenzó a escalar.

El lodo resbalaba entre sus dedos mientras se abría camino roca arriba. Cuando el risco se hizo más escarpado y Eureka no supo cómo continuar, las polillas guía se movieron por sus manos, dudando si la ruta más segura estaba unos centímetros a la izquierda o a la derecha. Unas piedras sueltas cayeron mientras Eureka subía por ellas. El pico era tan traicionero que se preguntó si alguna vez se habría acercado algo que no volase.

Al fin Eureka se halló frente a una puerta. Estaba hecha de mil alas de polillas gris oscuro, entretejidas, que se agitaban, vivas, formando un par majestuoso.

—¿Llamo? —les preguntó a las polillas guía.

Se colocaron sobre la puerta hasta que esta las absorbió. Eureka ya no las distinguía de las otras alas.

La puerta se abrió, cortando suavemente un inmenso tejido de diminutas conexiones, y reveló una sala deslumbrante en el interior.

Las paredes estaban hechas de amatista; el suelo se hallaba cubierto de pétalos de orquídea. Unas veinte brujas chismosas pasaban el rato junto a una hoguera púrpura. Tres de ellas compartían un balancín gigante de alas de polilla. Una colgaba boca abajo de un poste, con el caftán tapándole la cara.

Las brujas fumaban en unas pipas largas y delgadas que se curvaban hasta una punta en espiral. Un humo verde fuerte, con olor a regaliz, flotaba en el aire sobre los rescoldos de las pipas. Estaban fumando artemisia, pero, a diferencia de los Portadores de la Simiente, las brujas chismosas parecían disfrutar de aquella droga. Reían mientras las abejas, colocadas, chocaban torpemente alrededor de sus cabezas.

Eureka descubrió a Esme en el otro extremo de la sala. Parecía recuperada, como si el vacío secreto de su cabeza nunca hubiera quedado expuesto y la mariposa no hubiera terminado aplastada entre los dedos de Cat. Eureka se puso tensa de ira y miedo ante la posibilidad de que Cat nunca se recuperara del todo.

Esme susurró al oído de otra bruja joven, con las manos ahuecadas alrededor de la boca, rezumando regocijo ante algún secreto. El modo en que las brujas se reían tontamente le recordó a Eureka a las chicas del Evangeline, unas chicas a las que jamás volvería a ver.

Cuando Esme alzó la vista hacia ella, el colgante de la lágrima brilló en el hueco de su clavícula. De repente, Eureka supo lo que era, por qué siempre le había llamado la atención.

—Tu collar —dijo Eureka, que se sentía un poco mareada por el humo.

Esme giró el amuleto en la cadena plateada.

—¿Esta antigualla? Solón me la dio hace siglos. No me digas que quiere que se la devuelva. ¿A menos que haya cambiado de opinión respecto al robot...?

—Solón está muerto.

Esme puso una mano en su cadera y atravesó directamente el fuego para acercarse a Eureka.

—¿No es una lástima? —ceceó con su lengua bífida.

—Ese collar no era suyo. Me pertenece.

Eureka había ido hasta allí para otras cosas aparte del collar, pero, puesto que no tenía nada que ofrecer a cambio, decidió pedir aquello antes que nada.

Las brujas susurraron entre ellas, moviendo las lenguas bífidas entre los dientes. El sonido se convirtió en un único silbido húmedo que, serpenteando, se abrió un camino escamoso hasta el oído malo de Eureka.

Entonces el silbido paró y la lluvia torrencial rompió el silencio.

—Puedes recuperar la reliquia de tu familia.

Esme se llevó las manos a la nuca para desabrochar la cadena.

Eureka asintió estoicamente, aunque quería gritar de alegría. Tendió la mano hacia la cadena, pero Esme balanceó la lágrima de cristal a unos centímetros de ella. Entonces la bruja chismosa la retiró y la sostuvo en su propia palma. Cuando susurró al oído malo de Eureka, su reserva de abejas le rozó el cuello.

—Nos deberás algo a cambio.

—El collar es mío. No os debo nada.

—Tal vez tengas razón. Pero aun así nos entregarás lo que queremos. No temas, tú también lo quieres. —Sonrió—. ¿Te abrocho el cierre?

Esme rodeó el cuello de Eureka con sus largos dedos. Olía a miel y regaliz. Su tacto era como la pelusa de una abeja o una rosa antes de pincharte.

—Así —musitó Esme.

Eureka notó una explosión de calor y oyó que algo crepitaba. Una luz azul brilló cuando la cadena de oricalco de la que pendía la lágrima de cristal se enroscó en la cadena de bronce del relicario de su madre. Los colgantes se movieron, chirriaron al rozarse, como fantasmas dentro de un robot. Al cabo de un rato, la lágrima de cristal, la piedra de rayo, el relicario lapislázuli e incluso la cinta amarilla descolorida se habían unido para formar un único dije resplandeciente.

Parecía un diamante muy grande con forma de lágrima. Pero el interior de su lisa y llana superficie emitía un parpadeo amarillo por la cinta, luego azul por el relicario lapislázuli y después gris como el acero por la piedra de rayo, que refractaba dentro del cristal la luz del fuego púrpura.

—Encaja —dijo Esme.

—Pero ¿mi piedra de rayo seguirá funcionando? —preguntó Eureka.

La piel donde el colgante le rozaba el pecho estaba caliente. Le chamuscó los dedos cuando la tocó.

La expresión de Esme era la de una esfinge. Se sacó del bolsillo un frasco de bálsamo púrpura y lo puso en las manos de Eureka.

—Para tu amiga. Las abejas no se marcharán nunca, pero, si tengo razón respecto a su carácter, y detesto equivocarme, llegará a apreciarlas. Esto hará desaparecer el dolor. ¿Tienes alguna petición más? ¿Algún otro servicio que desees que te prestemos?

Eureka sacó las páginas que le faltaban a *El libro del amor*.

—¿Sabes leer esto?

—Claro —contestó Esme—. Está escrito en nuestra lengua materna y se lee mejor con los ojos cerrados.

Detrás de Esme, la bruja vieja con el monóculo dio unas palmaditas sobre un cojín púrpura.

—Como si estuvieras en tu casa —dijo siseando.

Eureka se sentó. Quería conseguir la traducción y bajar enseguida la montaña para regresar a la Nube Amarga. Pero la hoguera la calentaba y el cojín era cómodo. De repente, su mano sujetaba una jarra de algo humeante. Se la acercó cautelosamente a la cara. Olía a refresco de uva rematado con alcohol anisado.

—No, gracias.

Diana le leía a Eureka cuentos de hadas y sabía que no debía aceptarlo.

—Por favor, bebe. —La bruja que estaba a su lado empujó la jarra hacia los labios de Eureka—. Necesitarás un poco de coraje.

En toda la guarida, las brujas alzaron las jarras y se las bebieron de un trago.

La bruja inclinó la suya. Eureka hizo una mueca y tragó.

El brebaje tenía un sabor tan inesperadamente delicioso —a chocolate caliente con nata y caramelo—, Eureka tenía tantísima sed y el primer trago inundó su cuerpo con tal calor anhelado que no pudo parar de beber. Engulló el resto antes de saber lo que había hecho. Las brujas sonrieron abiertamente mientras ella se secaba los labios.

—¡Qué alegría volver a ver el viejo idioma! —exclamó Esme, con los ojos cerrados al tiempo que pasaba las hojas que Eureka le había dado—. ¿Empiezo por el principio, que nunca es un principio, sino que está siempre en medio de algo que ya ha empezado?

—Ya conozco parte de la historia —dijo Eureka—. Tenía una traductora en casa.

—¿«En casa»?

Esme levantó la barbilla. Seguía con los ojos cerrados y sus párpados amatista relucían.

—En Luisiana, donde vivía… antes de llorar. —Pensó en el pintalabios carmesí de madame Blavatsky, su capa de retales con olor a tabaco, la bandada de inseparables pájaros y su compasión cuando Eureka más la necesitaba—. Mi traductora era muy buena.

Los labios pintados de Esme le dieron una calada a la pipa en espiral, con aire de escepticismo. Los rescoldos de artemisia brillaron. Abrió los ojos.

—Hay que ser de las nuestras, de la Atlántida, para leer este texto. ¿Estás segura de que esa traductora no te contó una sarta de mentiras?

Eureka negó con la cabeza.

—Tenía información que no podía conocer. Sabía leer esto, estoy segura. Creo que mi madre también.

—¿Estás sugiriendo que alguien ha estado metiendo nuestra lengua pura en los sucios arroyos de tu mundo?

—No sé qué…

—¿Qué sabes? —la interrumpió Esme.

Eureka cerró los ojos y recordó la euforia que había sentido al descubrir la historia de su antepasada.

—Sé que Selene amaba a Leander. Sé que tuvieron que abandonar la Atlántida para estar juntos. Sé que subieron a bordo de un barco la noche anterior a la supuesta boda de Selene con Atlas. Sé que Delphine fue desdeñada cuando Leander escogió a Selene. —Hizo una pausa para contemplar a las brujas chismosas, que jamás habían parecido tan serias, tan quietas. Escuchaban atentamente sus palabras con la misma atención que Eureka había prestado a madame Blavatsky, como si oyeran la historia por primera vez—. Y sé que lo último que vio Selene al marcharse fue a las brujas chismosas, que pronunciaron la maldición de su lagrimaje.

—¿«Su lagrimaje»? —repitió Esme con una extraña entonación.

—Sí, profetizaron que, un día, una de las descendientes de Selene provocaría el resurgimiento de la Atlántida. Se trataría de una chica nacida en un día que no existe, una hija sin madre y una madre sin hijos, cuyos sentimientos se prepararían como una tormenta durante toda su vida hasta que no pudiera más. Y llorase. —Eureka tragó saliva—. E inundase el mundo con sus lágrimas. Esa soy yo. Soy ella.

—Entonces no conoces la parte más importante. —Esme alisó con mucho cuidado las páginas que faltaban y las acercó a la luz amatista—. ¿Recuerdas dónde lo dejaste con tu traductora impostora?

—Lo recuerdo. —Eureka abrió su bolsa y sacó el libro con la funda de plástico. Había una página arrugada marcada con la pluma verde de un inseparable abisinio. Señaló la esquina inferior, donde terminaba el texto—. Selene y Leander se separaron en el naufragio. No volvieron a verse jamás, pero Selene dijo… —Eureka hizo una pausa para recordar sus palabras exactas—: «La profecía de las brujas es el último y único resto de nuestro amor».

—Tu traductora acertó. Nosotras somos sin duda las estrellas de la historia, pero hay un… último fragmento que deberías conocer. —Esme sostuvo otra vez el pergamino a la luz, cerró los ojos y pronunció las palabras de Selene que faltaban:

Durante muchos años de intranquilidad he mantenido el último capítulo de mi historia encerrado en mi corazón. Pinté un cuento de amor usando solo colores brillantes. Buscaba salir de la oscuridad, pero, como los colores de mi vida empiezan a perder intensidad, debo permitir que entre la narración oscura.

Debo enfrentarme a lo que sucedió con la niña…

La última vez que besé a Leander, partíamos en barco del único hogar que había conocido. El robot fantasma Ovidio conducía nuestro barco. Lo habíamos robado para que nos ayudara. Todavía estaba vacío, desprovisto de almas. Esperábamos que la ausencia de Ovidio ralentizara el Relleno, que en cuanto llegáramos a nuestro destino, tal vez revelara cómo derrotar a Atlas.

Las caricias de Leander me confortaban cuando el cielo se ennegrecía; sus abrazos me tranquilizaban cuando caía una lluvia escalofriante. Me besó nueve veces y con cada dulce roce de sus labios, mi amante cambiaba.

Primero llegaron las arrugas alrededor de su sonrisa.

Luego su pelo rubio se encaneció.

Su piel se volvió ajada, fláccida.

Sus brazos se aflojaron débilmente alrededor de mi cuerpo.

Su susurro se hizo ronco.

La necesidad en sus ojos se atenuó.

Su beso perdió el deseo apremiante.

Su cuerpo se encorvó en mis brazos.

Tras su último beso cansado, señaló una cesta que llevaba a bordo. Supuse que contenía una tarta nupcial, quizá un vino delicioso para brindar por nuestro amor.

—Lo que es mío es tuyo —dijo.

249

Levanté la tapa de la cesta y oí el primer llanto de un bebé.

—Esta es mi hija —dijo—. No tiene nombre.

Cuando había ido a despedirse de Delphine, ella le presentó a la niña que habían tenido. Leander no podía soportar el hecho de dejarla con una madre malvada, así que la cogió y salió corriendo. Cuando se marchaba, Delphine lo maldijo: envejecería rápidamente si amaba a alguien más que a ella.

Le hice preguntas celosas sobre el bebé, sobre su amor por Delphine, pero le costaba acordarse. Su mente se había debilitado tanto como su cuerpo.

La niña hacía gorgoritos en su moisés. La temía. ¿Cómo reaccionaría al hacerse mayor y sentirse traicionada? Miré el mar y supe que haría cosas peores que su madre.

Perdí a mi amor en aquella tormenta. Leander estaba tan decrépito cuando un rayo partió en dos nuestro barco que debió de morir en el naufragio que tuvo lugar a continuación.

Pero su hija sobrevivió.

Cuando desperté en una orilla abandonada, azotada por el viento, encontré a Ovidio sumergido en la arena mojada y al bebé en su moisés, al borde de las suaves olas del mar. Pensé en matarla, en dejarla morir, pero tenía sus ojos. Era lo único que me quedaba de mi amor.

Los primeros años que el robot, la niña y yo pasamos juntos, casi olvidé quién era su madre en realidad. Era mi tesoro, mi vida.

A medida que pasaba el tiempo, la niña se parecía cada vez más a su madre.

Durante diecisiete años la mantuve escondida, hasta que un día, cuando regresaba de bañarme, me encontré con que había desaparecido. Ovidio sabía el camino que había tomado, pero me dijo que no la

siguiera. Como una llama de repente apagada, se había ido, y yo me
había quedado fría y sola.

No volví a verla jamás. Nunca le di un nombre.

Esme dejó el pergamino en su regazo y abrió los ojos.

—No lo entiendo —dijo Eureka.

—Te lo diré de una forma sencilla: los años crearon una historia falsa de tu linaje. Selene era una joven hermosa y una horticultora decente, pero no fue tu matriarca. Eres la descendiente de la abuela de toda la hechicería oscura. El lagrimaje surge de Delphine.

Eureka abrió la boca para hablar, pero no halló palabras.

—Sus lágrimas de desprecio y desamor hundieron la Atlántida —añadió Esme—. Y las tuyas la harán emerger.

—No, eso no fue lo que pasó.

—¿Porque no quieres que sea eso? —preguntó Esme—. Si la heroína no pega con la historia, es la heroína y no la historia la que debe reescribirse.

Las sienes le daban punzadas.

—Pero yo no lloré por desprecio ni...

—¿Desamor? —preguntó Esme—. ¿Estás segura?

—Mientes —insistió Eureka.

—Miento tan a menudo y tan convincentemente como puedo. Pero luego está el asunto del Brillo, que revela solo lo que es más cierto que la verdad. Por casualidad, ¿recuerdas tu reflejo?

El recuerdo de aquel rostro frío y cruel apareció ante los ojos de Eureka y supo que la chica a la que había visto no era Maya Cayce. Su mirada era más sabia, más oscura, más profunda. Su sonrisa, más glacial incluso que la de la reina más fría del instituto. Eureka había visto a Delphine. Se le tensó el cuerpo. Se imaginó apretando las mejillas de Esme hasta que no pudiera escapar más risa por aquella bonita boca pintada.

Parpadeó, sorprendida por la violencia de su fantasía.

Esme sonrió.

—Vienes de Delphine y por eso eres como eres. De corazón negro. Con una mente tan mortífera como un nido de víboras. Eres capaz de grandes cosas terribles, pero debes deshacerte de los vínculos de amor y amabilidad que te contienen. Ven con nosotras. Te mostraremos el camino al Marais. Luego tú nos mostrarás el camino a la Atlántida...

—No.

Eureka se levantó y retrocedió unos pasos.

—Cambiarás de opinión. —Esme siguió a Eureka hasta la entrada. Pasó la mano por la punta retorcida de su pipa—. Es curioso, ¿no? Todo el mundo cree que el malo es Atlas...

—¡Hasta Atlas cree que es el malo! —exclamó una bruja al fondo.

—... cuando, en realidad —Esme se inclinó hacia delante para susurrar al oído malo de Eureka—, eres tú.

23

La metamorfosis de Ovidio

Eureka apenas vio a Ander a través de la lluvia, que corría desde la entrada de la Nube Amarga para cogerla en brazos.

—¿Dónde has estado?

Todo era diferente en él. Tenía el pelo mojado, la ropa empapada y pegada a la piel. Sus ojos eran de un tono azul puro, clarísimo, cuando antes solían estar nublados por una encantadora melancolía.

¿Así llevaba Ander la alegría? Tenía un aspecto fantástico, pero distaba mucho del chico taciturno e inalcanzable por el que se había colado en casa.

Aquel chico no habría soportado que hubiera salido corriendo a una guarida de brujas, impregnada de artemisia. En cambio, el abrazo de ese nuevo chico decía: «Lo único que importa es que estás aquí».

La verdad le había hecho aquello a Ander. Sabía quién era —quién no era— y le sentaba bien.

—Tengo algo para ti —dijo Ander.

—Ander, espera. —Cualquier palabra que no confesara su secreto era una mentira—. Antes de que…

Negó con la cabeza.

—Esto no puede esperar.

Sus brazos se curvaron alrededor de la espalda de ella y atrajo su cuerpo hacia sí. La inclinó hacia atrás y apretó su boca contra la de ella. La lluvia salada inundó sus labios. Así sabía el desamor.

Eureka se sentía como una impostora. No podía respirar y no quería hacerlo. ¿Y si moría mientras lo besaba, y si dejaba que su amor la ahogara? Entonces nunca sabrían quién era en realidad, nunca tendría que enfrentarse a la gran mentira en la que se había convertido y el resto del mundo medio anegado podría seguir pagando por su orgullo.

Tocó las comisuras de sus ojos, donde había encontrado arrugas hacía unos días.

—Tu cara.

—¿Estoy diferente? —preguntó Ander.

Los ojos se le arrugaron al sonreír. Tenía el pelo de mil tonos de rubio. Pero Ander no era más viejo de lo que era Eureka. Eran adolescentes. Estaban creciendo y cambiando continuamente, y eso no se podía detener o ralentizar.

—Pareces tú —respondió.

Él sonrió.

—Tú también pareces tú.

¿Qué veía al mirarla? ¿Su oscuridad estaba aumentando tan visiblemente como las sombras se despegaban de él?

Fue a tocar la lágrima de cristal que había absorbido los otros colgantes. Dio un grito ahogado y enseguida retiró la mano, como si hubiese rozado una llama.

—¿Es de las brujas chismosas?

Ella asintió.

—El relicario, la piedra de rayo y la cinta están dentro.

—No sé cómo decirte lo liberado que me siento —susurró Ander—. Ya no hay peligro de que nos preocupemos el uno por el otro. Podemos estar juntos. Podemos ir al Marais. Puedes derrotar a Atlas. Podré estar contigo todo el tiempo. Haremos esto, juntos. —Le acarició los labios y recorrió su rostro con la mirada—. Te quiero, Eureka.

Eureka cerró los ojos. Ander amaba a una chica a la que creía conocer. La quería muchísimo. Había dicho que era la única cosa de la que estaba seguro. Pero nunca podría amar a la persona que era en realidad, una descendiente de la oscuridad, más malvada que la fuerza más maligna que Ander pudiese imaginar.

—Eso es genial —dijo ella.

—Tengo que volver a besarte.

La acercó más a él, pero Eureka no tenía el corazón en ello. Su corazón no podía estar en algo tan bueno.

Unos violentos golpes interrumpieron su beso. Eureka se apartó de Ander, sobresaltada, y se dio la vuelta. Una figura sombría se apoyó en la entrada de la Nube Amarga protegiéndose con un paraguas.

El corazón se le aceleró. ¿Era Brooks? Ansiaba verlo de nuevo, aunque sabía que estaba destinado al mal. O tal vez deseaba verlo porque estaba destinado al mal.

—¿Quién anda ahí?

Ander puso su cuerpo entre Eureka y la figura.

—Soy yo.

—¿Solón?

Eureka se secó la lluvia de los ojos y distinguió el ágil armazón de Ovidio. En la mano izquierda del robot había aparecido un paraguas de oricalco. Su rostro lucía los tiernos y envejecidos rasgos que el Portador de la Simiente perdido tenía al morir.

—«Oh, un beso, largo como mi exilio, dulce como mi venganza» —dijo el robot con la voz de Solón—. Es de Coriolano. Shakespeare ya sabía lo que tú estás aprendiendo, Eureka: el soldado puede regresar de la guerra, pero nunca volverá a casa. —El robot inclinó el paraguas hacia la Nube Amarga—. Vamos dentro. Soy impermeable, así que la lluvia me hace sentirme solo.

Ovidio tiró el paraguas cuando entraron en la cueva por el pasillo de calaveras. El agua pasaba por sus pies, la inundación fluía hacia el salón. La Nube Amarga estaba desolada y llena de agua salada; ya no quedaba nada de la cámara de curiosidades que era cuando llegaron. El aire era frío y húmedo.

Claire estaba lanzando al aire puñados de coloridos azulejos de mosaico. William usaba su singularidad para rescatarlos antes de que tocaran el agua creciente.

—¡Eureka ha vuelto!

Los mellizos chapotearon en charcos hondos al acercarse corriendo a ella. William se echó a sus brazos, pero Claire se paró en seco delante del robot y lo miró con recelo.

Encorvó los hombros.

—¿Por qué tiene Ovidio esa pinta rara?

—Se parece a Solón —dijo William junto al hombro de Eureka—. Da miedo.

Cat se sentó en la antigua silla de Solón con los ojos cerrados. Eureka se echó un poco de bálsamo de las brujas en las manos y lo pasó por encima de las abejas, que en ese momento reptaban por el cuero cabelludo de su amiga. Cat se encogió al principio y luego miró a Eureka. Las lágrimas le salpicaban los ojos.

—¿Se han ido? —preguntó, palpándose el pelo.

—No.

—Ya no me duele.

—Bien.

Eureka ayudó a Cat a ponerse de pie. Los tacones de Cat se hundieron en un charco y luego los dos pies se levantaron del suelo. Duró solo un segundo. Cat bajó la vista a sus pies, después se volvió hacia Eureka y bajó la mirada de nuevo. Estiró los brazos, arrugó la frente y levitó, esa vez durante más rato, a unos centímetros del suelo.

Tocó sus trenzas de abejas y se rió de una manera que no parecía propia de ella.

—Esa zorra me ha convertido en bruja. —Miró a Eureka con los ojos muy abiertos—. ¿Sabes? Es la primera cosa en mucho tiempo que de verdad parece que está bien.

—Sentaos —dijo la voz de Solón a través del robot—. Mirad con atención. Preparaos para alucinar.

Se reunieron alrededor del brasero. El agua de la cascada y los cráneos escuchaban a escondidas igual que cuando Solón les había recibido en la Nube Amarga. Ovidio presidía en el lugar de Solón, sosteniendo su vieja copa rota y vacía.

Los rasgos de Solón se estremecieron y después se retorcieron de forma espantosa, como si la cara del robot estuviera hecha de arcilla. William lloriqueó en el regazo de Eureka. Entonces la nariz de Ovidio se redujo. Sus labios se hincharon. Las mejillas se alargaron.

—¿Poeta?

Cat se inclinó hacia delante temblorosamente.

El Poeta dentro del robot parecía estudiar con aprobación el nuevo peinado de Cat y luego dejó de reconocérsele cuando otro rostro llenó el vacío de oricalco.

Las facciones de Seyma se hicieron claras y se aplastaron como si alguien hubiera apretado la cara contra un cristal. Hizo una mueca y la sustituyeron los finos y viejos labios de Estornino; luego, más rápidamente, aparecieron el oscuro gesto de Critias, la arrugada crueldad de Cora y, al final, el odio en los fríos ojos de Albión. Este se esforzó por hablar a través del robot, pero no podía. Eureka captó lo esencial de lo que quería decir.

Por fin apareció el rostro de su padre.

—¡Papi…! —gritó Claire con la voz que ponía cuando tenía una pesadilla.

Su padre ya no estaba, Solón lo había sustituido.

—Al final te los encontrarás a todos —dijo la voz de Solón—. De momento, mientras aprenden a ser fantasmas, yo controlo un gran porcentaje del funcionamiento del robot. Sembraré las semillas de la resistencia desde dentro, pero cuando los demás maduren tendrán sus propios planes. Debemos ponernos en marcha pronto, mientras todavía sea tu guía principal.

Eureka se levantó.

—Vámonos.

—Siéntate —contestó él—. Antes debo mostrarte el camino.

Los rasgos de Ovidio volvieron a suavizarse. Esa vez se convirtieron en una pantalla en la que apareció una cascada. Una proyección de agua blanca bajaba por la frente del robot. En medio de su cara vibraba una extraña burbuja. Eureka tardó un momento en darse cuenta de que se trataba del escudo de su piedra de rayo. Una pequeña versión de Ovidio apareció debajo del escudo, con el cuerpo arqueado en un maravilloso salto mientras equilibraba el escudo en sus hombros.

Al final de la cascada, el rostro de Ovidio transformado en pantalla adquiría un color blanco intenso y espumoso. Las burbujas no tardaron en desaparecer y el agua se volvió turquesa oscuro. A continuación vieron a Ovidio nadando, con un estilo de braza fuerte y rápido, y el escudo atado con una correa de oricalco a la espalda.

Dentro de la versión del escudo había una versión de Eureka. Era como ver una película de sí misma en un sueño. Alguien iba sentado a su lado, pero la imagen era demasiado pequeña para distinguir de quién se trataba.

La visión desapareció del rostro en blanco de Ovidio y regresaron los rasgos esculpidos de Solón.

Así que Eureka llegaría al Marais a través de la cascada. Bajó la vista a la lágrima de cristal y rezó por que la piedra de rayo aún funcionara.

—Ovidio es experto en nadar en mar abierto —dijo la voz de Solón—, pero dentro de estas cuevas las corrientes son caprichosas. Los ángulos de esos canales parecidos a túneles que llevan al mundo exterior son terriblemente cerrados. Tu viaje tendrá menos problemas en cuanto los pases.

—¿Cómo lo haré? —quiso saber Eureka.

—Cómo lo haremos —la corrigió Ander—. Debes fijar tu salida entre las tres y las cuatro de la mañana, cuando la luna suba la marea y las corrientes de los canales fluyan hacia la salida de las cuevas. Ya practicaste cómo entrar en la cascada cuando fuiste a coger la orquídea. Repítelo. Filiz irá contigo; le prometí que la llevaría conmigo. Todos los que quieran acompañarte deberán correr contigo hacia la caída. Y entonces, como el mismo amor, Ovidio te guiará a donde necesites ir.

Las facciones del robot volvieron a cambiar hasta su estado insulso, atractivo y neutro. Cerró los ojos y susurró:

—Descansa.

Durante el largo momento eléctrico que siguió, a Eureka le quedaron claras tres cosas: no podía llevarse a sus seres queridos, ellos no la dejarían ir sola e iba a tener que darles esquinazo.

24

Vuelo

El viento hizo girar el pelo de Eureka mientras se tambaleaba hacia el borde de la galería. Intentó encontrar la estrella de Diana, pero no había señal de un universo más allá de la lluvia.

Desde que Diana había muerto, era como si le hubieran quitado un órgano; el cuerpo de Eureka no funcionaba como antes. ¿Cómo podía Diana, aquella mujer chispeante a la que Eureka valoraba muchísimo, haber descendido de la oscuridad?

No obstante, había abandonado a su familia. Había abofeteado a su hija tan bruscamente que había reprimido las emociones de Eureka durante una década, hasta que por poco la matan. Diana ocultaba secretos mortales tras su brillante sonrisa.

«Egoísta. Sin corazón. Narcisista.» Cuando sus padres se divorciaron, Eureka oía que la gente de New Iberia decía esas cosas de su madre. Ella no hacía caso, lo consideraba un rumor del bayou. Se había convencido a sí misma de que aquellos atributos pertenecían a los acusadores, que proyectaban sus defectos en la ausencia de Diana.

Eureka se planteó que la mujer que aspiraba a ser también era la mujer que manipuló, mintió y luego desapareció. Diana había sido un fantasma en la vida de Eureka y la había llenado de sentimientos al tiempo que le decía que no sintiera. Había criado a una hija que corría campo a través, que tenía mucho cariño a los mellizos, que se enamoraba con demasiada facilidad y… que era una asesina. En cuanto incluyes el asesinato en tu currículo, nadie ve nada más. Eureka estaba tan llena de oscuras contradicciones como Diana. Se hallaba a unos instantes de abandonar a todas las personas a las que quería, de dejarlas ante un destino desconocido y aguado.

Ander y los demás dormían cuando se fue. Nunca lo había visto tan tranquilo. Eureka apretó los labios contra los suyos un momento antes de irse.

La laguna de lágrimas estaba creciendo. Podía tocarla desde el saliente. Pronto estaría en el Marais. Tendría que enfrentarse a Atlas, detener el Relleno y rescatar a Brooks al mismo tiempo. Solón dijo que sabría qué hacer cuando llegara allí, pero Eureka aún no lo comprendía.

Sus dedos se movían por la superficie del agua. Después de que muriera Diana y ella se tragara aquellas pastillas, cuando lo único que le quedaba era un vacío catatónico, provocado por el pánico, Brooks era la única persona de la que podía estar cerca. No había intentado que superara nada. La había querido tal y como era.

Pero hasta Brooks debía de tener un límite. Aunque lo salvase, aunque lo recuperase, ¿podría él querer su lado oscuro?

Destelló un relámpago. Seguiría lloviendo. El agua continuaría subiendo. Sus lágrimas no tardarían en tragarse la Nube Amarga.

Eureka tenía que darse prisa. No podía esperar a la marea adecuada. Tenía que ir a por Ovidio y desaparecer antes de que los otros despertaran.

Unas manos en sus hombros la sobresaltaron.

—Vuelve dentro, Ander.

—Si lo veo, me aseguraré de decírselo.

Un aliento cálido le hizo cosquillas en el cuello. Se dio la vuelta y miró a unos ojos marrones, sin fondo.

Brooks.

Atlas.

Su tacto le era familiar, aunque de algún modo resultaba más viejo que sus cuerpos. Los ojos brillaban con algo cautivador que no había visto antes. Que la atraía hacia él.

¿Cómo se podía sentir tan bien en los brazos de un monstruo? ¿Por qué la emoción de su pecho contra el suyo la hacía vibrar de excitación? Debería apartarse. Debería correr.

Él bajó la cabeza y la besó. La sorpresa la inmovilizó mientras los labios de él separaban los suyos. Sus manos pasaron por las ondas de su pelo, luego por las curvas de sus caderas. Sus labios se unían una y otra vez. No se parecía a ningún beso que hubiera experimentado antes. El cuerpo le palpitaba. Se sentía como si la hubieran drogado.

—No podemos…

—No tengas miedo —dijo Brooks. Dijo Atlas—. Ahora soy yo.

—¿A qué te refieres?

—Me he deshecho de él. Se ha acabado.

Sus ojos brillaron como cuando Brooks la visitaba en el ala de psiquiatría después de haberse tragado aquellas pastillas, cuando le había llevado pralinés de pacana y ella le había dicho, melodramáticamente, que era el fin de mundo. Nunca olvidaría su respuesta: «no pasa nada», le prometió; después del fin del mundo, Brooks estaría allí para llevarla a casa.

—¿Cómo lo has hecho? —Eureka disimuló el recelo en su voz.

Una gota de lluvia brilló en sus pestañas. Se la quitó de manera instintiva.

—Ya no tienes que preocuparte por eso. Ya no tienes que preocuparte por nada. Sé lo que quiere. Conozco su debilidad. —Le acarició la nuca—. Puedo ayudarte a derrotarlo, Eureka, en cuanto lleguemos al Marais.

El agua de la galería le llegaba hasta los tobillos. Eureka le subió la camiseta para examinarle la espalda. Los dos cortes rojos y profundos se habían convertido en cicatrices pálidas. ¿Significaba eso que Atlas se había ido? Le dio la vuelta y le retiró el pelo de la frente. La herida con forma circular resultaba menos evidente, pero ahí estaba.

Una chica lista habría supuesto que Brooks estaba mintiendo...

Una chica más lista todavía se habría guardado aquella suposición.

Hasta Atlas creía que era el malo, habían dicho las brujas chismosas. Lo que significaba que Atlas no sabía cuál era el verdadero linaje de Eureka. No advertía su oscuridad.

—Algún día te contaré la historia de cómo nos conocimos y cómo nos separamos. —Brooks dio la vuelta y la herida en su frente brilló—. Nunca me perdonaré por lo que me obligó a hacer. Lo que pasó con los mellizos... No puedo...

—No hablemos de eso.

Eureka no era tan insensible y pensó en William y Claire, a los que pronto abandonaría.

Cuando él se volvió hacia ella, sintió lo mucho que había echado de menos a Brooks como un puñetazo en el estómago. Entonces vio algo detrás de sus ojos —una manía extraña y confusa— y supo que el chico que tenía delante estaba mintiendo.

—Me crees, ¿no?

—Sí —susurró ella. Le haría creer que así era. Se acercaría lo bastante a Atlas para averiguar cómo ganar. Detendría la inundación. Salvaría a Brooks. Lo envolvió con sus brazos—. No vuelvas a marcharte nunca.

Notó que se ponía tenso con su abrazo. Cuando se apartó, estaba sonriendo.

—Voy a ir contigo al Marais. —Echó un vistazo a la lágrima de cristal que colgaba de la cadena de oricalco—. No nos queda mucho tiempo.

Brooks llevó los dedos al collar.

Eureka se inclinó en dirección opuesta a él. Su fachada y la fachada de Brooks podían chocar entre sí —las manos, los ojos, los labios y las mentiras—, pero el collar era suyo.

—Este viaje debemos hacerlo tú y yo solos —dijo él—. No es seguro para los mellizos, ni para Cat…

—Tú y yo. Eso es lo que quiero.

Los ojos de Brooks se iluminaron como cuando la veía doblar una esquina en el Evangeline o como cuando ella se puso elegante para la cena de estudiantes avanzados y se rompió el tacón al salir del coche.

Una risa tonta inundó el ambiente y describió una curva en la lluvia. Eureka alzó la mirada, esperando ver a las brujas chismosas deslizándose hacia ella por las nubes. En cambio, un par de alas enormes, que irradiaban un tenue tono amatista, se agitaron suavemente en lo alto.

Las alas tenían la forma de las de una mariposa. Se batían de manera elegante y descendieron del cielo hasta que se hallaron a diez metros de la cabeza de Eureka. Entonces vio el grácil cuerpo plateado de una criatura entre las enormes alas. Tenía el cuello largo, cuatro cascos y una cola blanca que se meneaba.

Era un caballo imponente. Tenía calcetines blancos en las patas delanteras y una estrella blanca entre los ojos. Relinchó, levantó el cuello y extendió sus relucientes alas en forma de M. Abarcaban treinta metros a cada lado y estaban compuestas de una multitud de diminutas cosas voladoras —abejas, polillas, luciérnagas y crías de abubilla a rayas negras y blancas— que batían las alas al unísono. Unas costuras de un tono violeta iridiscente cerca de los hombros del caballo unían las alas —cruel y perfectamente— a su cuerpo.

Se oyó un susurro en el centro del ala izquierda del caballo. Unos finos dedos se movieron por las capas de alas, seguidos de una mano, que se deslizó hacia delante como si retirase una cortina. El rostro de Esme llenó el vacío.

—¿Qué opinas de nuestro Pegaso?

—¡Pegaso Dos! —gritó una bruja escondida desde la parte superior del ala.

—Sí, sí, ya creamos uno antes. Fue sacrificado para progresar, como Ícaro o Atari —dijo Esme—. Llamaremos a este Peggy para distinguirlo. —Metió la mano en una cartera plateada, atada a la base del cuello del caballo y tiró una escalera hecha de polillas—. Un caballo robado no es nuestro medio de transporte preferido, pero cuando Solón se quedó sin alas… No importa. Pronto estaremos en casa y todo será como debería haber sido hace mucho tiempo.

Brooks llevó la mano hacia la escalera. Las polillas se reorganizaron, se juntaron y se estrecharon para estirarse un poco más abajo. Él subió al primer peldaño, se giró y le tendió la mano a Eureka.

—Siempre dijiste que querías echar a volar. Aquí tienes tu aleluya.

Aquellas palabras eran de su himno favorito. Lo cantaba con Brooks en las ramas de los robles cuando eran niños, con el bayou serpenteando a sus pies, alejándose hasta desaparecer. «Echar a volar» le daba esperanza a Eureka. Atlas debía de saberlo. Estaba utilizando los recuerdos de Brooks para que Eureka mordiera el anzuelo, como le había dicho Solón. Si había recuerdos que robar, aún existía ahí dentro, en alguna parte, un Brooks al que que salvar.

—No sé...

¿Podía alejarse volando de los mellizos, Cat y Ander? ¿Se ahogarían si Eureka se marchaba con Brooks?

Brooks sonrió.

—Sí lo sabes.

No tenía a Ovidio y no podía volver a buscarlo. ¿Podía confiar en que las brujas chismosas tuvieran tantas ganas de volver a casa como para llevarla al Marais? ¿Era ese viaje lo que Esme había dicho que les debía?

Un trueno retumbó por encima de sus cabezas. Eureka se agachó. Brooks todavía le tendía la mano.

—Vamos —la animó.

Tal vez estuviese mintiendo acerca de todo lo demás, pero tenía razón respecto a Eureka. Ella sabía que tenía que irse. Sabía que sus seres queridos no podían acompañarla. Sabía que no le quedaba tiempo. Sabía que tenía que salvar el mundo. Y sabía que la única manera de llegar hasta allí era con aquellos a los que tenía que destruir. Aceptó su mano.

—¡Eureka!

Ander chapoteó por la galería inundada cuando los pies de Eureka se levantaban de la piedra.

El agua chorreaba de sus zapatillas de correr. Colgaba a un par de metros del suelo. El dolor en los ojos de Ander la hirió.

La lluvia le empapaba la camisa y le aplastaba el pelo rubio en la frente. Parecía tan normal y hermoso que Eureka pensó que si las cosas hubiesen sido diferentes, si todo hubiese sido diferente, se habría enamorado de él desde cero.

—¡Esperad! —les pidió a las brujas chismosas.

Eureka oyó lo que parecía una fusta. La escalera rebotó cuando las alas de Peggy se allanaron en lo alto. El caballo plateado relinchó en señal de protesta.

—¡No hay tiempo para eso! —le gritó Brooks a Esme.

—Sí hay tiempo para una simple despedida —respondió Esme desde el hueco del ala de Peggy—. Esperaremos.

—¿Qué estás haciendo? —inquirió Ander.

—¡Lo siento! —contestó Eureka por encima del zumbido de un millón de alas. El corazón le iba a toda velocidad. Se lo imaginó estallándole en el pecho, enviando fragmentos de amor caótico a los dos chicos entre los que se hallaba atrapada—. Tengo que irme.

—Íbamos a ir juntos —dijo Ander.

—Si supieras lo que yo sé, no querrías acompañarme. Te alegrarías de que me marchase. Así que alégrate.

—Te quiero. No importa nada más. —Ander parpadeó—. No vayas con él, Eureka. No es Brooks.

Brooks se rió.

—Ya ha elegido. Intenta encajarlo como un hombre.

—¡Eureka!

Ander no miró a Brooks. Sus ojos turquesa se centraron en ella por última vez.

—Eureka… —le susurró Brooks al oído bueno.

—¡Eureka! —gritó la bruja de en medio desde arriba—. Ha llegado el momento de tomar una decisión. Cierra los ojos y despídete de alguien. No cargues a nuestra bestia de carga con la carga de tu corazón bestial.

Eureka miró a Esme a los ojos y asintió.

—Vamos.

Un millón de pares de alas se agitaron al unísono. Peggy ascendió hacia el cielo.

—¡Ander! —gritó.

Él se la quedó mirando fijamente, con esperanza en los ojos.

—Cuida a los mellizos —le pidió—. Y a Cat. Diles… diles que los quiero.

Él negó con la cabeza.

—No lo hagas.

«A ti también te quiero.» No pudo decirlo. Se llevó las palabras consigo, las guardó dentro de su corazón. Se los llevaría a todos en su corazón. No se los merecía, pero se los llevaría. El humor optimista de Cat. La fuerza de Claire. La ternura de William. La devoción de su padre. La obstinación de Rhoda. La intuición de madame Blavatsky. La pasión de Diana. El amor de Ander. Le habían dado a Eureka sus dones y los llevaría consigo allá adonde fuese.

—Adiós —se despidió a través de la lluvia mientras se marchaba volando.

25

El Marais

Eureka observó que el mundo se encogía a sus pies. Peggy subió trescientos metros y se estabilizó bajo los escasos vestigios de unas nubes. Eureka y Brooks iban a lomos del caballo, agarrados a su lustrosa crin plateada. Dos docenas de brujas chismosas montaban sobre sus alas y, como niños en un trineo, se sujetaban al tejido que se agitaba.

Debajo, los ríos se desbordaban. Un lodo rojizo salía a chorros por la tierra como sangre de una herida. Donde había habido ciudades hacía una semana, se hundían los edificios y se combaban las carreteras, golpeados de refilón por el agua. Unos lagos repentinos inundaban los antiguos valles. Los bosques se habían podrido hasta ennegrecerse. Mientras volaban hacia el sur, unas grandes olas blancas avanzaban hacia la costa alterada, dejando kilómetros de lodo a su paso donde antes se encontraban vecindarios. Las casas flotaban por las calles, buscando a sus dueños.

Eureka se inclinó hacia un lado del caballo y vomitó, y tuvo la impresión de que aquella tierra devastada se combaba. No tenía nada en el estómago salvo ácido. Ya había incluso menos.

—¿Estás bien? —preguntó Brooks. Preguntó Altas.

Eureka apoyó la mejilla en el cuello aterciopelado de Peggy. Se quedó mirando al frente hasta que sus ojos encontraron el horizonte. Imaginó que todas aquellas cosas destrozadas se deslizaban por ese horizonte y caían como una cascada. Imaginó que el mundo entero desembocaba en fuego al final de todo.

Brooks se inclinó hacia su oído bueno.

—Di algo.

—No pensaba que fuese peor que mi imaginación.

—Lo arreglarás.

—El mundo está muerto. Lo he matado.

—Resucítalo.

Sonaba al Brooks de antes, como alguien que creyese que Eureka podía hacer cualquier cosa, sobre todo lo imposible. Estaba enfadada consigo misma por bajar la guardia. No volvería a hacerlo. Tenía que ser prudente al confiar en el enemigo.

—¿Cómo las has encontrado?

Eureka señaló con la cabeza en dirección a las brujas.

—No lo he hecho —respondió Brooks—. Ellas me encontraron a mí. Cuando me liberé, fue como despertar de un coma. Ella —señaló con la cabeza a Esme, que parecía tomar el sol sobre las alas de Peggy— estaba sobre mí cuando abrí los ojos. Se ofreció a llevarme. Le dije que antes debía encontrarte. Se rió y me dijo: «Monta a la yegua, semental». Y luego me llevaron a donde estabas tú. —Miró a su alrededor—. Nunca creí que llegáramos al Bonnaroo en aquella furgoneta descapotable. Pero lo conseguimos.

Aquel viaje era uno de los que Eureka recordaba con más cariño. El conductor había salido de Los Ángeles en uno de esos autobuses turísticos para visitar las casas de las estrellas. Había folletos en los asientos con mapas de Hollywood Hills. Recogía autoestopistas por el país hasta que todos los asientos estaban ocupados. Pasaron el viaje mirando las colinas de Tennessee con los ojos entrecerrados, fingiendo ver estrellas de cine escondidas detrás de los álamos. Era otra cosa que Atlas no podría haber sabido sin Brooks.

Esme azotó el ala de Peggy con una fusta amatista. La bestia miró hacia el oeste. Volaban sobre el agua. Toda la tierra había desaparecido.

—No te gustará oír esto —dijo Brooks—, pero me he enterado de unas cuantas cosas gracias a Atlas.

—¿Como qué?

—La leyenda de la Atlántida es el momento de máximo suspense de la historia, pero alguien le pondrá fin...

Su voz se perdió en la lluvia y Eureka pensó en las palabras de Selene que aparecían en *El libro del amor*.

«Dónde terminaremos... Bueno, ¿quién sabe cómo terminaremos hasta que se haya escrito la última palabra? Todo puede cambiar con la última palabra.»

Era la historia de la vida de Selene, pero todos hablaban de su existencia como si se tratara de un relato ficticio: omitiendo los fragmentos aburridos, exagerando las partes interesantes, creando un cuento como si todo hubiera llevado inevitablemente a ese preciso momento de ese mismísimo día, donde decían justamente esas palabras.

De algún modo, Eureka acabaría esa historia. Los que contaran el relato en el futuro podrían adornarlo como quisieran, pero no entraría en escena ninguna chica del lagrimaje tras su salida. Delphine era alfa, y ella, omega.

Estaba casi amaneciendo, terminaba otra noche en vela y quedaban cinco días para la luna llena. Retumbó un trueno. Peggy alzó las alas. Eureka no veía los rostros de las brujas chismosas, pero oía su júbilo y distinguía donde tocaban las alas sus pies saltarines.

—Estamos acercándonos.

Brooks se inclinó sobre Peggy y contempló el oleaje del océano.

Eureka no reconocía el agua salpicada de blanco; no se parecía al mar por el que había navegado, nadado o sobrevolado en avión, ni el que había atravesado dentro del escudo de su piedra de rayo.

A lo lejos, las olas azotaban las costas de una desolada franja de marismas cubiertas de una capa negra, ondulante. Peggy relinchó y agachó la cabeza. Emprendió el descenso.

A medida que se acercaban, Eureka vio que la capa negra estaba hecha de moscas de las riberas que habían reclamado el pantano como su hogar.

Eureka tocó su colgante. Agradeció el calor que emitía bajo la fría lluvia. Se imaginó que la palabra «Marais», escrita por Diana, se había convertido en un destello en cursiva dentro del diamante. ¿Podía encontrarse la Atlántida bajo un montón de barro mediocre?

—Ya casi estamos —dijo Brooks. Dijo Atlas. Llevó los labios hacia su cuello y susurró—: Llora por mí.

—¿Qué?

—Es la única manera de entrar.

—No…

—¿Todavía te aferras al consejo de tu madre? —preguntó, y su rostro se ensombreció a medida que hablaba—. ¿No decías que ese barco había zarpado ya? ¿Cómo te sientes al no haber cumplido la única petición que te hizo tu madre muerta? ¿Cómo te sientes al fallarle a la persona que sacrificó su vida en la guerra que lleva a cabo el mundo contra ti?

No podía dejar que Atlas la engañara. Debía engañarle ella a él. Pero aún tenía que caer la tercera lágrima. Así entraría en el Marais. La Atlántida debía emerger para que aquellos a los que había matado no se convirtieran en muertos desperdiciados. Sus almas tenían que ir al Relleno. Después de eso, los planes de Eureka y Atlas divergían. Él creía que las almas del mundo de ella llevarían a cabo su función, pero Eureka encontraría el modo de liberarlas.

Eureka palpó el bolsillo de sus vaqueros. Recorrió con los dedos el contorno del lacrimatorio plateado a través de la tela. Solón se lo había dejado al morir. Él sabía lo que tenía que hacer. Eureka recurrió a la fuerza de aquellos a los que había dejado atrás. Y también a la oscuridad de su interior.

—Eres un villano bastante bueno, Atlas.

Su acompañante arqueó una ceja al oír su nombre, pero no negó que fuera él. El juego había terminado.

—¿«Bastante bueno»?

—Todo el mundo tiene una debilidad.

—¿Y cuál es la mía?

—La ingenuidad —respondió Eureka—. No sabes lo que saben todas las chicas, de New Iberia a Vladivostok: nosotras somos las malas. Los tíos nunca tenéis ninguna posibilidad.

Eureka desenroscó el lacrimatorio y lo tiró sobre las alas de Peggy. El frasco de oricalco cayó por un mar de nubes, vertiendo las lágrimas, que brillaron como diamantes. Experimentó una oleada de calor en el pecho que la sobresaltó. Echó enseguida la mano a la lágrima de cristal y se quemó.

Se le cerró la garganta. Respiraba con dificultad. No iba a echarse a llorar, pero se sentía como cuando había derramado las lágrimas que contenía el lacrimatorio. Notó que aquellas mismas lágrimas se volvían a formar, como si cada una de ellas tuviera un fantasma que pudiera regresar.

El suelo vibró tan fuerte que hizo vibrar también el aire que tenía encima. Peggy corcoveó y relinchó. Y entonces...

La lluvia cesó.

Las nubes se separaron como si fuesen de algodón y unos rayos redondos de sol las atravesaron. Eureka dejó que le atravesaran los hombros, los pulmones y el corazón, llevándole felicidad al cerebro.

—¡Estamos en casa! —gritaron las brujas—. ¡Mirad!

El sol iluminó una larga grieta en el pantano de abajo. La grieta se ensanchó hasta convertirse en un desfiladero, y luego, en el centro, apareció un punto verde...

Que empezó a crecer.

El árbol se estiró hacia el cielo. El tronco salió disparado como si lo hubiesen lanzado desde el núcleo de la Tierra. Eureka oyó un crujido y más... con ambos oídos. Pájaros cantando, el susurro del viento, las olas que alcanzaban la costa..., un muro de sonidos en estéreo, ricos y reverberantes.

—Vuelvo a oír.

—Claro —dijo Atlas—. Te dejó sorda una ola de origen atlante y ahora te lo ha arreglado mi reino. Aún quedan más arreglos por llegar.

—Esa ola también se llevó a mi madre.

—Es cierto —contestó Atlas enigmáticamente.

Para entonces el árbol medía treinta metros de alto y era tan denso como las antiguas secuoyas del pueblo de California en el que había nacido Eureka. El árbol se expandió. De su tronco brotaron unas ramas nervudas, retorciéndose hasta que se superpusieron formando ramas más pequeñas, largas y entrelazadas. Nacieron hojas, anchas, gruesas y de un verde brillante. De los brotes estallaron unas flores blancas parecidas a los junquillos. «Narcisos», los llamaba Ander. Eureka oía cada detalle de su crecimiento desenfrenado, como si estuviera escuchando a escondidas una conversación interesante.

Surgieron árboles nuevos alrededor del primero. Después, un camino plateado rodeó un bosque repentino, que en realidad no era un bosque, sino un magnífico parque urbano en medio de la ciudad que se erigía. Unos edificios de tejados dorados y plateados cegadoramente prístinos ascendían del pantano, extendiéndose en todas las direcciones para formar una capital perfectamente circular. Un río en forma de círculo rodeaba la ciudad; su rápida corriente se movía en el sentido de las agujas del reloj. En la orilla opuesta del río había otro círculo de tierra de un kilómetro y medio de ancho, de color verde, del que brotaban árboles frutales y parras en hileras. Aquella franja agrícola estaba rodeada por otra corriente que fluía en el sentido de las agujas del reloj. En los bordes, un último círculo de tierra se convertía en un imponente risco púrpura. Al otro lado de las montañas, el océano lamía las rocas, que se extendían hacia un horizonte azul y borroso.

La Atlántida, el Mundo Dormido, se había despertado.

—¿Y ahora qué, chica mala? —preguntó Atlas.

—¡Bajaos! ¡Bajaos! —gritaron las brujas—. ¡Nos vamos a casa, a nuestra montaña!

Esme azotó con la fusta a Peggy, que se encabritó en el cielo. Eureka se deslizó hacia atrás. Intentó agarrarse a la crin de la yegua, pero no lo bastante rápido. El caballo tiró a Atlas y a Eureka de su lomo.

Cayeron a la Atlántida. Eureka vio el pánico de Atlas reflejado en los ojos de Brooks y se acordó de algo…, pero caía tan deprisa que pronto perdió al chico, el cuerpo, al enemigo y el recuerdo.

Cayó y cayó, como cuando había caído por la catarata de la Nube Amarga. Entonces había terminado en el agua y su piedra de rayo la había protegido. Ander nadó hacia ella. Pero en ese momento nadie la salvaría.

Aterrizó sobre una hoja verde del tamaño de un colchón. Todavía no estaba muerta. Soltó una asombrosa carcajada, luego se resbaló por la hoja y volvió a caer.

Las ramas le golpeaban las extremidades. Se agarró a una gruesa. La rodeó con los brazos mientras, increíblemente, la rama la envolvía a ella. Su abrazo la inmovilizó. La corteza tenía la textura del caparazón de una tortuga.

Eureka se sacudió la corteza y las hojas del pelo mojado. Se limpió la sangre del arañazo que se había hecho en la frente. Se llevó la mano al collar. Seguía caliente, seguía allí. El lacrimatorio ya no estaba.

Atlas tampoco.

A su alrededor, árboles exuberantes continuaban creciendo del pantano, hasta que igualaron al primero en altura. Se hallaba en medio de un manto de árboles en medio de un parque en medio de una ciudad en medio de lo que podría ser el único pedazo de tierra que quedaba en el mundo.

Pájaros extraños cantaban extrañas canciones que Eureka oía por los dos oídos. Las enredaderas subían por el árbol tan rápido que apartó los brazos por si acaso pasaban a formar parte del bosque. Los árboles olían a eucalipto, pacanas y césped recién cortado, pero no se parecían a nada que hubiera visto antes. Eran más anchos, altos e intensamente verdes que cualquier árbol que conociera. Pasó por encima de otra rama, que se balanceó bajo su peso, pero el bosque parecía firme y fuerte.

—Vas a perder, Sepia.

Atlas saltó de una rama de las de arriba a otra más abajo. Siguió bajando y, cuando llegó a la última, se volvió lentamente, le guiñó el ojo a Eureka y saltó.

Aterrizó de bruces en la hierba, que brotaba densamente. Después, no se movió.

Otro truco. Se suponía que debía seguirle, al temer por el bienestar de Brooks, y caer en la trampa.

Pero ya estaba atrapada. Se encontraba en la Atlántida con su enemigo. Se suponía que debía estar allí. Era un paso en el camino para su redención. No podía quedarse en ese árbol para siempre. Iba a tener que bajar y enfrentarse a él.

Descendió por las ramas. Cuanto más miraba la espalda de Brooks, más miedo tenía. El cuerpo en el suelo era el pórtico que llevaba a la catedral del alma de su mejor amigo.

Sus pies tocaron suelo atlante. Agarró a Brooks de los hombros y le dio la vuelta. Apoyó la cabeza en su pecho y esperó que se elevara.

26

Desposeído

No era la primera vez que Brooks se caía.

Una oleada de *déjà vu* recorrió a Eureka mientras apoyaba la cabeza en su pecho…

Tenían nueve años. Fue el verano antes de que los padres de Eureka se divorciaran, así que todavía tenía un corazón entero y alegre, con una sonrisa a juego. No sabía que la pérdida estaba viva en el mundo, una ladrona a punto de golpearte y robarte todo lo que tenías.

Aquel verano, Eureka y Brooks pasaban las puestas de sol subidos a la gran pacana del jardín trasero de Sugar, más allá de los límites de la ciudad de New Iberia. Brooks llevaba el pelo con corte de tazón y unas zapatillas con luz, de los Power Rangers. Eureka tenía las rodillas peladas y un hueco entre las paletas. Había estado abriéndose camino entre los vestidos de bebé que Diana no dejaba de sacar del desván.

Sucedió la tarde de un domingo. Quizá eso explicara por qué Eureka siempre se sentía sola los domingos. Brooks estaba jugando con la letra de su canción favorita de Tom T. Hall, «That's How I Got to Memphis». Eureka intentaba armonizar con él. Le molestaban sus improvisaciones y lo empujó. El niño perdió el equilibrio y cayó hacia atrás. Estaba cantando con ella y de pronto…

Había intentado cogerlo. Cayó durante una eternidad, con sus ojos castaños clavados en los de ella. Su rostro se hizo más pequeño; sus extremidades se quedaron quietas. Aterrizó de espaldas, bruscamente, con la pierna izquierda retorcida debajo del cuerpo.

Eureka aún oía aquel alarido en su mente. Saltó de la rama al suelo. Se agachó junto a él apoyando las rodillas peladas. Primero, intentó abrirle los párpados, porque la sonrisa de Brooks casi siempre estaba en sus ojos y necesitaba verla. Pronunció su nombre.

Como no se movió ni respondió, ella se puso a rezar.

«Dios te salve, María, llena eres de gracia...»

Repitió la oración una y otra vez, hasta que las palabras se enredaron y no tuvieron sentido. Entonces recordó algo que había visto en la televisión. Apretó su boca contra la de él...

Brooks la rodeó con sus brazos y la besó, con pasión, durante largo rato. Sus ojos, llenos de alegría, se abrieron de repente.

—¡Te pillé!

Eureka le dio una bofetada.

—¿Por qué has hecho eso?

Eureka se limpió los labios con el dorso de la mano y estudió el brillo que el beso había dejado en sus nudillos.

Brooks se frotó la mejilla.

—Para que supieras que no estaba enfadado contigo.

—Pues a lo mejor ahora soy yo la que está enfadada.

—O a lo mejor no. —Sonrió abiertamente.

En aquella época era imposible enfadarse con Brooks. Volvió al árbol cojeando y, mientras subía por las ramas, cantó añadiendo una letra peor a la canción:

Si empujas a alguien lo suficiente, caerás allá donde vaya...
Así llegué a Memphis, así llegué a Memphis.

Nunca volvieron a hablar del beso.

En el suelo de aquel extraño bosque, Eureka hundió el rostro en su pecho. Su cuerpo parecía tranquilo. Se preguntó si Atlas por fin se habría ido y habría dejado en paz a su mejor amigo.

Levantó la cabeza y estudió la galaxia de pecas que salpicaban las mejillas de Brooks. Le apartó el cabello de los ojos. Notó la cicatriz de la herida. Tenía la piel caliente. ¿Lo estarían también sus labios?

Lo besó con dulzura, esperando como una niña revivirlo, esperando como una niña fingirlo.

Podía haber permanecido con los labios pegados a los suyos eternamente, como penitencia por haber sido lo bastante estúpida para marcharse con Atlas, lo bastante estúpida para arrastrar hasta allí el cuerpo de Brooks, lo bastante estúpida para abandonar a todos aquellos a los que quería.

Se movió.

—¿Brooks? —Tragó saliva y dijo—: ¿Atlas?

Él tenía los ojos cerrados. No parecía estar consciente, pero Eureka había notado que se movía levemente. Lo observó. Su pecho estaba quieto, y los párpados, inmóviles.

Lo volvió a notar.

Los dedos de Eureka vibraron donde tocaban sus hombros. Brooks se vio azotado por un vendaval. Una cálida sensación se extendió por los brazos y la nuca de ella. Quitó las manos de los hombros de Brooks cuando se elevó de su pecho una incandescencia que se quedó flotando sobre su cuerpo.

¿De quién era aquella esencia? ¿De Brooks o de Atlas? Ambos habían compartido ese cuerpo, como los fantasmas que habitaban a Ovidio. Eureka no veía tanto la esencia como la percibía. Pasó una mano temblorosa a través de ella.

Estaba fría.

Se oyeron unas pisadas por la hierba cubierta de rocío. Un chico de su edad estaba observándola. Ella no lo había visto nunca, pero le resultaba familiar.

¡Por supuesto! Lo había visto dibujado en las ilustraciones de *El libro del amor*.

Atlas no era guapo, pero tenía algo atrayente. Sonreía con seguridad. Vestía una ropa magnífica, hecha a medida, con una forma y unas piezas que Eureka no habría podido describir con palabras. Emitía destellos rojos y dorados, como si estuviera hecha de rubíes. Su pelo castaño rojizo era rizado y estaba despeinado. La piel clara se hallaba ligeramente cubierta de pecas y los ojos eran de un tono cobre suave, pero angustiados, ausentes. Miraron más allá de la chica, a una distancia que solo ellos podían ver.

Eureka se levantó para ponerse a su altura. Llevaba con ella mucho tiempo, pero esa era la primera vez que se encontraban.

—Atlas.

Ni siquiera la miró.

La incandescencia sobre el cuerpo de Brooks se arremolinó hacia el joven y supo que no se trataba del alma de su mejor amigo. Era Atlas, deshaciéndose del cuerpo de Brooks para recuperar el suyo.

Pero ¿dónde estaba el alma de Brooks? Atlas cerró los ojos y absorbió la incandescencia por su pecho.

Al cabo de un rato, cuando abrió los ojos, estos habían cambiado y eran castaños, penetrantes, como el centro de una secuoya, muy distintos de los iris que tenía antes. Eureka sabía que se hallaba ante la persona más poderosa que jamás había conocido.

Volvió a arrodillarse junto a Brooks. Su pecho ya no estaba caliente. ¿Qué sucedería si lloraba en ese momento? ¿Podían sus lágrimas inundar de nuevo la Atlántida y enviarlos a todos de vuelta bajo el mar? ¿Qué ocurriría con los muertos desperdiciados?

Atlas ladeó la cabeza.

—Ahórrate las lágrimas.

Tenía una voz sonora y grave, con un acento extraño. Eureka lo entendía y sabía que no estaba hablando su idioma. Atlas también se arrodilló junto a Brooks.

—No sabía que era guapo. Nunca sé si el interior hace juego con el exterior. Ya sabes a qué me refiero.

—No hables de Brooks —dijo ella, que tampoco usaba su lengua habitual.

El lagrimaje debía de haberla llevado por intuición a aquel idioma remoto. La lengua atlante fluía de ella sin apenas necesidad de traducirla mentalmente.

—Creo que no nos han presentado adecuadamente. Me llamo…

—Ya sé quién eres.

—Y yo sé quién eres tú, pero las presentaciones no son solamente de buena educación; en mi país, en mi mundo, hay ciertas leyes. —Le cogió la mano y la ayudó a levantarse—. Debes ser amiga mía, Eureka. Solamente yo me permito tener enemigos.

—Nosotros nunca seremos amigos. Has matado al mejor que tenía.

Atlas enarcó los labios mientras le echaba un vistazo rápido a Brooks.

—¿Sabes por qué lo he hecho?

—Para ti no era más que un recipiente —contestó—, una manera de conseguir lo que querías.

—¿Y qué es lo que quiero?

Atlas se la quedó mirando a los ojos y esperó.

—Sé lo del Relleno.

—Olvídate del Relleno. Te quiero a ti.

—Quieres mis lágrimas.

—Lo admitiré —dijo—. Al principio para mí no eras más que otra chica del lagrimaje. Pero entonces te conocí. La verdad es que eres fascinante. ¡Qué extraño corazón, oscuro y retorcido, tienes! ¡Y qué cara! Los contrastes me cautivan. Cuanto más tiempo pasaba en ese cuerpo —suspiró y señaló a Brooks con la cabeza—, más me entusiasmaba estar contigo. Luego desapareciste con…

—Ander —completó Eureka.

—¡No vuelvas a pronunciar ese nombre en mi reino! —gritó Atlas.

—Porque Leander —murmuró Eureka—, tu hermano, robó…

Atlas agarró a Eureka por el cuello.

—Me lo robó todo. ¿Lo entiendes? —Aflojó la mano y recuperó la compostura al respirar hondo—. Pero ahora ya no está en nuestras vidas. No volveremos a pensar en él.

Eureka apartó la mirada. Intentaría no pensar en Ander, así su misión sería más fácil, aunque le resultase imposible no hacerlo.

—Cuando te fuiste —dijo Atlas—, me rondaba el fantasma de tu belleza.

—Quieres una sola cosa de mí…

—Quiero estar siempre cerca de ti. Y consigo lo que quiero.

—Hace mucho tiempo que no consigues lo que quieres.

—No tenía que traerte aquí —dijo Atlas—. Vi como tus lágrimas llenaban el lacrimatorio. Podría haberlo cogido y dejar que te pudrieras en esas montañas. Piénsalo. —Hizo una pausa y miró las copas de los árboles de altura a mil metros—. Nos iba tan bien… —le susurró al oído que ya estaba curado—. ¿Recuerdas nuestro beso? Sabía que sabías que era yo todo el tiempo, justo como imagino que sabías que yo sabía que lo sabías. Ninguno de los dos es tonto, así que ¿por qué no dejamos de fingir?

Le tendió una mano cálida y fuerte. Eureka la apartó de un manotazo mientras le zumbaba la cabeza. Tenía que continuar fingiendo, no parar nunca, si quería sobrevivir. Tenía que engañarlo y no sabía cómo.

—¿Estás deseando haberme disparado cuando tuviste la oportunidad? —preguntó Atlas, sonriendo burlonamente—. No te preocupes, habrá más ocasiones en las que puedas quitarme la vida y demostrar tu amor al perdonármela.

—Dame la pistola y te lo demostraré ahora mismo —respondió ella con sarcasmo—. Sabes muy bien por qué no disparé.

—Ah, sí. —Atlas señaló a Brooks—. Por ese cadáver.

Los árboles detrás de Atlas susurraron cuando diez chicas con botas altas y vestidos rojos cortos con petos de oricalco salieron de detrás de ellos. Sus cascos cambiaban de color al sol y les ocultaban los rostros.

—Hola, chicas —saludó Atlas, y se volvió hacia Eureka—. Mis diablas carmesíes. Ellas atenderán todas tus necesidades.

—Su cama está preparada —dijo una de las chicas.

—Llevadla allí.

—¡Brooks!

Eureka echó las manos hacia el cuerpo muerto.

—Lo amabas —dijo Atlas—. Lo amabas más que a nadie. Lo sé. Pero volverás a amar. Mejor, de forma más intensa. —Acarició la mejilla de Eureka—. Con más pasión. Como solo una chica puede hacerlo.

—¿Qué hacemos con el cuerpo? —preguntó una de las muchachas, dando un empujoncito al pecho de Brooks con la bota.

Atlas reflexionó un instante.

—¿Han desayunado mis avestruces?

Eureka intentó gritar, pero un arnés cayó ante su rostro. Le metieron una barra metálica entre los dientes. Alguien le apretó el arnés desde atrás mientras un vapor verde de artemisia se arremolinaba ante sus ojos.

Justo antes de que perdiera el sentido, Atlas la atrajo hacia sí.

—Me alegro de que estés aquí, Eureka. Ya puede empezar todo.

27

La capa relámpago

E ureka se despertó encadenada a una cama.

A su cama.

Cuatro pilares de madera de cerezo se alzaban por encima de ella en la cama grande y antigua en la que dormía antes de llorar. La mecedora de segunda mano del rincón era su lugar preferido para hacer los deberes. Una sudadera verde del Evangeline colgaba de un brazo. Estaban a punto de estallarle los ojos por el humo de la artemisia cuando su reflejo borroso se hizo más nítido en la cómoda con espejos de su abuela, enfrente de la cama.

Unas esposas anchas y metálicas le sujetaban las muñecas a las esquinas superiores de la cama, los tobillos a las inferiores y la cintura por el centro. Al intentar liberarse, algo afilado le cortó las palmas de las manos y los empeines. Las esposas tenían pinchos. La sangre resbaló por el grillete hacia la muñeca derecha y después goteó por el brazo.

—¿Cómo funciona? —Una voz ronca la sobresaltó.

En la cabecera había una adolescente, inclinada hacia la mano izquierda de Eureka como una manicurista. Una corona de laurel adornaba sus cabellos ámbar. Su vestido carmesí se hundía en una pronunciada V que acababa justo debajo del ombligo tatuado. Llevaba el collar de cristal en forma de lágrima de Eureka.

—Devuélveme mi colgante.

Las extrañas palabras atlantes le hicieron daño al salir por su garganta reseca. Intentó golpear a la chica con las rodillas, pero unos pinchos metálicos se le clavaban en la cintura. La sangre le manchó la camisa.

Se oyó una risita al otro lado de Eureka. Otra joven con otro vestido rojo. Su corona de laurel cubría una melena negra, lisa, y sus ojos, de un tono azul verdoso, permanecían clavados en la mano derecha de Eureka.

Atlas había llamado a sus guardias «diablas carmesíes».

—¿Dónde está Atlas? —preguntó, aunque lo que quería saber era dónde estaba el cuerpo de Brooks.

Se había acostumbrado a la idea de que los dos chicos ocuparan el mismo cuerpo. Pero había visto morir a su amigo y solo quedaba su rival. La invadió el fuerte deseo de matar a Atlas.

—Observa —le dijo la segunda chica a la primera.

Eureka sintió ardor, como si la chica le estuviera inyectando pegamento caliente en las yemas de los dedos. Una sustancia azul y reluciente le cubría las manos. Eureka se rozó la yema del pulgar con el índice y notó una sacudida por todo el cuerpo, como cuando metió los dedos en un enchufe a los seis años.

—No hagas eso. —La chica morena separó los dedos de Eureka, untando más azul en su pulgar—. Te va a doler, pero cuando salga el sol tendremos todo lo que siempre quisimos. Nos lo ha prometido. ¿A que sí, Aida?

—No debemos hablar con ella, Gem —respondió Aida.

—Cuando salga el sol.

Eureka repitió las cuatro palabras atlantes. Intentó girar la cabeza hacia la ventana para calcular la hora, pero un vestido rojo le bloqueaba la vista.

—Si se entera de que has estado hablando con…

—No se enterará.

Gem fulminó con la mirada a su compañera.

—Pues deja de hablar con ella.

Aida se volvió hacia un escritorio que había en la parte izquierda de la habitación, situado justamente donde había un escritorio idéntico en su casa.

—Quiero ver a Atlas.

Eureka trató de liberarse de las cadenas.

¿Qué iba a pasar al amanecer? ¿Cómo podía acabar con aquellas chicas y soltarse antes de que saliera el sol? Cerró los ojos y pensó en el Increíble Hulk, maestro en transformar la furia en fuerza. Deseó que la cómoda de espejo se convirtiera en mil puñales giratorios de cristal para que cortaran la carne y salpicaran el carmesí de carmesí. Pero ¿después qué? ¿Cómo encontraría a Atlas?

En Lafayette, para escaparse salía por la ventana de su dormitorio y bajaba por las ramas de roble que había al otro lado. Sin embargo, cuando Gem se movió y Eureka miró por la ventana, no alcanzó a ver ningún roble. El sol entraba por ella. La luz parecía cansada, eran los últimos rayos de la tarde.

Estaban muy arriba, a mil pisos por encima del suelo. Unos tejados dorados y plateados brillaban a lo lejos, por debajo de ellas, y más allá vio círculos de agua y tierra que llevaban al océano, el cual fluía hasta un horizonte al borde de lo que quedase del mundo.

—Decidme qué pasa al amanecer —dijo Eureka.

Gem se encontraba al lado de Aida en el escritorio.

—Déjame a mí la placa del corazón.

Cuando Gem acercó la mano a la superficie del escritorio, le ocurrió algo extraño. La mano se hizo borrosa, como si la hubiera pasado por un cristal esmerilado. Solo duró un instante. Cuando volvió a verse nítida estaba sujetando un trozo de material sedoso, del mismo azul reluciente que tenía Eureka en los dedos. Eureka creyó ver un relámpago destellar en el centro.

—Desabróchale la camisa —dijo Gem.

El aire frío rozó la piel de Eureka mientras los dedos de Aida bajaban por su camisa. Entonces la embargó una sensación parecida a la nostalgia cuando colocaron el cuadrado azul en su pecho. Cálido y pesado. Le recordaba a como se sentía cuando miraba vídeos de Diana en su portátil.

La respiración comenzó a ser superficial cuando Gem colocó la placa del corazón sobre el pecho. Aida pasó un dedo por la frente de Eureka, de la sien derecha a la sien izquierda, y Eureka comprendió que mientras había estado inconsciente, las chicas le habían puesto una franja de la sustancia azul en la cabeza.

—El fantasmero orienta a los súbditos antes de cargar la capa —dijo Gem.

—No conoces al fantasmero —replicó Aida—. Además, esto es para Atlas. No perdamos el tiempo. Quiere los lacrimatorios llenos.

Presionó el interior de las comisuras de los ojos de Eureka. Dos contornos plateados borrosos aparecieron bajo su visión. Los lacrimatorios. Se suponía que debía llorar en ellos.

—No funcionará —soltó Eureka.

—Siempre funciona —respondió Gem.

Se acercó a la pared, donde el cuadro de Eureka de Santa Caterina de Siena llorando colgaba en una esquina con telarañas. Pulsó un interruptor que Eureka no pudo ver.

El dolor arremetió contra Eureka. Quedó envuelta en una oscuridad total. Arqueó la espalda. Saboreó la sangre. El dolor se duplicó y se incrementó aún más.

Cuando el dolor fue total y familiar, unos puntos brillantes de luz entraron en su visión, una lluvia de estrellas en el cielo de sus párpados. Uno de los puntos de luz se acercó. Un calor abrasador le llenó los poros. Después Eureka estaba dentro de la luz.

Junto a una puerta, vio una maleta con un estampado de flores descolorido. Una luz artificial titilaba en alguna parte. Sus orificios nasales se ensancharon por el olor de unos botes rotos de pepinillos. Aquel olor siempre la llevaba a la noche en que sus padres se separaron. Vio los pies de Diana con sus botas de agua grises y rosas, el pelo mojado por la lluvia y los ojos secos por la determinación. La puerta principal estaba abierta. El trueno del exterior era tan real que agitó los huesos de Eureka. La maleta se hallaba en la mano de Diana.

—Mamá, espera. —Eureka notó que le ardían los ojos—. ¿No me quieres lo suficiente para quedarte?

Nunca había pronunciado en voz alta la pregunta que llevaba tanto tiempo acosándola. Intentó apartarse. No era más que un recuerdo. El recuerdo de las ganas de llorar que le entraron antes de conocer las consecuencias.

Era muy real. Diana se marchaba. Abandonaba a Eureka…

—¡No!

La luz blanca desapareció. El dolor agudo disminuyó hasta una quemadura de tercer grado. Eureka se sacudía como si estuviera en un terremoto, agitando las esposas metálicas que la ataban a la cama. La imagen persistente de Diana abandonaba sus ojos.

En la réplica de la puerta del dormitorio de Eureka había una figura alta. Llevaba un vestido amplio, largo y plateado, y una máscara protectora, de oricalco, manchada de grasa.

—El fantasmero… —susurró Gem.

Unos pasos se acercaron a la cama. Unas manos con guantes plateados apartaron los lacrimatorios de los ojos de Eureka. Al menos no había llorado. El fantasmero los guardó en un bolsillo plateado de su vestido.

Retiró la placa del pecho de Eureka sin mediar palabra. Le quitó el material azul de los dedos y de la frente. Ella aguantó el dolor en silencio y estudió la reluciente superficie de la máscara del fantasmero. Quería ver el rostro que se ocultaba tras el oricalco.

El fantasmero unió con destreza los fragmentos de material azul para formar una única hebra larga, una tira ancha, azul brillante. Después, la enrolló siete veces alrededor de su muñeca y usó la otra mano para anudarla. Un relámpago destelló en la tela. Eureka se preguntó qué aspecto tendría sobre su piel.

—Acercaos, chicas. —Una voz enérgica retumbó dentro de la máscara.

Gem y Aida habían intentado escabullirse silenciosamente por la puerta. Se dieron la vuelta y se acercaron despacio al fantasmero.

—¿Ha ordenado Atlas que se hiciera esto? —preguntó el fantasmero.

Eureka distinguió un ligero ceceo en su voz… femenina.

—Sí —respondió Aida—. Él...

—Pagaréis por este error.

—Pero...

Aida comenzó a temblar mientras la fantasmera se quitaba la máscara.

De ella cayó una larga y brillante melena de pelo negro, y reveló una piel blanca decorada con una deslumbrante constelación de pecas. Unos ojos negros, redondos, se asomaban por una espesa cortina de pestañas.

La fantasmera era una adolescente.

La fantasmera era Delphine, la tataratatarabuela de Eureka, la fuente del lagrimaje y su oscuridad.

La fantasmera se inclinó hacia delante y le dio un beso a Aida en la mejilla. Cuando sus labios rozaron la piel de la muchacha, una chispa pasó entre ellos. A Eureka le llegó un olor a quemado y los ojos de la chica se llenaron de lágrimas. Aida cayó al suelo y comenzó a llorar. Se mecía adelante y atrás, perdida en una pena súbita, un agujero negro abierto con un beso.

El temblor de Aida fue disminuyendo poco a poco. Sus sollozos se acallaron. Su último llanto quedó a medias, dejando una sensación de desesperación inacabada en la habitación. Rodó hasta ponerse boca abajo y el colgante robado tintineó al tocar el suelo.

Los labios rojos de Delphine se acercaron a la otra diabla. Gem se volvió hacia el pasillo y echó a correr. El fantasmero salió detrás de ella a toda velocidad y llevó a la chica de vuelta a la habitación en un instante. Su mano enguantada sujetó el cuello de Gem.

Los labios de la joven temblaron.

—Por favor.

Tan solo las separaban unos centímetros. Delphine frunció los labios para darle un beso y luego se detuvo.

—Tú has trabajado para mí antes.

—Sí —susurró Gem.

—¿Me gustabas?

—Sí.

—Por eso te eligió Atlas para que me traicionaras.

La chica no dijo nada. Delphine se agachó, levantó el cadáver de Aida y lo lanzó a los brazos de su compañera.

—Enséñale a Atlas lo que pasa cuando se cruza conmigo.

Gem se tambaleó bajo el peso de Aida y huyó por el pasillo. Eureka y la fantasmera quedaron a solas. Se volvió hacia la cama.

—Hola. —La voz de Delphine era más suave. Había cambiado de atlante a inglés. Evitaba la mirada de Eureka, mirando los pilares de la cama, el escritorio y la mecedora—. Esto debe de distraerte.

Con un golpe de su mano en la pared, los muebles familiares desaparecieron. La habitación era gris y de mobiliario escaso. La cama en la que Eureka se encontraba no era más que un catre.

—Sus hologramas son muy convincentes —dijo Delphine—, pero Atlas no aprecia el horror de la nostalgia. Nadie sensato echa la vista atrás a lo que fue en el pasado. —Sirvió el agua de una jarra en una copa que relucía como una estrella—. ¿Tienes sed?

Eureka se moría por beber, pero apartó la barbilla. El agua se derramó por su pecho.

Delphine dejó la copa.

—¿Sabes quién soy?

Eureka miró los ojos oscuros de Delphine y, por un momento, vio a su madre. Por un momento, quiso que la abrazaran.

—Eres la mala —respondió.

Delphine sonrió.

—Desde luego que sí, y tú también. Ahora somos un equipo. Siento lo de la capa relámpago. Cuando la diseñé —acarició la tira azul de su muñeca—, no preví que pudieran usarla en ti.

—¿Qué es?

Eureka presentía que no había terminado con la capa relámpago. Cuanto más entendía, más podría aguantar.

—Está tejida con mi sufrimiento, tan puro e intenso que conecta todo el sufrimiento dentro del que la toca. Lo que has sentido era mi dolor buscando tu dolor en la luz astral. Si no hubiera intercedido, habrías sentido cada pizca de sufrimiento que hubieras conocido en el pasado y habrías conocido en el futuro. Llámalo si quieres «intuición de madre» que llegara aquí a tiempo. —Delphine acarició la mejilla de Eureka con la mano enguantada—. El dolor es poder. Con el paso del tiempo lo he absorbido de miles de almas angustiadas.

—¿Qué hay de Aida?

—Otra alma que ya no sufrirá, otra más para mi arsenal de dolor —respondió Delphine—. También era un mensaje para Atlas. Nos enviamos notitas durante el día.

—Llévame con él —dijo Eureka.

—«Llévame» es una palabra sumisa —repuso Delphine, esforzándose por disimular sus celos—. ¿Es eso lo que de verdad quieres? Porque yo puedo darte cualquier cosa, Eureka.

—¿Por qué ibas a ayudarme?

—Porque —Delphine parecía atónita— somos familia. —Se quitó los guantes y cogió a Eureka de la mano con unos dedos largos y fríos—. Porque te…

—Lo que deseo es imposible.

Delphine estaba sentada al borde de la cama y se recuperaba de la interrupción de Eureka. Le dedicó una sonrisa encantadora.

—No existe tal cosa.

Eureka podría haber pedido el rescate de los mellizos, Cat y Ander, pero si de verdad hubiera sido eso lo que deseaba, no los habría abandonado. Ya no era su protectora. Tal vez Delphine tenía razón acerca de no volver la vista a quien eras en el pasado.

—Lo único que tienes que hacer es pedirlo —añadió Delphine.

A Eureka le parecía un farol.

—Quiero a mi mejor amigo.

«Lo amabas más que a nadie», había dicho Atlas. ¿Tendría razón?

—Pues lo tendrás —respondió Delphine.

—Está muerto.

Delphine llevó los labios a los de Eureka, tal y como había hecho con Aida. Sin embargo, no se produjo ninguna chispa entre ellos, tan solo el calor de unos labios rojos en la mejilla derecha de Eureka, y luego en la izquierda. Diana solía besarla de aquella manera.

Oyó una serie de golpes metálicos mientras Delphine le quitaba las esposas con pinchos de las muñecas, después de la cintura y luego de los tobillos. Delphine pasó un brazo bajo el cuello de Eureka y la levantó de la cama.

—Solo la fantasmera decide quién está muerto.

28

La fantasmera

Delphine llevó a Eureka por un túnel hecho de arrecifes de coral de vivos colores. Aparecieron en una duna en una playa vacía y dejaron unas huellas iguales mientras avanzaban hacia el mar. El sol era de color rosa y estaba bajo.

«Al amanecer», había dicho Gem.

Eureka tenía hasta entonces para derrotar a Atlas.

Más adelante, en la orilla, unas rocas púrpuras se alzaban hasta convertirse en montañas escarpadas.

—¿No es allí donde naciste? —le preguntó Eureka a Delphine—. Te criaste en las montañas con las brujas chismosas.

Esme y las demás ya debían de estar allí. Eureka se imaginó a Peggy posándose en uno de los riscos y a una docena de brujas bajando contentas de sus alas. Después de todos aquellos años y todo lo que habían visto, ¿regresar a casa las complacería?

Delphine se quedó mirando el horizonte azul.

—¿Eso quién lo dice?

—Selene. *El libro del amor.*

Eureka echó la mano a su bolsa y se dio cuenta de que ya no la tenía; claro, se la habían robado las diablas junto con la lágrima de cristal. La habían despojado de todo lo que utilizaba para fortalecerse.

Era mejor así. La ira la fortalecía del mismo modo que el dolor de otras personas fortalecía a Delphine.

—Olvida ese tonto cuento de hadas —dijo Delphine—. Nuestro futuro es muy prometedor.

Una ola muy alta se alzó en el agua. Se dobló como un gigantesco brazo impulsándose hacia la orilla. Eureka se preparó para la caída, pero cuando la poderosa bestia estaba a punto de romper, cuando el pico espumoso se hallaba a unos centímetros de la orilla, desafió la gravedad, las mareas y cualquier luna que todavía girase en el cielo. Se quedó suspendida, en el aire, como capturada en una fotografía.

—¿Qué es eso? —preguntó Eureka.

—Es mi olaría.

—¿Hacéis olas aquí?

Eureka había llegado a asociar las olas gigantescas con los Portadores de la Simiente, pero quizá Delphine había estado tras la ola que había matado a Diana.

Delphine sacudió la cabeza.

—De vez en cuando. Arquitectónicamente. —Señaló la ola suspendida como si fuera una construcción que hubiese diseñado ella misma—. Mi especialidad son los muertos y los moribundos. Por eso me llaman la fantasmera. Mi campo es amplio, puesto que todas las cosas anhelan la muerte.

Llevó a Eureka por la costa hasta que se toparon con el tubo de la ola en suspensión. La depresión parecía oscura y profunda, como una habitación con el suelo de arena y paredes curvas de agua. Un óvalo de pálida luz solar brillaba en el otro extremo.

—He esperado una eternidad para traerte aquí —dijo Delphine.

Eureka se preguntó a qué se referiría, qué mentira representaba Eureka para Delphine. Pensó en Delphine absorbiendo el dolor de todos aquellos a los que había torturado. Sabía que el dolor se tomaba su tiempo. Tras la muerte de Diana, los minutos se habían alargado milenios.

—Entra —la invitó Delphine—. Ven a ver dónde hago mi trabajo más esencial.

Eureka estudió la ola, buscando una trampa.

—No te preocupes —dijo Delphine—. Esta ola parece estar en las últimas, como si estuviera a punto de volver al mar que la formó. Pero podría mantenerla así para siempre. Lo verás en cuanto entres.

El movimiento de la ola, de alguna manera, se había detenido, pero cuando Eureka tocó la pared de agua, se hizo daño en los dedos por el torrente inesperado que se agitaba en el interior. Se acercó a Delphine y entró en la ola suspendida. El océano las envolvió como una concha alrededor de dos perlas negras.

Se oía música procedente de alguna parte. Eureka se quedó helada al reconocerla. El pájaro Polaris de madame Blavatsky había cantado la misma melodía delante de su ventana en Lafayette.

La arena húmeda se iluminó bajo los pies de Eureka cuando avanzó hacia el espacio oblongo que había esculpido la ola. Para cuando llegó al centro, el suelo resplandecía con una brillante luz dorada.

No estaban solas. Cuatro chicos adolescentes le daban la espalda a Eureka. Estaban desnudos y el impulso de mirarles fijamente era fuerte. Sus espaldas tenían cicatrices de laceraciones. El brillo ligeramente plateado de su piel le resultó familiar. Eran robots fantasma, como Ovidio, recipientes para el Relleno de Atlas.

Dos de las máquinas usaban palas para recoger de un montoncito de desechos una sustancia gris que se desmenuzaba y la echaban a un hoyo brillante en el otro extremo de la ola suspendida. Los otros dos robots estaban inmersos en una discusión. No hablaban inglés ni atlante. Ni siquiera parecían hablar el mismo idioma. Uno de los robots dijo algo en lo que Eureka creyó que era holandés, cambió a español cuando se lo pensó mejor y concluyó en lo que sonaba a cantonés. Los demás respondían en lo que supuso que era árabe, ruso, portugués y una docena más de lenguas irreconocibles. Hablaban con tonos que Eureka estaba acostumbrada a oír justo antes de una pelea en Wade's Hole. Miró a Delphine, que lucía una delicada sonrisa en los labios.

Recordó al fantasma de su padre luchar contra el fantasma de Seyma y, más tarde, contra los fantasmas de los Portadores de la Simiente dentro de Ovidio. Había sido un caos: identidades múltiples peleándose por obtener un único cuerpo robótico. Solón había dicho que aquellas máquinas estaban construidas para alojar a millones de almas. Eureka se preguntó cuántos espíritus habría ya en el interior de aquellos muchachos plateados.

Uno de los robots que discutían sostenía lo que parecía una lámina de agua. Era un mapa, o el reflejo de un mapa. Se hallaba entre sus manos como un papel y parecía compuesto únicamente de distintos tonos de azul.

Señaló en medio y dijo con acento cockney:

—Eurasia al amanecer, ¿no?

Los ojos de Eureka se adaptaron para encontrar sentido al mapa. Seguía sin reconocer la costa, pero en el centro apareció la forma turquesa de las montañas turcas por las que Ander y ella habían subido para llegar a la Nube Amarga. Se permitió pensar en sus seres queridos un momento. Si Eurasia todavía estaba en debate, ¿podrían haber sobrevivido al Alzamiento?

—Ander… —susurró.

Uno de los robots se giró de pronto. El rostro enjuto de oricalco mostró la expresión adusta de una mujer de mediana edad, pero solo un instante. Rápidamente adoptó los rasgos furiosos y demacrados de un joven a punto de protestar. Cerró el puño.

Eureka también preparó el suyo.

Delphine se colocó entre ambos y apoyó sus manos frías en los hombros de Eureka.

—Lucrecio —dijo en atlante—, esta es mi hija.

Los rasgos de Lucrecio volvieron a cambiar y se transformaron en los de un hombre paternal y amistoso. Unos pelos canosos brotaron de su barbilla.

—Hola, Eureka.

—No soy su hija.

—No seas tonta. —El fuerte masaje de Delphine era como hielo en la nuca de Eureka—. Ya les he hablado a todos de ti.

—¿Qué están haciendo?

Eureka señaló a los dos robots, que no habían levantado la vista del hoyo brillante.

—Estoy deseando enseñártelo —respondió Delphine y llevó a Eureka más cerca.

—Espera.

Más allá del hoyo brillante, cerca de donde se cernía la cresta de la ola suspendida sobre la orilla, cinco robots más dormían en tumbonas debajo de un gran parasol.

—Esos robots todavía no están ocupados —explicó Delphine—. Pronto estarán vivos con las experiencias de cientos de millones de almas.

Eureka se apartó de Delphine y subió por una pendiente de arena hacia los robots dormidos. Los sonidos del océano se abalanzaban sobre ella, pero las paredes de agua de la olaría permanecían inmóviles.

Unos rayos de luz envolvían la piel de los robots. Eureka sabía que esa aura estaba hecha de espíritus, que toda la energía que flotaba hacia las máquinas procedía de alguien a quien ella había matado.

—¿Qué ocurre cuando están llenos?

—Entonces llegan las palizas —respondió Delphine.

Eureka observó las cicatrices en las espaldas de los robots que leían atentamente sus mapas.

—No despiertan del Relleno dóciles —añadió Delphine—. No con todos esos fantasmas testarudos compitiendo en el interior.

Cogió un látigo plateado que se hallaba apoyado en una mesa plateada cerca de los robots dormidos. En la punta se retorcía una medusa azul. Le pasó el látigo a Eureka. Era tan ligero como un fantasma.

—En mi mano, este látigo da fuertes azotes de dolor transformacional. Entreno a mis robots para que permitan que salgan a la superficie solo los espíritus con atributos eficaces y útiles, lo que hace posible que mis chicos realicen millones de tareas, sin amenaza de rebelión. —Delphine hizo una pausa y movió la cara de Eureka hacia ella—. Este trabajo está en tu sangre y tus lágrimas. ¿Lo entiendes?

A Eureka le repugnaba y se sentía descaradamente intrigada.

—¿Qué clase de tareas?

—Cualquier cosa. Todo. Secar el mundo que has inundado, pavimentar las carreteras, plantar cultivos, matar a los rezagados, curar enfermedades, erigir un imperio asombroso que se extienda por todo el mundo. —Delphine señaló las auras relucientes de los robots—. Mira cómo fluyen las posibilidades. Alrededor de las máquinas unas imágenes diminutas aparecieron: una mano que escribía una carta, una bota que clavaba una pala en la tierra, el monitor de un ordenador lleno de un código complicado, las piernas de un velocista cruzando un prado dorado. Justo cuando Eureka comenzó a reconocer cada momento, desapareció dentro del robot, que reconoció la adquisición con la flexión de un músculo o un gesto de la cara, como si estuviera teniendo una pesadilla.

Los ojos de un robot se abrieron. Delphine introdujo dos dedos en la hendidura con la forma del símbolo infinito que tenía en el cuello y los giró en el sentido de las agujas del reloj, tal como Solón había mostrado a Eureka en la Nube Amarga.

—Vuelve a dormir, cielo. Sueña…

Eureka debería haberse horrorizado, pero había algo tentador en quedarse con los recuerdos, la experiencia o el conocimiento esencial de un alma y lobotomizar el resto. Deseó haber podido hacérselo a sí misma tras la muerte de Diana.

No era que Eureka reconociera a los muertos que entraban en los robots. No veía las manos de su hermano haciendo un truco de magia ni a Cat resolviendo una ecuación en las auras de los robots.

—Después de las palizas —explicó Delphine con una sonrisa—, le entrego los robots a Atlas. Su propagación por el mundo inundado lleva tiempo siendo su visión. Él se encargará del trabajo sucio por nosotras. Lo único que tenemos que hacer tú y yo es esperar.

—¿Esperar a qué?

—A la oportunidad para volverlo todo contra él.

Delphine llevó a Eureka a un espejo alto en el centro de la olaría. Estaba hecho de agua ligeramente ondulante. Eureka no quería mirar, pero la tentación era demasiado grande. El frío invadió su estómago cuando el imponente reflejo de Delphine apareció donde debería haber estado el de Eureka. Cuando contempló el espacio delante de Delphine, el rostro de Eureka le sonrió enigmáticamente.

—El mundo será nuestro, Eureka.

Su voz sonaba exactamente como la de Diana. Eureka cerró los ojos y se acercó a su oscura y seductora antepasada.

—¿Vas a deshacerte de Atlas? —preguntó lentamente.

—Destronar, despachar, destruir… Todavía no he decidido cuál me gusta más cómo suena. Pero ocupémonos de los asuntos prácticos antes que de la poesía. Quizá sepas que robaron uno de mis robots y nunca lo recuperé. Esta noche haré el sustituto de Ovidio. ¿Te gustaría ayudarme?

Eureka sabía por *El libro del amor* que Selene y Leander habían escapado de la Atlántida en un barco con Ovidio y el bebé. Pero aquello había sido hacía siglos.

—Si el robot podía sustituirse, ¿por qué no lo has hecho antes? —preguntó.

Por primera vez Delphine la miró con frialdad y Eureka se quedó sin aliento.

—No puedo reemplazarlo tan fácilmente, como si fuese un amante —respondió Delphine—. Mis robots requieren materiales oscuros para existir. Pero eso no salía en el libro, ¿no? Y tampoco nuestro destino tras la inundación. Selene se dejó todo eso. No sabes cómo era la Congoja, estuvimos estancados bajo un océano durante milenios. Solo podían moverse nuestras mentes. Intenta comprender lo loco que se vuelve uno al tener que soportar tal impotencia. Todos los atlantes sufrimos porque él se atrevió a romperme el corazón.

—Leander.

—Jamás pronuncies su nombre.

Delphine repitió la norma de Atlas. Eureka se preguntó si en realidad era una norma de la fantasmera. ¿Era ella el origen de toda la oscuridad atlante?

Delphine se alisó el cabello e inhaló profundamente.

—No queda mucho. La sustitución debe hacerse a tiempo para atrapar a los últimos espíritus.

—¿Cuántas almas siguen vivas? —preguntó Eureka.

—Setenta y tres millones doce mil ochocientas seis —contestó el robot Lucrecio.

—Debo terminar antes del amanecer. —Delphine señaló hacia el extremo opuesto de la ola, donde no quedaba en el cielo ninguna tonalidad de la puesta de sol—. Cuando la luz matinal se centre ahí, nuestros fantasmas sin hogar encontrarán refugio.

Tomó asiento en un torno de alfarero que ya estaba girando. Detrás de ella, cerca del fondo arqueado de la ola, en un telar alto y dorado se mostraba un cuadrado de tela azul reluciente a medio tejer. La atravesó un relámpago, más sufrimiento de Delphine.

—Gilgamesh —llamó Delphine—. Más oricalco.

Uno de los robots que cavaban metió la mano en el hoyo y sacó una enorme masa roja resplandeciente. Mientras se la llevaba a Delphine, se enfrió en el aire neblinoso hasta adquirir el color plateado del oricalco. Lo soltó sobre el torno giratorio de Delphine.

Ella pisó el pedal con el pie descalzo para que el plato girase más rápido. El ritmo de la canción que había estado sonando por la olaría se aceleró. Era melancólica y hermosa, todo acordes menores.

—Este torno genera la música que evita que la olaría rompa contra la orilla —explicó Delphine—. Hay que darle cuerda con frecuencia, como a un reloj.

A medida que sus manos se deslizaban por la abrasadora masa de oricalco, esta chisporroteó y se suavizó hasta tener la consistencia de la arcilla. Una pantorrilla musculosa comenzó a tomar forma.

—Estás esculpiendo un robot —dijo Eureka.

—Sí. ¿Conoces la naturaleza del oricalco?

Eureka sabía que el lacrimatorio, el ancla, el cofre de artemisia, la lanza, la funda, que Ander les había cogido a los Portadores de la Simiente, y Ovidio eran el único oricalco que había en el Mundo de Vigilia.

—Sé que es muy valioso.

—Pero ¿no sabes por qué? —preguntó Delphine.

—Las cosas son valiosas cuando cuesta dar con ellas —respondió Eureka.

Aquel comentario provocó una sonrisa en Delphine.

—Hace mucho tiempo, empecé un experimento: molí la carne y los huesos de mis conquistas hasta convertirlos en un polvo fino. Añadí calor y una encima gelatinosa de los cnidarios (vosotros los llamáis «aguamares») cuando estaba aún en la fase medusa. Al igual que la mirada de mi amiga con melena de serpientes, la encima de medusa transforma el polvo corriente de un cadáver en el elemento más precioso y duradero del mundo. —Acarició la pierna de oricalco en el torno—. Y yo lo transformo en lo que me place. He extraído oricalco de esta manera desde antes de que la Atlántida se hundiera. Las conquistas empíricas de Atlas nos proporcionaban los cuerpos. Ahora tus lágrimas me han dado material infinito con el que trabajar. Al amanecer, lo único que quedará por hacer será convertir a los vivos en fantasmas.

—¿Qué sucede al amanecer? —preguntó Eureka con toda tranquilidad, aunque quería gritar.

—Los supervivientes están preparando arcas. Una comunidad de Turquía había previsto la inundación. A lo mejor los conoces. Los que quedan vivos están viajando allí de todas partes del mundo para subirse a sus barcos. Los vemos en el mapa de agua. Eso resulta conveniente, porque reúne a todas las almas vivas en un solo lugar. Debemos organizar el apocalipsis final antes de que vuelvan a dispersarse por los mares.

Eureka miró a Delphine a los ojos. Eran tan oscuros que veía su propio rostro reflejado en ellos.

—Esa es la razón por la que Atlas quiere más lágrimas.

—Sí. —Delphine señaló por encima del hombro, iluminando el espacio detrás de ella y Eureka distinguió lo que parecía un cruce entre una catapulta medieval y un lanzamisiles futurista—. El resto de mis cañones está en la armería de Atlas, pero aquí guardo un modelo antiguo. —Se apartó del torno, levantó la escotilla del cañón y sacó una esfera de cristal del tamaño de la palma de su mano—. Un solo proyectil de cristal, armado con una lágrima tuya, haría seis veces más daño que una de las bombas atómicas de tu mundo.

—Pero no voy a llorar —dijo Eureka.

—Claro que lo harás. —Delphine devolvió la esfera de cristal al cañón con cuidado—. Estás alterada por el error que cometió Atlas con la capa relámpago. Pero nadie volverá a hacerte daño. —Acarició el pelo de Eureka—. Todos debemos sacrificar algo. Tus lágrimas son tu contribución, aunque puedes elegir lo que las haga brotar.

—No.

—Estoy segura de que tienes mucho por lo que llorar. —Delphine ladeó la cabeza—. ¿No has perdido a tu gran amor hace poco? Recuerda que sé cómo te sientes. A mí también me rompieron el corazón.

Pero ¿había sido el corazón roto de Delphine lo que había hundido la Atlántida o el orgullo, la vergüenza y el dolor de perder a su hija? ¿Eran las historias del lagrimaje realmente tan paralelas como Delphine quería hacerle creer a Eureka? ¿Acaso Delphine tenía a Cat, un padre y hermanos que la quisieran tan alegremente como los de Eureka? No creía que fuera así.

Y Ander. No tenía nada que ver con Leander. Era un muchacho que no se merecía el tremendo dolor que había experimentado en su vida. Amaba a Eureka por su corazón, no por su destino. Al pensar en él, Eureka se encerró en sí misma y volvió al momento en que lo había visto por primera vez, en la carretera polvorienta a las afueras de New Iberia. Le había demostrado que el amor era posible, incluso tras una pérdida que destrozaba el corazón.

—Sabes dónde está —dijo Eureka.

Si al menos pudieran salvarse Ander, los mellizos y Cat...

—No debes preocuparte por lo que podría haber sido —dijo Delphine—, solo debe importarte lo que te ha destrozado. El amor es agobiante. El desengaño nos ayuda.

—Entonces ¿por qué estás con Atlas? —preguntó Eureka antes de poder contenerse.

—¿«Con Atlas»? ¿A qué te refieres? —inquirió Delphine.

—La manera en que hablas de él, os enviáis notas… —Eureka hizo una pausa—. Tus lágrimas tienen el mismo poder que las mías. Podrían llenar los cañones, pero él no te haría pasar por el sufrimiento de derramarlas. Es porque te ama, ¿no?

Delphine se dobló de la risa. Era un sonido frío, un viento de invierno.

—Atlas no puede amar. Su corazón no funciona de esa forma.

—Entonces ¿por qué…?

—Tu problema es que estás avergonzada —la interrumpió Delphine—. Estoy más enamorada de mi poder de lo que podría estarlo de un chico. Tú también debes aceptar tu oscuridad.

Eureka se encontró asintiendo con la cabeza. Delphine y ella concebían destinos diferentes para Eureka, pero tal vez, al menos por un momento, sus caminos se cruzaban.

Delphine apartó la neblina marina de su rostro.

—¿Sabías que he tenido treinta y seis hijas del lagrimaje? Las he querido a todas, a las crueles, a las tímidas, a las dramáticas, a las modestas…, pero tú eres mi favorita. La oscura. Sabía que serías tú la que nos reuniría.

Había tal adoración en la voz de Delphine que se acordó del modo en que Diana solía hablarle. A veces la hacía huir del amor de su madre. Era el tipo de amor que Eureka creía que jamás llegaría a comprender. A lo mejor Delphine no mentía cuando le había dicho que le haría cualquier favor.

—Lo que has dicho antes, sobre decidir quién muere de verdad…

Delphine asintió.

—El destino de tu amigo Brooks. Atlas me habló de él.

—¿Podrías traerlo de vuelta?

—¿Eso te haría feliz?

—Entonces podrías traer de vuelta a toda esa gente. —Eureka señaló a los espíritus que llenaban las máquinas—. Podrías dejar de convertir los cadáveres en armas y devolverles la vida.

Delphine frunció el entrecejo.

—Supongo que sí.

—¿Cómo? —quiso saber Eureka.

—Si estás preguntándome por los límites de mis poderes, todavía tengo que encontrarlos. —Delphine juntó las manos debajo de su barbilla—. Pero creo que estás preguntándome qué haré. Estos fantasmas tienen un objetivo muy importante. Te prometo que no los echaré de menos cuando se hayan ido. Pero —sonrió— nuestro ejército puede ahorrarse uno. Aunque sea uno fuerte. Suponiendo que no se haya pulverizado. Tendrás a tu Brooks con una condición.

—¿Cuál?

—No debes dejarme nunca. —Delphine abrazó a Eureka con fuerza—. He esperado demasiado tiempo para tenerte entre mis brazos. Di que nunca me dejarás. —Luego susurró—. Llámame «madre».

—¿Qué?

—Puedo darte lo que quieras.

Eureka alzó la vista hacia la ola suspendida y vio en ella la ola que había matado a Diana, la ola que le había robado a Brooks. Un instinto se precipitó en ella: no entendía por qué, pero sabía que, si recuperaba a Brooks, de alguna manera arreglaría las cosas.

Se abrió camino por su corazón enfermo hacia un espacio oscuro donde nunca había estado Diana ni ninguna razón por la que no usar esa palabra:

—Madre.

—¡Sí! ¡Continúa!

Eureka tragó saliva.

—Nunca te dejaré.

—Me has hecho tan… feliz. —Los hombros de Delphine se estremecieron cuando se apartaba. Una única lágrima brilló en la comisura del ojo izquierdo de la joven—. Lo que está a punto de suceder, lo que estoy a punto de hacer, Eureka, no debes contárselo jamás a nadie. Tiene que ser nuestro secreto especial.

Eureka asintió.

Delphine retrocedió un paso y parpadeó. La lágrima abandonó su ojo y cayó.

Cuando alcanzó la arena, Eureka la sintió en lo más profundo de su ser. Observó como la tierra se abría y una flor blanca de narciso brotaba de la arena. Esta creció rápidamente, se elevó unos cuantos centímetros y de ella surgieron más flores, innumerables, hasta que la flor fue más alta y ancha que Eureka.

Luego, despacio, la flor se transformó en una figura. En un cuerpo. En un chico.

Brooks parpadeó, asombrado de encontrarse ante Eureka. Tenía el pelo largo y despeinado. Llevaba unos vaqueros cortos, una sudadera verde de la Universidad de Tulane y la vieja gorra de béisbol militar de su padre; la misma ropa que llevaba el último día que habían salido a navegar juntos en Cypremort Point. Se le puso la piel de gallina y Eureka supo que era real. Se miró las manos, alzó la vista a la ola suspendida y luego miró a Eureka a los ojos. Se tocó la cara.

—No sabía que los muertos pudieran soñar. —Miró a Delphine, que caminó para colocarse a su lado—. ¿Maya?

—Puedes llamarme la fantasmera.

Delphine hizo una breve reverencia.

Brooks dio un grito ahogado y Eureka se preguntó cómo habría experimentado a Delphine desde el otro lado. Sus ojos albergaban una oscuridad que hizo a Eureka sentirse menos sola.

—Yo decido quién está muerto y quién no —dijo Delphine—. Y tú no lo estás.

Eureka rodeó a Brooks con los brazos. Olía como el Brooks de antes, sonaba como el Brooks de antes y la abrazaba como nadie lo hacía salvo él; aunque la habían engañado otras veces, sabía que ese era el de verdad.

—Eureka —susurró él con una voz que la heló hasta la médula—. Es culpa mía. No pude subir y él tomó el control. Ahora ya no hay escapatoria.

—No te preocupes —le respondió también susurrando, confundida por lo que quería decir con «subir»—. Ahora que estás aquí, podré hacerlo. Tengo que hacerlo.

Sentía como Brooks negaba con la cabeza contra su hombro.

—Pase lo que pase. —Se apartó para mirarla a los ojos—. Te quiero. Debería haberlo dicho hace mucho tiempo. Debería haber sido lo único que dijese.

—Y yo también…

—Podrás jugar con él en cuanto salga el sol. —Delphine colocó una mano entre sus cuerpos—. Incluso te dejaré usar el látigo. Hasta entonces tenemos trabajo que hacer.

Los ojos de Eureka le suplicaban a Brooks que le contara más de lo que sabía y dónde había estado, pero una cascada lo envolvió como una jaula que colgaba en el aire. Ya ni lo veía.

—¡Eureka!

Delphine regresó a su torno de alfarero y fingió no oír el grito de Brooks.

Eureka apretó las manos contra la cascada. La empapó. A través de ella, pudo sentir el hombro de Brooks, luego su cara. Se preguntaba por qué no podía sentir sus brazos intentando tocarla.

—Quédate conmigo.

—No va a ninguna parte —dijo Delphine—. Puedes confiar en mí. Ahora debes demostrarme que yo puedo confiar en ti.

—¿Delphine?

Una coronilla de pelo rojo asomó por la entrada de la olaría. Atlas no parecía contento.

29

El ser querido

—Suponía que te pondrías a trabajar cuando llegara Eureka —dijo Atlas al entrar en la olaría. La luz dorada que había iluminado los pasos de Eureka se volvió roja cuando él se acercó.

Delphine no levantó la vista del torno. Pedaleó despacio, alargando cada nota de aquella música extraña.

—Dijiste que no querías que te molestaran.

Atlas apartó el pelo oscuro de Delphine y le apoyó una mano en el hombro.

Cuando Delphine miró a Eureka, hizo como si no existiera.

—Dijiste que no le harías daño.

—Enséñame alguna cicatriz en su cuerpo. —Atlas se acercó a Eureka y la rodeó, por lo visto sin advertir los cortes en la muñeca ni la camisa manchada de sangre, donde el grillete con pinchos le había sujetado la cintura. Su aliento caliente le rozó el cuello. Sus ojos se movían sobre ella como arañas—. Está en perfectas condiciones.

Eureka se imaginó dándole vueltas, retorciéndole el cuello hasta que le reventaran las arterias y el fuego de sus ojos se apagase. Vio el asesinato con todo detalle, desde el gorgoteo forzado que salía de su garganta hasta el patético ruido sordo de su cuerpo muerto en la arena. Pero ansiaba algo más que la aniquilación de Atlas. También tenía que robar los beneficios que había conseguido con sus lágrimas. Tenía que deshacer el Relleno y todavía no sabía cómo.

—Has usado mi relámpago con ella —dijo Delphine—. Hay heridas más profundas que los arañazos. —Su concentración volvió a la rótula a la que daba forma con sus largos dedos—. Las lágrimas tienen que brotar a su modo.

—Se negó —replicó Atlas.

La tensión flotaba entre sus palabras. A Eureka le recordó las peleas preliminares de sus padres. El recuerdo de Diana marchándose volvió: el camisón haciéndole cosquillas en los tobillos…, la tormenta fuera y dentro…, la bofetada para siempre en la mejilla, persiguiéndola.

—Sigo negándome —intervino Eureka.

Delphine sujetó la mano de Atlas para detenerlo antes de que se lanzara sobre Eureka. Le acarició el vello, rojo y áspero, del antebrazo.

—Dale tiempo.

—Tiempo. —Un deje de sarcasmo se reflejó en la voz de Atlas mientras contemplaba la ola hacia el ojo oscuro del cielo—. Un lujo del que carecemos.

—Las siento formándose en ella —dijo Delphine—. Llegarán antes del amanecer.

Atlas agachó la cabeza.

—Ya me has reprendido. De ahora en adelante cuando esté conmigo no se le hará ningún daño.

—De ahora en adelante estará conmigo —lo corrigió Delphine.

—Tú tienes que hacer tu trabajo —replicó Atlas—. Déjame que cuide de ella esta noche. Le he preparado algo, una sorpresa.

Desde el interior de su prisión en forma de cascada, Brooks bramó violentamente.

—¿Quién está hoy en la jaula? —preguntó Atlas señalando con la cabeza.

Delphine desvió la mirada hacia Eureka antes de responder:

—Un chico con el que quiero jugar más tarde.

—Siempre te ha gustado ponerlos furiosos antes —dijo Atlas.

Eureka no supo si estaba celoso o le hacía gracia.

—¡Te destruiré! —gritó Brooks con la voz amortiguada por el sonido de la cascada.

—¡Oh, qué divertido! —Atlas se rió.

Eureka apretó los dientes. La risa de Atlas hizo que sus manos anhelaran matarlo. Sopesó sus opciones. Defender a su amigo en aquel momento y perder, o esperar el instante indicado.

Altas se acercó a Brooks y examinó la cascada a modo de jaula. Entonces metió el puño en ella. La barrera se curvó dócilmente alrededor del puño, lo que probablemente permitiese que Atlas golpeara a Brooks en el estómago a través del agua. Cuando Brooks gritó, Eureka sintió el dolor en su propio vientre, como si fuera su mellizo.

Entonces se oyó el ruido sordo de algo que se hacía añicos, como si un martillo hubiera golpeado un bloque de hielo. Eureka sabía que Brooks había intentado devolver el golpe, pero su puño no podía penetrar el agua. Su jaula no funcionaba en ese sentido.

—¿Era necesario? —preguntó Delphine, aburrida.

Eureka quería rodear la cascada con los brazos, para sostener a Brooks, pero no podía mostrar ninguna reacción o Atlas averiguaría quién se hallaba dentro.

Estaba ante ella con sus hipnotizadores ojos de secuoya y sus dientes blancos y afilados. Le toqueteó un mechón de su pelo mojado.

—Tengo un regalo para ti, Eureka. Una disculpa por tu experiencia con el relámpago. Con el permiso de Delphine, te llevaré a él.

—No tienes nada que yo quiera.

—A lo mejor no tengo nada, pero tal vez sí a alguien.

—¿Qué mal estás tramando?

Delphine levantó la vista del torno. El ritmo de la música se aceleró y Eureka empezó a tener miedo.

Atlas sacudió la cabeza y deslizó un brazo por la cintura de Eureka para conducirla hacia la salida de la ola.

—Quiero ver tu cara de asombro.

—Sorprendente, ¿verdad?

Atlas se detuvo en la mitad del segundo puente que habían cruzado después de dejar la olaría. En cada entrada, dos estatuas gigantescas parecidas a él sacaban unas largas espadas plateadas, mirándose la una a la otra.

Cuando no había nadie en ellos, ambos puentes se extendían por el amplio foso a baja altura, pero, cuando los pisaban, se alzaban en arcos altísimos que ofrecían unas vistas espectaculares de la ciudad, más adelante.

—Puedo darte una bonita vida, Eureka —dijo Atlas—. Siempre quisiste algo más extraordinario que el bayou, ¿no es cierto? Si me ayudas, serás bien recibida aquí. El precio es ínfimo; la recompensa, infinita.

La luna, casi llena, pendía sobre el perfil de la ciudad de la Atlántida, que relucía como una galaxia de edificios. Tenían forma de montañas rusas, con piscinas del color de piedras preciosas inclinadas en sus tejados. Los parques brotaban de las junturas de la ciudad y una flora asombrosa crecía tan rápido que la topografía estaba en constante cambio. Los trenes suburbanos atravesaban el cielo. Detrás, las Montañas de las Brujas Chismosas se alzaban imponentes.

—He vivido en cientos de cuerpos —dijo Atlas— y visto cientos de mundos, pero ninguno se aproxima a mi Atlántida. Imagina que nunca nos hubiéramos hundido…

Eureka se apoyó en la barandilla de oricalco del puente. Una vez que sabía cómo extraían aquel valioso metal, todo lo que estaba hecho de oricalco le parecía carne podrida.

—Pero sí os hundisteis.

—Eso es, literalmente, historia pasada.

—Querrás decir «historia alternativa». La mayoría de las personas no cree que haya existido.

Atlas forzó una sonrisa amarga.

—La mayoría de las personas ya no existe.

Al mirar el foso de abajo, Eureka vio el rostro de Delphine en su reflejo.

—¿Cómo la has perdonado?

—¿Qué?

—Si Delphine no hubiese derramado aquella lágrima, nunca os habríais hundido.

—¿Te ha dicho algo de mí, de eso?

El tiempo que le llevó a Eureka pensar una respuesta hizo sufrir a Atlas.

—Debes de quererla mucho, es lo único que digo.

Mientras Atlas miraba a los ojos de Eureka en busca de información, ella comprendió que su relación con Delphine no tenía nada que ver con el amor, sino más bien con el miedo. A lo mejor no lo veía nadie más, pero Delphine tenía poder sobre el rey.

Avanzaron por el puente en silencio y fueron recibidos por un grupo de atlantes. Las luces titilantes de la ciudad iluminaban los rostros maquillados de aquellas gentes, su ropa y joyas exquisitas. Atlas los saludó dulcemente y la multitud estalló en aplausos.

—¿Es esta vuestra reina, señor? —preguntó una mujer en atlante. Un sombrero heptagonal, azul oscuro, le ocultaba los rasgos.

Atlas levantó la mano de Eureka en el aire.

—¿No es maravillosa? ¿Todo lo que deseo? —Su sonrisa falsa se amplió, como si viera a Eureka a través de los ojos de sus súbditos—. Tendría que lavarse, por supuesto. Esa ropa, además, tiene que quemarse y no volveremos a hablar jamás de ella. Pero ¿qué mejor que comprar prendas nuevas en nuestra ciudad?

Mientras la muchedumbre aplaudía, Atlas señaló a un hombre que sostenía una cajita negra.

—¡Ahí está! ¡Sonríe para el hológrafo real! —Atlas deslizó un brazo alrededor de la cintura de Eureka para atraerla hacia sí. Ella sentía su respiración acelerada—. Imagínate que en mi lugar está tu amigo muerto, y sonríe.

El gentío vitoreó incluso más alto ante el primer amago de sonrisa forzada de Eureka. Los aplausos eran ensordecedores, pero sus expresiones estaban ausentes mientras daban palmadas. Los detestaba. ¿Acaso no sabían nada sobre el Relleno? Atlas quería que todos se volvieran fantasmas. Eran idiotas o tan egoístas como su rey.

La muchedumbre la rodeó mientras Atlas y ella pasaban por un zapatero, un mercado y una tienda de hologramas, en cada uno de los cuales se exhibían estatuas de cera de Atlas, que parecían vivas en sus puertas anunciando sus mercancías.

—Compré mis suelas en Belinda —decía la voz pregrabada de Atlas a través de un altavoz fuera del local del zapatero.

—Nada me pone más que la fruta de la pasión atlante. —Su voz resonaba por un bafle situado encima de una estatua de Atlas que estaba a punto de darle un mordisco a una fruta dorada con forma triangular—. Tierna. Ácida. Llévate unas cuantas a casa esta noche.

Atlas condujo a Eureka hasta un triángulo central rodeado de relucientes y magníficos edificios. Banderas de multitud de tonos de azul colgaban de cien aleros y caían en cascada al viento.

—Me quieren —le dijo Atlas a Eureka sin una pizca de ironía.

Subieron a un escenario que parecía flotar. Media docena de diablas bordeaban el perímetro.

—¿Cuál es el castigo si no lo hacen? —preguntó Eureka.

—Delphine nunca podría conectar con el público de esta manera. —Atlas se volvió hacia Eureka y añadió—: Sus poderes son extraordinarios, nadie lo niega, pero sin mí no es más que una bruja en una ola.

Eureka se preguntó si estaría mintiendo por el bien de ella o por el de él. Delphine no se encontraba allí porque no lo necesitaba. Ya estaba Atlas para eso. El rey era un fantasma, un títere, como las demás creaciones de Delphine.

Se detuvieron en medio del escenario y miraron a cien atlantes. Aquellas personas no lo querían. Nadie lo quería. Tal vez porque resultaba obvio que él no quería a nadie. Eureka se preguntó si alguna vez habría querido a alguien. Delphine había dicho que su corazón no funcionaba de ese modo. Todo aquello importaba, pero Eureka no estaba segura de hasta qué punto.

El hológrafo real pasó su artefacto por delante del cuerpo de Eureka, siguiendo sus curvas con el brazo. Luego tiró de una palanca y del artilugio se elevó una gran columna de humo plateado. Un enorme holograma de Eureka apareció en medio de la multitud, que se separó, aplaudiendo y haciendo reverencias ante la semejanza.

—¡Os doy a vuestra chica del lagrimaje! —La voz de Atlas sonó como si hablase a un micrófono invisible—. Eureka sacrificó su corazón para resucitar vuestro mundo. Y pronto sus lágrimas os traerán más suerte. Mañana, el llamado Mundo de Vigilia, que os ha oprimido durante miles de años, desaparecerá. Habremos ascendido. Pero queda una cuestión. —Se volvió hacia Eureka y le besó la mano con elegancia—. ¿Cómo pagaremos a la chica que ha dado su corazón para que podáis saborear el dulzor de la supremacía? Eureka, mi tesoro, este regalo no ha sido fácil de obtener, así que espero que lo aprecies.

Alzó la vista al cielo. Los ojos de la multitud siguieron su mirada. Eureka intentó aguantar lo máximo posible, pero la traicionó la curiosidad y levantó la barbilla hacia el cielo nocturno. Algo grande, verde e informe descendió hacia ella. Cuando estuvo a seis metros sobre su cabeza, Eureka vio que se trataba de una bandada de abisinios inseparables verdes. Había miles y llevaban lo que parecía una enorme jaula dorada hacia el escenario.

Aunque no podía ver detrás de los pájaros, a Eureka le abordó el repentino presentimiento de que Ander estaba dentro de la jaula. Se imaginó la capa relámpago envolviéndolo, llenándole la mente de retorcidos recuerdos, despojando su tristeza de significado. Se le aceleró el corazón como la primera vez que se habían besado.

La jaula aterrizó con un estruendo sobre el escenario. Atlas dio tres palmadas y los pájaros se dispersaron en la noche. Dentro de la jaula…

Se hallaba Filiz.

—¿Y bien? —le preguntó Atlas a Eureka, con los brazos extendidos como para recibir una enorme gratitud—. Mis diablas la han recogido del foso interior esta mañana. Existe toda clase de métodos para torturar a los intrusos, pero me he dicho: «No, no, debe de ser una amiga de Eureka». —Se volvió hacia la muchedumbre y gritó—: ¡Y cualquier amigo de Eureka es amigo mío!

Filiz tenía las manos metidas en los bolsillos de los vaqueros, negros y estrechos. Tenía la mejilla muy amoratada y la camiseta destrozada por en medio. Permanecía con la barbilla baja y su pelo rojo llevaba mucho tiempo sin lavarse. Levantó los ojos despacio. Eureka se quedó sin palabras.

—Me cuesta saber lo que piensas, cariño. —Atlas se rió en beneficio del público—. ¿Así se refleja la gratitud en el Mundo de Vigilia? He organizado una bonita reunión entre tú y un ser querido, sea quien sea esta chica. Te ha seguido hasta aquí, así que sin duda te tiene mucho cariño. Y un gusto muy refinado a la hora de escoger color de pelo. —Esperó a que la gente se riera y se callara—. Pero la estás mirando como si fuera basura. ¿Tanto te ha endurecido ya Delphine?

Eureka se acercó a la jaula.

—¿Cómo has llegado aquí?

Si Filiz estaba en la Atlántida, a lo mejor también se encontraban allí sus seres queridos. A nadie debería importarle tanto Eureka para seguirla hasta allí, pero sabía que a ellos sí les importaba. ¿Les habría tomado Atlas también como prisioneros?

—Habla, chica —ordenó Atlas—. A todos nos gustaría saberlo.

Filiz tragó saliva y se colocó bien su gargantilla negra.

—Mi abuela contaba historias sobre las montañas atlantes donde vivían las brujas chismosas. —También hablaba el idioma de la Atlántida—. Su abuela le dijo que su abuela le había contado… —Hizo una pausa y miró a Eureka a los ojos— que cualquiera que visitase esas montañas encontraría la respuesta a la gran pregunta de la vida.

—¿Las Montañas de las Brujas Chismosas? —se mofó Atlas—. ¡Hay que ver de qué manera más tonta se tergiversan los rumores con el paso de los milenios! Esas montañas son para los impuros e indeseados. Olvida la sabiduría de tus ignorantes mayores. Tienes suerte de haber entrado en la civilización.

—Ahora me doy cuenta.

Los ojos de Filiz se posaron sobre Eureka, que levantó las cejas como preguntando: «¿Están aquí?». Filiz asintió con la cabeza sutilmente y miró hacia las montañas.

—Abre la jaula —exigió Eureka.

—Tus lágrimas abrirán su jaula.

Eureka jamás lloraría para salvar a Filiz. Filiz lo sabía. ¿Y Atlas?

Eureka volvió a recordar las palabras de Delphine, que el corazón de Atlas no estaba hecho para el amor. De hecho, parecía entenderlo totalmente al revés. No veía lo que otros veían con tanta claridad. Atlas creía que el amor era la adoración fingida de sus súbditos.

Un destello de inseguridad cruzó el rostro de Atlas mientras Eureka lo estudiaba, luego sacó una antorcha de su soporte en el borde del escenario. Las amatistas de las brujas chismosas resplandecían en la base de su llama. Atlas metió la antorcha en la jaula. Filiz gritó cuando las llamas le rozaron la piel.

Atlas retiró la antorcha y miró a Eureka. Inclinó la llama.

—¿Lo repito?

—¡Oh, cómo desearía estar en las montañas de las que hablaban mis antepasados! —exclamó Filiz, frotándose las quemaduras de los brazos y mirando fijamente a Eureka.

¿Podía confiar en Filiz? Ambas compartían una historia de muertes recientes. ¿Se trataba de un truco?

—Si te gusta que te quemen, por favor, continúa hablando de las montañas.

Atlas levantó la antorcha y se preparó para volver a acercarla a Filiz. Eureka se interpuso entre los dos.

Le quitó a Atlas la antorcha de las manos con un golpe seco y lo empujó. Él retrocedió a trompicones por el escenario. Después de ponerse derecho, enseguida miró al público y forzó una sonrisa.

—¡Qué enérgica!

Animado por las risas de la gente, Atlas sonrió y cogió la antorcha. Esa vez, al acercarse, Filiz chasqueó los dedos y encendió una llama en la mano el doble de alta que la que sostenía Atlas.

—¿No la habéis registrado por si llevaba un encendedor? —les gritó Atlas a sus diablas.

Antes de que las chicas pudieran responder, Filiz le lanzó la bola de fuego. Eureka cogió a Atlas por el pelo y lo hizo agacharse. Si el fuego lo alcanzaba, Filiz moriría.

La bola de fuego salió volando hacia la multitud y cayó sobre un hombre con un abrigo de piel azul. Atlas introdujo las manos por las barras de la jaula y agarró a Filiz por el cuello.

—¡Lo haré! —gritó Eureka—. No le hagas daño. Lloraré.

—Eureka —la advirtió Filiz.

El gentío rugió en señal de aprobación. Atlas se los quedó mirando un momento y luego soltó a Filiz. Se enderezó, sonrió y señaló con la cabeza detrás de él. Dos diablas se acercaron a Eureka. Una de ellas le entregó un lacrimatorio de plata tejida con cabello rubio humano. Eureka pensó en Aida, a la que había matado el dolor de Delphine.

—Aquí no —le dijo Eureka a Atlas al tiempo que cogía el lacrimatorio.

—Pero, querida, han venido a ver el espectáculo —contestó Atlas.

—Yo no soy una actriz. Lo que siento es real.

—Por supuesto. —Atlas ocultó su decepción—. Dadle todas las comodidades que desee —anunció ante la multitud y luego bajó la voz para las diablas—. No me importa lo que tengáis que hacer. Llenad el frasco antes del amanecer.

30

Beso carmesí

E ureka tenía que llegar a las montañas.

Filiz le había hecho una señal: las respuestas la esperaban en la guarida de las brujas chismosas. Al menos Eureka pensaba que había sido una señal. Quizá Filiz mentía. Quizá Eureka andaba tras una pista que no le habían dado.

No importaba. Llegar a las montañas era el único plan que tenía.

En cuanto llegase allí, debería enfrentarse a cuatro personas a las que quería y había abandonado. Consumiría energía esencial. Pero a Eureka se le daba bien cerrar su corazón. Cogería lo que necesitaba de las brujas y seguiría adelante.

Primero, tendría que perder de vista a las diablas que la guiaban por el túnel de coral. Eran seis, armadas con porras y ballestas de oricalco, que llevaban en fundas cosidas a la espalda de sus vestidos carmesíes. Aquellas chicas eran más fuertes de lo que parecían. Con los bíceps flexionados, las venas sobresalían de sus antebrazos. Si devolvían a Eureka al castillo de Atlas, significaba que le pondrían la capa relámpago.

—Va arrastrando los pies —murmuró una—. Intenta que aflojemos el paso.

—Date prisa.

Otra chica cogió a Eureka por el cuello y la empujó a un lado.

El coral rojo se le incrustó a Eureka en medio del cerebro. No había visto la pared.

Una de las diablas emitió un sonido de asco y Eureka observó que la chica se limpiaba sangre de la mano. Eureka alcanzó a comprender que la sangre era suya.

Algo le dijo a Eureka que lanzara la parte superior de su cuerpo sobre la chica, quien reaccionó con un bloqueo que había practicado y envió a Eureka al suelo. Las diablas estaban entrenadas para el combate.

Eureka escupió sangre. Los pies de la chica se apartaron lentamente de donde habían aterrizado.

Dos diablas levantaron a Eureka por las axilas. La llevaron por el túnel, alejándola de las montañas. Eureka se preguntó sobre el alcance de su experiencia en combate. Llevaban miles de años congeladas bajo el océano en un reino donde nadie envejecía ni moría. ¿Por qué motivo lucharían, a qué enemigo habrían matado? ¿Qué sabrían esas chicas sobre la pérdida? Eureka quería darles una lección.

Recordó los labios de Delphine en la mejilla de Aida. El dolor buscando dolor en la luz astral. El dolor era poder, había dicho Delphine.

—Necesito descansar —aseguró Eureka.

—No respondáis —dijo una diabla morena.

—Agua. —Eureka llevó la mano hacia una cantimplora de piel roja que llevaba la chica alrededor de la cintura—. Por favor.

—Atlas ha dicho que intentaría engañarnos.

—Una persona deshidratada no puede llorar —dijo Eureka—. Si queréis conservar vuestro trabajo, dadme de beber.

Las había puesto nerviosas. Mientras la morena desenroscaba el tapón de la cantimplora, Eureka se inclinó hacia la otra, una rubia delgada que llevaba unas gafas de cristales azules.

Eureka no sabía qué estaba haciendo. Pensó en Delphine y en su corazón roto. Pensó en Diana y en la ola que la había destrozado. Pensó en su propio sufrimiento fluyendo durante los días que siguieron. Besó la mejilla de la chica rubia.

Zzzt.

Un fuerte dolor inundó el cuerpo de Eureka y su mente se llenó con una visión: unas diablas carmesíes mayores se reían y arrastraban por un umbral de una casa a una versión más joven de la muchacha rubia. Antes de poder despedirse de su familia, tiraron a la chica a la parte trasera de un carro plateado. Eureka oyó que se cerraba de golpe la puerta, vio oscuridad y percibió unos sollozos.

De vuelta en el túnel, la chica rubia gritó, Eureka gritó, y duró solo un instante, pero cuando la vista de Eureka se aclaró, vio a la diabla en el suelo, con convulsiones, muriendo.

El dolor de Eureka amainaba poco a poco, como un ataque. Pasó un instante admirando a Delphine por soportar aquel sufrimiento en silencio cuando mató a Aida. Eureka estaba mareada y tenía ganas de vomitar.

La cantimplora cayó al suelo. La diabla morena miró a Eureka y a su amiga con convulsiones. Retrocedió un paso.

—Tú eres la siguiente —dijo Eureka.

Hizo una pausa al temer el dolor que sentiría cuando matase a la segunda guardia.

Pam.

Ante los ojos de Eureka explotaron estrellas cuando una porra de oricalco la golpeó en los hombros. Eureka se dio la vuelta y dirigió los labios a su atacante. Apartó a otra diabla… y se quedó paralizada.

Estaba volviendo a ocurrir. Apenas había tocado a la chica con las manos —solo intentaba apartar a la diabla de su camino—, pero acusó el dolor, y llegó otra visión. Un muro de fuego. Un bebé gritando al otro lado. Eureka estaba en la mente de la diabla carmesí cuando era más joven, en el momento en que no salvó a su hermana, en el momento en que se dio la vuelta y huyó de las llamas hacia la noche.

La chica a la que tocaba cayó al suelo. Las manos de Eureka buscaron a tientas a otra. No tenía por qué ser un beso. Cuando estaba enfurecida, toda su piel podía matar. Era su propia capa relámpago.

La porra le acertó en la columna vertebral. Eureka soltó un alarido, echó la mano hacia atrás y encontró carne. Un nuevo dolor. Nuevas visiones. Unos jóvenes besándose, apasionadamente, como locos, con la respiración acelerada. Eureka no reconocía a ninguno de los dos, pero sintió el dolor del desengaño y la traición por parte de la chica a la que sujetaba. Oyó que la porra caía al suelo y entonces notó que la chica se le escurría, sin vida, de las manos.

Movió de nuevo los brazos y en esa ocasión agarró a dos diablas a la vez. No se le había aclarado la vista lo suficiente para verlas, pero Eureka notaba que se retorcían, y sintió con más intensidad el resumen delirante de sus mayores sufrimientos.

«Gorda. Aburrida. Inútil.» La voz de una madre grabada en el corazón de una chica.

Y luego una madre diferente, que yacía muerta en una habitación fría, donde quedaban las escasas brasas de un fuego en el hogar.

Sangre por todas las sábanas. Por toda la diabla carmesí que solloza-
ba junto a la mujer.

Eureka buscó más carne, más dolor. Un ansia infinita de sufrimiento crecía dentro de ella. Se le aclaró la vista. Estaba palpando el
aire, sola en un túnel de coral. Los vestidos carmesí se abrían en abanico alrededor de sus pies. ¿Las había matado a todas tan rápido?
Una, dos, tres, cuatro, cinco…

—No te muevas —ordenó una voz detrás de ella.

Eureka se dio la vuelta y algo afilado se le clavó en el vientre.

Humedad. El calor se filtraba por los dedos que le apretaban el
estómago. Todo era rojo. Una flecha de oricalco se alojaba en su carne. Hizo un gesto de dolor y la extrajo. Unos vapores verdes salieron
en espiral de la herida abierta. La flecha resplandeciente tenía la
punta impregnada en artemisia.

La última diabla se hallaba a seis metros de distancia, con su ballesta apoyada en el hombro. Mientras Eureka se tambaleaba hacia
ella, cargó otra flecha, apuntó temblorosamente y disparó. Un destello verde atravesó el túnel.

Eureka se agachó. O quizá se cayó. Estaba de rodillas. Respirar
era imposible, un cuchillo le hendía los órganos. Vio una porra de
oricalco en el suelo y pensó en los órganos, la sangre y los huesos que
habían extraído para conseguirlo. Pensó en los fantasmas atrapados
en el Relleno. La adrenalina recorrió su cuerpo. Avanzó a gatas y agarró el tobillo de la diabla con una mano.

El dolor de la herida de flecha se triplicó cuando la esencia del
sufrimiento de Eureka fluyó hacia la chica y el sufrimiento de la chica fluyó hacia ella. Esa vez la visión fue de un caballo pinto plateado
que las brujas chismosas le habían robado a la familia de la chica.

Eureka se levantó despacio. La artemisia le nublaba la mente. Respiraba de forma tan limitada y superficial que apenas le bastaba para mantenerse de pie mientras avanzaba por el túnel, lejos del castillo, lejos de la fantasía de la culpa.

Nada era real salvo su dolor. Cuando salió del túnel de coral y pisó la duna de arena, no se lo creía. Observó sus dedos desabrochando la camisa y las manos atándosela alrededor del pecho para restañar la herida.

La luna parecía el rostro de su madre. El mar agitado sonaba como su padre preparando la comida en la cocina. Pero su padre no cantaba nunca cuando cocinaba. ¿Qué oía? Le resultaba muy familiar.

La música de la olaría de Delphine estalló en los oídos de Eureka. Su otra madre. Asesinato innato.

Brooks estaba allí. Quería ir con él. No. Escupió en la arena, indignada consigo misma. Se volvió hacia las montañas púrpuras de las brujas chismosas. La única manera de liberar a Brooks era ganar.

Recordó el bálsamo de la bruja que la había curado una vez. Un pie detrás del otro. Pendiente arriba. Tropezando con las rocas. Un rastro de sangre tras ella. Las nubes sobre la luna. La marea de dolor estaba alta.

Por fin, Eureka vio el fuego. Tres brujas chismosas estaban sentadas en un círculo brillante, girando un asador sobre las llamas. Olía a carne asada. Le pareció que iban vestidas de lila. Le pareció oír abejas zumbar. Se tambaleó y se agarró a una roca enorme.

—Estoy buscando a mi...

—No los hemos visto —la interrumpió una bruja.

Las demás se rieron.

—Esme —dijo Eureka sin aliento—. ¿Sabéis dónde está Esme?

Las brujas la miraron boquiabierta.

—No eres una de las nuestras. ¿Cómo te atreves a difundir el rumor de nuestros nombres?

Eureka se dejó deslizar por la roca. Se arrastró sobre el vientre hacia el fuego. El calor era tranquilizante y la presión contra el suelo iba bien a sus costillas. Tenía la boca llena de tierra. No tenía fuerzas para escupirla.

—Sabéis quién soy. Sabéis por qué estoy aquí. Ahora estáis en casa gracias a mí. ¿Dónde están mi familia y mis amigos?

Eureka cerró los ojos. Sus dedos juguetearon con la tierra, palparon en busca de un interruptor que lo apagase todo.

31

Nostalgia

Unos dedos separaron los labios de Eureka y un líquido caliente le llenó la boca. Tragó una vez de forma reflexiva, luego saboreó el caldo balsámico de chocolate y caramelo, y empezó a engullir.

Abrió los ojos despacio. Ander se inclinó hacia ella; olía a océano. Estaban meciéndose y por un momento Eureka se preguntó si se encontraban en un barco. La mano cálida de él estaba en su frente.

—No creía que los muertos pudieran soñar —se oyó a sí misma en la distancia, lo que le hizo pensar en Brooks, atrapado en la cascada de la olaría.

Ansiaba irse con él. Pero en el instante en que parpadeó, también deseó estar con Ander. Esta situación la hacía sentirse débil, como si lo necesitara demasiado.

Los ojos de Ander brillaban con una ternura que Eureka no comprendía. Su amor era un idioma que una vez había conocido, pero en ese momento le resultaba extraño, la señal de una emisora que no entendía.

—¿Está despierta? —Las pisadas de William anunciaron que llegaba a su lado.

Eureka se incorporó. Se hallaba en un entramado de alas de polilla suspendido en una inmensa cueva púrpura. Su hermano le envolvió el cuello con los brazos. Claire llegó al cabo de unos instantes. Dejó que los mellizos la abrazaran y sabía que estaba devolviéndoles el abrazo, pero no lo sentía como un abrazo. Lo veía desde otra perspectiva, desde un lugar muy lejano, como si estuviera sentada en la luna, observando a los niños abrazar a alguien a quien querían.

—Te dije que se despertaría —dijo William.

—¡Ahora somos brujas! —exclamó Claire.

—Has perdido mucha sangre —dijo Ander—. Esme te encontró en la montaña y te trajo aquí. Su bálsamo cerró la herida.

Una capa translúcida de loción amatista se desvanecía en el torso de Eureka. La herida de debajo era espantosa.

—¿Qué hora es? —preguntó.

—Tarde —respondió Ander.

—La flecha te ha roto dos costillas. —Esme apareció detrás de Ander—. Estás magullada, pero podrás luchar.

—El dolor es poder —contestó Eureka.

Los mellizos la miraban desconcertados.

La cueva donde se había despertado era una versión mejorada de la guarida de las brujas en las montañas turcas. Las paredes eran de un bonito violeta brillante y estaban iluminadas con resplandecientes fuegos amatistas. Los muebles parecían sacados de un caro hotel con encanto. Las brujas pendían de columpios púrpuras colgados del techo y bailaban alrededor de hogueras fumando en largas pipas retorcidas.

—¿Dónde está Cat? —preguntó Eureka.

Ander le ofreció otra cucharada de chocolate.

—Cat se quedó.

—¿Qué?

—Los celanos están construyendo arcas para los supervivientes de la inundación. Quiso quedarse para ayudar. Pensó que podría utilizar su peculiaridad y la habilidad de las brujas chismosas para volar y almacenar comida antes de marcharse. Es la última esperanza del Mundo de Vigilia.

—¡Qué ingenua! —masculló Eureka.

Se imaginó a Cat en Turquía, con las abejas pululando por su cabeza, usando su tierna singularidad para repartir cerezas y avellanas a las personas que subieran a las arcas. Esperaba que su amiga soltara un chiste verde en el fin del mundo.

—¿Qué?

Ander se acercó más a ella.

—¿Cómo habéis llegado los demás aquí?

—Cogimos el canal de Ovidio. —Ander parecía sorprendido por tener que explicárselo—. Como se suponía que íbamos a hacer todos.

Eureka se movió.

—Pero ¿por qué?

—Para ayudarte. —La cogió de la mano—. No te preocupes por lo que sucedió cuando te marchaste. Ahora estamos juntos, eso es lo que importa. Escapaste de Brooks.

—Atlas —lo corrigió de mal humor—. ¿Recuerdas? Hay una diferencia.

—No tienes que apartarme porque cometieras un error.

—Ya lo sé —gruñó y volvió a cubrirse con la piel de zorro—. Tengo muchas razones por las que apartarte.

—¡Eureka!

—¿Papá?

Se dio la vuelta hacia su voz y vio a Ovidio, recostado en un diván bajo, rodeado de tres brujas. A Eureka le sorprendió su desilusión. Creía que ya había superado ese tipo de sentimiento. Ovidio mostró el rostro de su padre un instante antes de pasar a los rasgos de la abuela de Filiz.

—Tengo que hablar con Solón —dijo Eureka.

Ander ayudó a Eureka a levantarse del entramado. Su ayuda era exasperante y la necesitaba. Las brujas se rieron disimuladamente por su ímpetu mientras cojeaba hacia el robot.

El robot se retorció de forma horripilante. Eureka volvió a ver a su padre, luego las facciones de Seyma se definieron y se desvanecieron. A continuación llegó el ceño fruncido de Albión, el jefe de los Portadores de la Simiente.

—¡Lo has estropeado todo! —gritó cuando sus rasgos se convertían en los de su prima Cora.

Eureka deseó tener el látigo con la punta de medusa para obtener del robot solo lo que quería.

—Solón —dijo, cogiendo la máquina por los hombros—, te necesito. Dijiste que eras más fuerte que el resto de los fantasmas.

Al cabo de un rato de refriega confusa y monótona, los ojos perdidos del Portador de la Simiente, la nariz y los labios se solidificaron en el rostro plateado de Ovidio.

—La fugitiva ha vuelto. Matad al becerro cebado. —Frunció el ceño—. ¿Atlas ha cogido a Filiz?

—Sí.

—Cuéntame alguna buena noticia. —El robot dio una palmada con sus manos plateadas—. ¿Qué hemos aprendido en el exterior?

—Atlas intentó chantajearme para que llorara haciéndole daño a Filiz.

El robot entrecerró los ojos.

—¿Y cómo se suponía que iba a funcionar eso?

—No funcionó —contestó—. Él creía que me importaba la chica. No sabe qué es el amor ni la devoción.

—¿El típico macho?

Solón estaba poniéndola a prueba.

—Una vez me preguntaste qué pasaría si me permitiera a mí misma sentir alegría —dijo Eureka—. Ahora lo sé. Los sentimientos de Delphine poseen el mismo poder que los míos. La he visto llorar de felicidad —bajó la voz— y su lágrima resucitó a Brooks.

—¿Dónde está Brooks? —preguntó Claire.

—No puede ser —apuntó Ander.

Ovidio cerró los ojos y la voz de Solón dijo:

—No sabía si el rumor era verdad. El lagrimaje de la alegría es muy raro. Por curiosidad, ¿qué fue lo que iluminó ese corazón oscuro?

A Eureka se le pusieron las mejillas coloradas.

—La llamé «madre».

—Qué simple. —Ovidio se frotó la mandíbula—. El amor nunca deja de sorprenderme. Bueno, lo único que tienes que hacer es…

—Lo sé, llorar una lágrima de alegría para resucitar a cada una de las mil millones de personas a las que he matado —dijo con desánimo—. Y tengo hasta el amanecer.

—Va a ser una noche ajetreada, incluso para una juerguista como tú. —El robot la miró con los ojos entrecerrados—. ¿Sabes? Hasta este momento no me había planteado lo insignificantes que son tus ojos.

—Gracias.

—Para una chica cuyas lágrimas hacen lo que hacen las tuyas, tienes unos ojos muy sosos. Empiezo a preguntarme si tus ojos son necesarios para derramar las lágrimas.

—¿A qué te refieres?

—Estoy a punto de decir algo importante, algo que puedo saber solo ahora que me he liberado de mi desgraciada forma mortal. Este cuerpo —dio unos golpecitos en el pecho herido de Eureka— no importa. Si estuviera en tu lugar, lo dejaría.

—¿Y dónde propones que encuentre otro? —preguntó Ander.

El robot se recostó en el diván y meció la cabeza en sus manos. Cruzó los pies y los apoyó en el regazo de Eureka.

—Donde Atlas más lo sentiría.

—Ya te he dicho que no creo que Atlas pueda sentir nada. —Eureka se calló para considerar lo que acababa de decir. Se tocó el cuello, que solía conectarla con Diana y el amor más primario que Eureka hubiese sentido. Ya no había nada—. Eso es.

—¿Qué? —preguntó Ander.

—Delphine me dijo que el corazón de Atlas no funcionaba con amor —contestó Eureka.

—Suena a lo que dices cuando la persona a la que amas no te corresponde —dijo Ander. Su tono de voz le suplicaba que lo mirase a los ojos, que negara que lo amaba. Pero ella no lo hizo.

—Hablaba literalmente —dijo Eureka—. El corazón de Atlas no funciona.

—¿Es Atlas un robot como Ovidio? —preguntó William.

—No lo creo —respondió Eureka—, pero su corazón fue otro de los experimentos de Delphine. Hizo algo para dejarlo sin amor. Si pudiese poseer a Atlas como él poseyó a Brooks —miró a Ander—, si pudiera hacerle sentir alegría, hacerle llorar de amor, lo destruiría.

Ander la estudió con detenimiento.

—Antes querías redimirte, arreglar el mundo. Ahora, ¿lo único que te importa es matar a Atlas? ¿Sabes lo que significaría entrar en él?

—Su redención y la muerte de Atlas son equivalentes —intervino Solón—. Si Eureka logra hacer que Altas llore de alegría (tiene razón), sus lágrimas serían formidables.

—Lo bastante poderosas para invertir el Relleno —añadió Esme con una voz suave que sugería que hasta la bruja chismosa intimidante estaba harta del plan de Atlas y Delphine.

—Pero ¿y ella? —murmuró Eureka.

Si Delphine era la oscuridad dentro de la sombra de Atlas, ella era el auténtico enemigo. Siempre lo había sido.

—Esa es la pregunta que estaba esperando —dijo Solón.

Eureka pensó en la última vez que había jugado a Nunca Jamás, hacía siglos en el bayou, cuando Atlas había usado a Brooks para hacerle daño, y entonces supo lo que iba a hacer.

—Nunca anticipamos la traición de las personas a las que más queremos —dijo Eureka y fingió no ver el estremecimiento de Ander. Cogió una de las pipas de las brujas chismosas y la giró entre sus dedos—. Pero ¿cómo lo poseo yo?

Ovidio señaló a Ander.

—Pregúntaselo a él.

—No —se negó Ander—. No lo haré.

—Has venido aquí para ayudarme —dijo Eureka—. ¿A qué se refiere Solón?

—Morirás con este plan. Si entras en el cuerpo de Atlas, no habrá modo de salir.

—No te mueras, Eureka —gimoteó William, que se subió a su regazo.

Eureka acunó a su hermano sin mediar palabra y miró por encima de su cabeza a Ander.

—Tiene que haber otra manera —dijo él—. Te acompañaré. Lucharemos juntos contra Atlas y Delphine. —Señaló a Ovidio—. Usaremos su arma contra ellos.

—Tienen ocho máquinas más como Ovidio, repletas de millones de fantasmas —les informó Eureka—. Ni siquiera sería una lucha.

—Me subestimas —replicó Ovidio con una voz que Eureka no pudo identificar.

—Ya intentaste suicidarte una vez —añadió Ander—. No dejaré que vuelvas a marcharte.

—No pertenezco al mundo que debo salvar —respondió Eureka—. Esta es la única manera.

Ander negó con la cabeza.

—Iba en serio cuando dije que no viviría en un mundo sin ti —dijo—. Eureka, ¿no me…?

«¿No me quieres?» Sabía que era eso lo que quería preguntar. Lo cogió de la mano.

—Si tú no fueras el sol ni yo un agujero negro, te querría.

Ander tenía los ojos llorosos. No lo había visto nunca llorar. Cuando él se dio la vuelta, Eureka se sintió aliviada. Estaba consumida por lo que tenía que hacer, por la emoción de su descubrimiento sobre Atlas. Pensó en Delphine, más enamorada de sus poderes oscuros que de lo que podría estar de cualquier alma. Quizá tenían más en común de lo que Eureka advertía.

Notó una presión en la palma de su mano. Al bajar la vista, Ander estaba colocando una punta de flecha de coral allí, la herramienta que Atlas había utilizado para intentar poseerlo. Estaba manchada con la sangre de Ander.

Eureka apoyó la frente en el pecho del chico. Se quedaron así un momento. Los latidos de su corazón hicieron que a Eureka se le acelerara el suyo. Cogió aire y fue como si le clavaran un cuchillo en las costillas rotas. Se apartó. Lo miró a los ojos y quiso preguntarle qué haría cuando ella se marchase, para poder llevarse una imagen de él estando bien en su mente. Pero eso hubiera sido egoísta, y no había respuesta, porque todo lo que podría hacerse después de que Eureka se fuera de esa cueva dependía de si lograba su propósito o fracasaba.

—Gracias —dijo en cambio.

Ander se encogió de hombros.

—No es que lo quisiera guardar de recuerdo.

—Quiero decir gracias, por todo.

Ander respondió envolviéndola con un brazo. Tuvo cuidado con las costillas al levantarla del suelo y acercar los labios a los suyos. Se fundieron en un beso apasionado antes de que Eureka pudiera fingir que no quería besarlo. Lo absorbió…

Y sintió la alegría de Ander. Le llegó como un torrente profundo, que rejuveneció su alma así como el dolor de las diablas carmesíes la había paralizado. Siguió los labios de Ander por momentos del pasado de su más brillante felicidad.

En el beso Eureka se vio a sí misma como Ander la veía: a través de las ventanas sucias de su cafetería preferida en Lafayette, el Pancake Barn, echando nubes de nata montada sobre un montón de tortitas. Haciendo footing por el bayou, detrás de su casa, con su sudadera verde de campo a través apareciendo de manera intermitente entre los troncos de los robles. En el centro comercial con Cat, dobladas de la risa mientras se probaban unos vestidos horribles en una tienda para el baile de fin de curso. Al borde de las lágrimas en la carretera de tierra después de que Ander chocara contra ella. Su lágrima en la yema del dedo de él. El aliento de Ander en la mejilla de ella. «Ya está, se acabaron las lágrimas.»

Aquella era la felicidad de Ander. Ella lo era todo. El corazón de Eureka ardía de ganas por quedarse para siempre y huir para siempre.

Ander se apartó primero. Ella esperaba que dijese algo, pero se la quedó mirando con tal asombro que Eureka se preguntó cómo habría sido su experiencia de ese beso, si sería algo que pudiera describir con palabras si lo intentaba.

Era la última vez que se veían. Costaba mucho ponerle fin.

—A por ello, Reka —dijo Ovidio con el aspecto de su padre.

Del fondo de la cueva, Esme sacó el enorme caballo blanco con alas, que relinchó a Eureka y movió la cola.

—Peggy te ayudará a ir más rápido.

—Te deberé una después de esta, ¿no? —preguntó Eureka.

—Si lo consigues, seremos nosotras las que te la deberemos a ti —contestó Esme—. Pero para entonces estarás lejos y no podremos reunirnos, así que, sí, las brujas chismosas seguiremos saliendo adelante.

Eureka tomó las riendas de temblorosas alas de polilla. Besó a cada mellizo en las dos mejillas y los niños soltaron una risita porque nadie les había hecho eso antes. No habían tenido a las madres de Eureka.

—¿Cuándo volverás? —preguntó William.

—No va a volver —dijo Claire.

William empezó a llorar.

—Sí va a volver. Nos quiere.

—Si nos quisiera, se quedaría —contestó Claire.

Eureka le había dado vueltas toda su vida a la misma lógica respecto a Diana. No tenía una respuesta para William. El problema de Eureka no era la falta de amor, sino que tenía en exceso.

Esme cogió al niño en brazos y le dio la mano a Claire. A partir de entonces las brujas serían sus madres y quizá lo mejor para ellos.

—Por favor —le dijo Eureka a Esme—, soy todo lo que tienen. No soy suficiente. Os traje a casa. Lo menos que podéis hacer es…

—Son listos y su magia es valiosa —la interrumpió Esme—. Un profeta diría que algún día estas montañas llevarán los nombres de los niños. Pero tú y yo sabemos que las profecías pueden ser un rollo. —Tocó la parte superior de las cabezas de los mellizos—. Crecerán bien aquí.

Eureka así lo esperaba. Esperaba que todos llegasen a los novecientos cincuenta años, como Noé y su familia en otra historia de otra inundación. Esperaba que cuando terminara con Atlas quedase suficiente del mundo para proteger a los listos y los mágicos. Esperaba que Ander pudiera amar a otra persona que le correspondiera de la misma forma maravillosa que él había amado a Eureka.

No dijo adiós. Habría sido una mentira, como decir que le importaban, que era amable, que era otra cosa distinta a una misión. Montó en el caballo blanco y atravesó las puertas de alas de polilla. Notó las alas de Peggy extendiéndose sobre ella en el cielo, que se iluminaba.

32

Amanecer

Desde una ventana en la torre más alta de su palacio, Atlas contempló una franja rosa de luz que se elevaba desde el mar.

Después de que Eureka y Peggy dejaran las Montañas de las Brujas Chismosas, perdieron un tiempo crucial buscando al rey. Su castillo era inmenso, sus torres numerosas y sus diablas carmesíes estaban situadas en aleros inesperados. Luego estaban las réplicas chabacanas del rey, hechas de cera, que aparecían en la mayoría de las ventanas del castillo: Atlas apuntando un cañón de la armería a un enemigo invisible; Atlas estudiando el cielo por un telescopio en su balcón; Atlas corrompiendo la escultura de cera de una doncella atlante contra el alféizar de su dormitorio.

Al final encontraron a un Atlas taciturno asomado a la torre más alta, mirando el océano. El viento le alborotaba el pelo rojo y despeinado. Eureka condujo a Peggy hacia él.

Las diablas carmesíes montaban guardia detrás del rey en lo que parecía una sala de estrategia. Detrás de las chicas, unos ancianos de dorado pelo trenzado y túnicas rojas de terciopelo se reunían alrededor de un mapa de agua.

El pelaje de Peggy quedaba camuflado por el travertino del palacio. Volaba cerca de las paredes, agitando las alas de polilla, permaneciendo fuera de la vista de Atlas, haciendo rozar las piernas de Eureka contra el palacio de vez en cuando.

—Las arcas están preparadas, señor —indicó una voz masculina en la sala—. Los últimos supervivientes subirán a bordo con las primeras luces. A lo mejor ha llegado el momento de informar a la fantasmera de que Eureka anda por ahí suelta.

Atlas se quedó con la vista clavada en el mar. La línea rosa de sol al este había crecido hasta convertirse en una banda cobre.

—Volverá. Tenemos un asunto pendiente, y lo sabe.

—Es cierto, Atlas —masculló Eureka—. Terminemos de una vez.

Eureka golpeó los costados del caballo con las zapatillas de correr. Peggy descendió hasta la ventana, directa hacia Atlas, en cuyo rostro apareció una expresión de enorme intriga.

—¿Quieres salir de aquí? —preguntó Eureka.

—Ya sabes lo que quiero —respondió Atlas.

Una docena de diablas carmesíes sacaron las ballestas.

—No disparéis —les ordenó Atlas y luego se dirigió a Eureka—: Has matado a seis de mis guardias, ¿sabes?

—¿Sorprendido?

—Estoy superándolo.

—Pues venga —dijo Eureka.

Un hombre muy viejo con el pelo blanco y largo intervino desde el fondo de la sala:

—Señor, debemos advertiros…

—Me alegro de saber de ti, Saxby —lo interrumpió Atlas—. Estaba a punto de comprobar tu pulso.

—Voy a llorar por ti —le dijo Eureka a Atlas—. Quiero hacerlo. Y quiero que estés conmigo cuando lo haga.

Atlas se llevó una mano al corazón.

—Será un honor.

—Está mintiendo.

Una elegante diabla apuntó con su ballesta a Eureka.

—Si le disparas, pasarás el resto de tu vida bajo una capa relámpago —la amenazó Atlas.

La chica bajó la ballesta despacio.

—Mis súbditos no te creen —dijo Atlas con aire de intimidad.

Eureka se encontró respondiendo al flirteo.

—Te lo juro.

—¿Por qué?

Guardó silencio; no estaba preparada para hacer un inventario emocional. ¿Qué principio aparte de la destrucción de Atlas podría fingir honrar?

—Júramelo por su vida —le exigió Atlas—, por la vida de Brooks. Cuando formaba parte de él solías mirarnos de un modo muy particular. Júralo por lo que había dentro de ti cuando nos mirabas de ese modo.

—Juro por mi amor a un amigo que lloraré si vienes conmigo.

Las subordinadas de Atlas avanzaron para que las incluyeran.

—Tú solo —añadió Eureka.

—Sí. Será más íntimo.

Atlas sonrió. Cuando subió al alféizar, Peggy aplanó una de sus alas de alas de polilla como una repisa. Atlas caminó por ella para reunirse con Eureka. Ella le tendió la mano y se sorprendió cuando la de Atlas encajó tan bien en la suya como la de Ander.

Se sentó detrás de ella a lomos del caballo y apretó la mejilla contra su espalda. Eureka notó su calor. Sus brazos le rodearon la cintura. Se le aceleró el corazón, no por miedo, sino con una extraña emoción, como si estuviera escapándose con un exnovio malo.

Se elevaron en el cielo, por encima de la ciudad dormida y pasaron por una inocente nube dorada de camino a su última parada.

Peggy aterrizó en la playa. Sus alas hicieron girar espirales de arena antes de descansar a sus costados. A lo lejos, las Montañas de las Brujas Chismosas resplandecían bajo el sol naciente. La olaría colgaba suspendida a un kilómetro y medio de la orilla.

—Supongo que Delphine no va a unirse a nosotros, todavía está trabajando febrilmente en su último robot —comentó Atlas al tiempo que ayudaba a Eureka a bajar del caballo.

Eureka se encogió de hombros, como si no le importara nadie más que Atlas.

—Estaremos solo nosotros dos.

—La mayoría de mis fantasías empiezan así.

Eureka se colocó de cara al mar con el corazón desbocado.

—Necesito aclarar la mente para dejar que entre la pena.

—La felicidad siempre se queda más tiempo de lo debido. —Atlas sacó un lacrimatorio de su bolsillo—. El agua es terapéutica de maneras que tu mundo no comprende. Tenemos chamanes del agua muy poderosos en la Atlántida. Si necesitas ayuda…

—Lo haré yo sola. —Eureka se acercó al borde de un agua caliente y maravillosa, que le lamió los dedos de los pies. No tardó en llegarle hasta la cintura. Dejó que sus pies se levantaran del suelo arenoso. Caminó hacia Atlas, que la había seguido. Sus rodillas se rozaron bajo el agua—. Date la vuelta, por favor.

—Creía que querías que te viera.

—Solo un momento. —Le tocó la mano por debajo del agua. Con la otra mano agarró la punta de flecha de coral blanco manchada con sangre de Ander—. Te prometo que valdrá la pena.

Atlas se volvió hacia la orilla. Su túnica, roja y dorada, ondeó con las olas. Eureka cogió el dobladillo de la túnica y le deslizó la pesada tela por la espalda, hacia los hombros.

—Levanta los brazos —le susurró al oído.

A Atlas se le puso la carne de gallina en la espalda.

—Sabes lo mucho que lo deseaba, pero…

—Chisss. Levanta los brazos.

Atlas levantó los brazos y dejó que le quitara la túnica, que se hundió en el mar. Eureka le acarició la espalda. Sus uñas grabaron suaves ondas rosas en su piel.

—¿En qué piensas? —preguntó Atlas.

—En cosas terribles.

Alzó la punta de flecha de coral. La daga que podía abrir una puerta para que Atlas entrara en los cuerpos del Mundo de Vigilia… y Eureka esperaba que hiciera lo mismo por ella.

—Bien —dijo Atlas.

Clavó la daga en la espalda de Atlas, disfrutando de la sensación que le produjo la hoja al rozar la carne, abriéndola. Atlas lanzó un grito. Se dio la vuelta y arremetió contra Eureka cuando ella se sumergió en el agua a toda velocidad.

Hacía mucho tiempo que no nadaba sin su piedra de rayo. Le escocían los ojos a causa de la sal. La sangre de Atlas enturbió el agua. Desde abajo, Eureka observó como se retorcía y luego le perdió en un momento de agitación por el pánico.

Se dio la vuelta, anticipando su ataque desde todas las direcciones. Le ardían los pulmones por la falta de aire, pero salir a la superficie significaba rendirse. Atlas nadaba como un tiburón.

Le quedaba trabajo por hacer. Ander solo tenía un par de cortes parecidos a branquias y no había sido poseído. Brooks, que había alojado la mente de ese monstruo en su interior, tenía un par más. Si Eureka quería entrar en Atlas, dondequiera que estuviera, tenía que hacerle otro corte.

Un chorro de sangre caliente pasó por encima de su hombro. Eureka se dio la vuelta cuando el brazo de Atlas se acercó a su cuello. Intentó girar para liberarse, pero él la agarró con fuerza. Su daga se clavó en el agua, tenía el cuerpo casi fuera del alcance. Ella le mordió en el antebrazo. Sus dientes tocaron el hueso. Atlas le apretó el cuello hasta que se atragantó en el agua ensangrentada.

Con el otro codo le aplastó la nariz. Eureka notó el calor dentro de su cabeza y saboreó la sangre espesa que le bajaba por la garganta. Se le nubló la visión. Había sangre por todas partes. Sujetó la daga con firmeza mientras Atlas se impulsaba con las piernas para alcanzar la superficie.

Cuando emergieron, él le soltó el cuello, la agarró de las muñecas e intentó arrebatarle la daga.

—Espero que te haya gustado —dijo Eureka—, porque estoy a punto de repetirlo.

—Puedo obtener lo que quiera gratis… o puedes pagar por ello. —Atlas llevó la mano que sujetaba la daga hacia el cuello de Eureka—. Pero tendré tu lágrima.

Ella se rió mientras la daga le cortaba la piel y se vertía más sangre en el océano.

—Claro que sí.

Se echó hacia delante con gran esfuerzo y arrancó la daga de coral de sus dedos con los dientes. Cuando Atlas le soltó las muñecas para cogerla, ella se sumergió en el agua. Nadó hacia él, una piraña con un único diente. Encontró su espalda. Con un movimiento de la cabeza, le desgarró la carne.

La daga se clavó más de lo que esperaba. Todavía la tenía en la boca, pero el rostro de Eureka ya parecía formar parte de Atlas.

Notó que algo se levantaba y luego no sintió nada; al menos, no de ninguna manera a las que estuviera acostumbrada a sentir. Había durado una eternidad y pasó muy pronto.

Eureka estaba dentro del monstruo. Todo lo demás ya no estaba.

Su interior era un océano, lleno de arrecifes de coral muerto, más afilados que la daga que había utilizado para abrirse camino, más afilados que nada que jamás se hubiera imaginado. Lo que antes habría visto con los ojos y sentido con el cuerpo, Eureka lo percibía en ese momento con la mente. Toda sensación había desaparecido y la había sustituido un nuevo conocimiento.

Entonces el coral le cortó los pensamientos y Eureka dejó de... recordar... su misión... Se desmayó en una costa afilada de su interior.

—¡Aaay!

Su mente gritó usando la voz de otra persona. Se esforzó por reconocer el sonido: los labios de Atlas. La emoción de Eureka.

La daga había funcionado.

Intentó mantener sus pensamientos en calma. Eran lo único que le quedaba de sí misma y estaban en peligro. Lentamente, permitió que uno entrara…

«Enfréntate a él.» Pero, en cuanto Eureka lo pensó, perdió la capacidad de concentrarse. Su mente ya había experimentado un dolor intenso —vergüenza, pena, desolación—, pero no se podía comparar con aquello. El arrecife en el interior de Atlas acababa con los pensamientos, los convertía en fragmentos irreconocibles como un arrecife de coral muerto sobre el que había buceado una vez en Florida y le había cortado la piel de los muslos. «Enfréntate a él», se había eliminado de la conciencia de Eureka, era un impulso que jamás había considerado.

De algún modo supo que tenía que ascender por los arrecifes similares a cuchillos. Sin un cuerpo, tendría que pensar en subir, pero ¿cómo? Al morir los pensamientos en el arrecife, no conseguiría recuperarlos.

«Eso fue lo que atrapó a Brooks», pensó. Entonces ese pensamiento dio con el arrecife acompañado de un atronador y mortal estruendo. Quedó mutilado, perdido, y Eureka no pudo recordar nada durante un buen rato.

Lenta, dolorosamente, se formó una idea: durante la mayor parte de su vida, se había odiado a sí misma. Ningún psiquiatra había encontrado la pastilla para cambiar el hecho de que su corazón era un tanque lleno de odio. Por fin, le podría beneficiar en algo.

«No puedo», pensó con determinación. Era un experimento.

Cuando ese torrente de negatividad abandonó su mente y se hizo trizas contra el coral, Eureka olvidó una parte de su profundo miedo. Lo había sacrificado al arrecife. Sintió que subía dentro de Atlas.

«Egoísta.»

«Hipersensible.»

«Suicida.»

Una a una fue reconociendo sus grandes dudas. Una a una la fueron dejando, fueron chocando contra el arrecife y se destruyeron. El oscuro eco de la muerte de «Suicida» resonó en su mente mientras se elevaba hacia la superficie del mar interno de Atlas.

«No hay escapatoria.» Alguien a quien quería le había dicho eso. No podía recordar quién. Entonces los arrecifes mataron el sentimiento, así que ya no importaba de todas formas. Su mente trepó por las últimas cortantes ramas de coral, amputando un último y antiguo temor como una extremidad inútil.

«La alegría es imposible…»

De pronto vio a través de los ojos de Atlas. Era como si su mente hubiera cruzado la sinapsis que conectaba el pensamiento con la vista. A Eureka le recordaba cuando se miraba por la mirilla de la puerta de la habitación de un hotel. Veía el borde interior rojo de sus ojos enmarcando un mundo pintado de colores distintos a los que veía antes. Los verdes estaban saturados, los azules eran intensos, los rojos, vibrantes y magnéticos. Su nueva visión era fuerte. Veía cada escama de los peces que pasaban a toda velocidad. Observó a una bruja chismosa entrada en años subir por el pico de una montaña distante y admiró cada pliegue dorado de sus carrillos.

Se quedó de pie con el agua hasta la cintura y tardó un momento en inspeccionar su nuevo cuerpo, sus muslos firmes y la extraña carne entre ellos. Tocó los músculos de su pecho terso y desnudo, la barba que le crecía en las mejillas. Sacó bola con ambos bíceps. Tenía ganas de luchar con alguien. Con el camuflaje de Atlas, se sentía liberada de una forma nueva. Podía ser tan despiadada como siempre había necesitado ser.

Examinó la playa. Una palmera turquesa se mecía con el viento. Sintió unas ganas irresistibles de desabrochar el cinturón de Atlas y hacer pis en aquel árbol. Se rió ante aquella chulería tonta cuando todavía tenía mucho que conseguir y unas lágrimas muy importantes que hacerle derramar. Y entonces sí hizo pis, allí mismo, en el mar, porque estaba dentro del cuerpo de un chico y era una locura. Se bajó los pantalones, liberó la parte más emocionante de Atlas y lo soltó. Levantó las dos piernas. Giró las caderas. Hizo un arco en forma de arcoíris.

Al terminar, palpó la espalda y tocó las heridas que había abierto. Estaban entumecidas. La daga de coral todavía sobresalía de la carne de Atlas. La sacó. Su nueva boca gritó, pero fue un reflejo de Atlas, de su sufrimiento, no el de ella.

—Has salido de tu profundidad —dijeron los labios de su nuevo cuerpo.

Era Atlas hablando.

Los ojos se le nublaron y entonces dejó de ver la playa cuando su mente fluyó de vuelta hacia el afilado coral muerto de abajo.

—¿Todavía quieres mis lágrimas? —intentó decir, pero pronunciaba mal las palabras, eran incoherentes al salir de los labios de Atlas.

Mover sus miembros era más fácil; no sabía cómo hacer que el cuerpo de Atlas hablara convincentemente. Todavía.

«¿Y si tiene razón?» Eureka le dio esa ansiedad al arrecife, usándola para impulsar su mente hacia delante, aglomerando los oscuros y furiosos pensamientos de Atlas —«Destrózala... Castígala... ¿Cómo?»— hasta que llevó su mente detrás de los ojos y sintió sus deseos caer detrás de los suyos. Esperó que se hicieran añicos en el arrecife.

Un cadáver flotaba ante ella.

Tardó un momento en darse cuenta de que era el suyo.

Antes era una chica con ese aspecto. Hacía unos instantes, tenía el pelo largo, *ombré*, la nariz ensangrentada, los brazos delgados y unas piernas musculosas. Tenía un corazón que latía, que le dolía, aunque hubiera intentado negarlo. Comprobó el pulso de su antiguo cuerpo con los dedos de Atlas. Nada.

Lo había hecho. Eureka Boudreaux se había deshecho de sí misma. Sus antiguos ojos azules estaban abiertos. Eran del color de los de su padre y su punto de vista ya no era suyo.

Eureka se dio cuenta de que incluso en su momento más suicida, no había querido morir. Siempre había querido eso, escapar de una identidad fija, tener la oportunidad de ser varias cosas a la vez: una zorra, una ninfa, una artista, un ángel, una santa, un guardia de seguridad de un centro comercial, un tirano, un chico. Quería que la soltaran de la limitada manera en que su mundo definía «Eureka Boudreaux». Quería ser libre.

La vista se le nubló. La desesperación de Atlas se hallaba en capas sobre la suya. La mente que había poseído a mil cuerpos no sabía cómo deshacerse de la que había poseído el suyo. Sus manos agarraron el cadáver y descargó su furia contra él.

Los dedos le desgarraron la garganta, le abrieron la piel y arrancaron el cartílago del cuello. Los puños se precipitaron contra las costillas quebradizas, rompiendo lo que el bálsamo de las brujas había soldado. Eureka no lo detuvo; sabía que nada le devolvería su cuerpo. Se relajó durante su furia y sintió curiosidad por cuándo y cómo se cansaría.

Se había equivocado al pensar que él no tenía sentimientos. Cuando las emociones de Atlas estallaban, lo dominaban, del mismo modo que enamorarse de Ander había dominado a Eureka. Él conocía la ira, pero no lo contrario. Eureka lo guiaría directamente a la alegría que acabaría con él y, esperaba, que elevaría las almas del Relleno a un lugar más alto.

Pero antes tenía que despedirse de otra persona.

33

La cascada

Eureka nadó hacia la olaría como un rey.

Cada pocos segundos se le nublaba la vista y el mar se agitaba con la furia de Atlas. La única manera de mantener sus pensamientos a raya y los de él sobre el arrecife era concentrarse en llegar a Delphine. Pronto Eureka frenaría la mente de Atlas durante un minuto entero. Luego durante tres.

Salió a por aire, pisó el agua. Practicó pronunciar palabras con coherencia.

—Casi he acabado contigo —dijo.

Examinó la playa. Las Montañas de las Brujas Chismosas se alzaban más adelante. Pensó en acercase más a Delphine, pero no veía la ola suspendida. Movió el pie de Atlas por encima de un banco de arena y se irguió con el pecho metido en el agua.

Un relámpago cayó en el mar, a seis metros de distancia, pero el cielo estaba despejado. Algo dorado cabeceaba en las olas. Fuera lo que fuese, había provocado ese relámpago. Eureka nadó hacia allí y descubrió el telar de Delphine.

Enfocó la increíble vista de Atlas en la playa. El cuerpo desnudo de un chico yacía sobre la arena. ¿Era Brooks? No. La piel del joven era plateada. Se trataba de un robot fantasma. Avanzó por el agua, llevando la mirada de Atlas hacia otro robot, también despatarrado en la orilla, en perpendicular al primero. Pronto contó más robots. Había siete con las piernas separadas, inmóviles, en la orilla. Se habían colocado los cuerpos de una manera determinada, con las extremidades en extraños ángulos para formar en conjunto un dibujo.

O, más bien, cada cuerpo se había colocado de manera que formaba una letra. Los robots fantasma representaban una palabra.

Aunque Eureka nunca hubiese visto la laberíntica lengua escrita de la Atlántida en las páginas de *El libro del amor*, su intuición del lagrimaje habría descifrado el mensaje en la arena. A la palabra le faltaba la última letra, pero fue capaz de captar su significado.

La transliteración sonaba a algo como «Eur-i-ka».

Era la palabra atlante para «alegría».

Atlas rugió, y Eureka notó que empujaban hacia atrás su conciencia, hacia el interior. Vio solo blanco y supo que estaba de nuevo atrapada en el coral mientras Atlas gritaba:

—¡Delphine!

Eureka avanzó con la mente al sitio desde donde podía manipular el cuerpo de Atlas. Se concentró en llevar con fuerza el puño al centro de su cara. Cuando lo consiguió, no sintió dolor, pero supo que él sí por cómo sus pensamientos se desvanecieron y ella volvió a ver la playa.

—No me obligues a volver a hacerte daño.

Las palabras en su garganta sonaban más claras, expresaban el perverso coqueteo que tenía pensado.

Un movimiento en la cima de una duna de arena, cerca del palmeral que la visión de Atlas teñía de turquesa, llamó la atención de Eureka. Un robot fantasma perseguía a otro. Sus cuerpos eran idénticos, pero el robot que perseguía era especial: Ovidio llevaba los rasgos de Solón mientras se lanzaba para coger las piernas del otro robot y lo tiraba sobre la arena.

Solón era el que había escrito el mensaje en la arena. No le había revelado hasta entonces el significado de su nombre, cuando ella podía usarlo. ¿Significaba que todavía creía en ella?

El otro robot forcejeó, después se sentó a horcajadas sobre el pecho de Ovidio y le agarró los brazos para que se rindiera. Buscó en la arena con los dedos y encontró una roca pesada. Eureka contuvo la respiración de Atlas hasta que el robot golpeó la cabeza de Ovidio con la enorme roca.

Salieron chispas. Eureka no veía el rostro de Ovidio aplastado debajo de la piedra; estaba muy hundido en la arena mojada. No sabía si los robots fantasma morían, pero se dio cuenta de que Ovidio no volvería a levantarse.

Mientras el vencedor se apartaba de la matanza de oricalco, el brazo de Ovidio se deslizó hacia la cara de su oponente y le rozó la mejilla con una suave caricia. Luego colocó dos dedos bajo la mandíbula del robot y los giró en la hendidura en forma de símbolo infinito que Eureka sabía que tenían en el cuello. El robot fantasma se desplomó sobre el pecho de Ovidio, como si estuviera abrazándole. Ninguno de los dos volvió a moverse.

—¡Delphine! —gritó la voz de Atlas—. Te traicionará…

Para acallarlo, Eureka cortó la mejilla de Atlas con la daga de coral.

En la otra punta de la playa, donde había estado antes la olaría, Delphine estaba tumbada boca arriba. Las olas lamían sus largos cabellos. Brooks se hallaba sentado a horcajadas sobre ella, en una postura horrible, erótica, que hizo brotar los celos por una falla entre la mente de Eureka y la de Atlas.

Sin embargo, algo separaba el cuerpo de Brooks del de Delphine. Eureka tuvo que acercarse para ver de qué se trataba. Volvió a sumergirse en el mar, sacando toda la velocidad de Atlas mientras nadaba.

—¡Delphine! —gritó Atlas en cuanto Eureka salió a la superficie.

Su daga le cortó la otra mejilla. La sangre cayó sobre el agua.

Al oír a Atlas, Brooks levantó la vista. Sus ojos se oscurecieron con tal odio que Eureka tuvo que recordarse que no iba dirigido a ella.

Brooks había inmovilizado a Delphine bajo la misma cascada que antes lo atrapaba a él en la olaría.

—¿Dónde está Eureka? —preguntaron Brooks y Delphine al unísono.

—Está muerta —respondió Eureka de sí misma a su mejor amigo.

—No —contestó Brooks.

La cascada cayó de su mano. Echó humo, bulló y desapareció en el océano.

Delphine lo apartó y se dirigió a Atlas chapoteando. Toda su piel estaba amoratada. El pelo era una mata apelmazada pegada a las mejillas y el pintalabios rojo se le había corrido hasta convertirse en un borrón rosa fuerte que le llegaba hasta la barbilla.

—Yo decido quién muere —dijo.

En su nuevo cuerpo, Eureka descolló sobre Delphine. Le asombró lo delicada, lo frágil que parecía la fantasmera. Agarró a Delphine por la nuca, atrajo hacia sí sus labios rosas y la besó apasionadamente en la boca.

Eureka no tenía cuerpo para sentir dolor, pero percibió el mal eufórico que explotó en Atlas cuando su mente volvió a las profundidades de su ser. Entonces llegó la visión que Eureka había temido desde que decidió besar a Delphine hasta la muerte...

Una cueva en una cadena montañosa bañada por la lluvia. El fuego brillaba en la chimenea. El amor tan denso como la miel en el aire. Un bebé haciendo gorgoritos junto al pecho de su madre. Y entonces, en un abrir y cerrar de ojos, el bebé desapareció. Envuelto en una manta de piel de zorro, en los brazos de un joven. El hombre corría montaña abajo, hacia otro mundo.

«Leander... Vuelve... Mi bebé...»

El sufrimiento original de Delphine fluyó hacia los recovecos de la mente de Eureka. Se suponía que fortalecería a Eureka al absorberlo mientras mataba a Delphine. Eso era lo que había sucedido cuando besó a las otras chicas. Pero aquello era distinto, muy íntimo, como perder a Diana por segunda vez.

Delphine era el origen de todo lo que Eureka odiaba de sí misma. Era la fuente de su oscuridad y su inundación. También era la familia más cercana que tenía, su lagrimaje y su sangre. No había opción de rechazar o aceptar esa conexión, ambas sucedían todo el tiempo. Eureka y Delphine pertenecían la una a la otra. Ambas tenían que morir.

Sostuvo en sus brazos a la fantasmera y la besó aún más apasionadamente. Sintió que el cuerpo de Atlas se debilitaba. Los párpados de Delphine temblaron. Sus venas se iluminaron como relámpagos y la piel empezó a echar humo. La carne carbonizada bullía por el cuerpo como ríos de brea. Atlas gritó cuando sus labios y manos sintieron las quemaduras, pero Eureka no iba a soltarla.

La fantasmera se quemó desde dentro. Eureka no dejó de besarla hasta que se relajó en los brazos de Atlas y al final se quedó quieta.

Por fin Eureka apartó los labios de Atlas y dejó caer al agua el cuerpo chisporroteante y ennegrecido de la fantasmera. Fragmentos de ella se alejaron flotando. Eureka se preguntó por un instante sobre el destino del espíritu de Delphine.

—Hay una muerte que la fantasmera no puede decidir —dijo Eureka y se limpió la boca del beso de Delphine.

Unas manos ásperas la empujaron —empujaron a Atlas— tan fuerte que Eureka cayó de espaldas en el agua. Brooks saltó sobre Atlas y echó las manos al cuello del rey. La mente de Eureka se nubló por la falta de oxígeno.

—¡Brooks! —dijo jadeando—. Soy yo.

—Ya sé quién eres.

La sumergió en el agua.

—¡Soy Eureka! —soltó cuando salió a la superficie—. He poseído a Atlas como él te poseyó a ti. ¡Para! Estoy a punto de…

Volvió a sumergirla. Ella no quería pelear, pero tenía que hacerlo. No podía ahogar a Atlas antes de que llorase las lágrimas que liberarían a los muertos desperdiciados. Le propinó un fuerte rodillazo en la entrepierna. El chico se apartó tambaleándose, Eureka subió en busca de aire y lo encontró de rodillas, casi sin aliento.

—Si no fuera yo, ¿sabría que naciste a las nueve y treinta nueve de la noche un solsticio de invierno después de hacerle pasar a tu madre por un parto de cuarenta y una horas?

Brooks se puso derecho y miró a Atlas a los ojos.

—¿Sabría que querías ser astronauta, porque planeabas navegar por el mundo después de la universidad y no dejar de explorar nunca? ¿Sabría que te dan miedo las montañas rusas, aunque no lo admitirías y aunque te has sentado a mi lado siempre que yo me he montado? ¿O que besaste a Maya Cayce en la fiesta de los Trejean? —Acarició la cara mojada de Atlas—. Cat me lo contó. No importa.

—Esto es un truco.

Había lágrimas en los ojos de Brooks. Se dio cuenta de que no eran de tristeza, sino de esperanza por que no fuese un truco, por que Eureka no se hubiera ido de verdad.

—¿Sabría que te apuntaste a teatro durante tres años porque me gustaba el señor Montrose? ¿O que temías que tu padre se hubiera largado por tu culpa aunque nunca hablaras de ello porque siempre lo ves todo por el lado positivo? ¿Incluso cuando lo único que soy es una nube de lluvia? —Hizo una pausa para coger aire—. Si fuera Atlas, ¿sabría cuánto te quiere Eureka Boudreaux?

—Todos saben eso.

Brooks dejó entrever una sonrisa fugaz.

Ella se llevó las manos de Atlas al corazón.

—Por favor, no lo mates. Si lo haces, nunca tendré la oportunidad de arreglar las cosas.

Brooks se acercó por el agua. Cuando estuvieron a tan solo unos centímetros, cerró los ojos. Apretó la mano de Atlas, que era fuerte y musculosa, la de un chico. La soltó y llevó la mano cerca del rostro de Atlas, pero sin tocarlo. Cuando abrió los ojos, Eureka lo vio esforzándose por ver su espíritu.

—¿Y ahora qué, chica mala? —preguntó.

Ella se rió con un alivio inesperado.

—Has estado dentro del Relleno…

Brooks asintió, pero parecía reacio a dar detalles o a recordar.

—Delphine te trajo de vuelta con una lágrima especial. Si puedo hacer lo mismo desde el interior de Atlas, arreglaría parte de lo que he roto. Tenías razón, yo no tengo escapatoria, pero quizá haya esperanza para el resto del mundo.

Se le nubló la visión y perdió de vista a Brooks. Creyó que era Atlas saliendo a la superficie, pero enseguida se dio cuenta de que alguien más compartía su cuerpo.

—¿No pensarías que iba a morirme y marcharme sin más? —dijo Delphine a través de Atlas con una voz pausada y aterradora—. Soy la titiritera. Yo digo la última palabra. Siempre he tenido que ser yo la que terminara la historia.

Eureka tomó el control de la voz de Atlas.

—Sé cómo acaba tu historia. —Luchó con Delphine por la vista de Atlas. Brooks era una vibración de luz tenue y distante al final de un oscuro túnel—. Convertiste en tu enemigo la alegría de otras personas porque representaba una amenaza para ti. Pero yo se la voy a devolver a Atlas. Le voy a hacer sentir tanto que deshará las cosas horribles que tú y yo hemos hecho.

Atlas se rió con la gélida malevolencia de Delphine.

—Ni siquiera la tienes en ti.

La fantasmera resucitó su gran duda, la que Eureka creía haber destruido en el arrecife de coral. La tristeza de Eureka había provocado mucho dolor. ¿Cómo podía nadie alcanzar el nivel de alegría para deshacer algo así? El miedo mandó la mente de Eureka hacia los bordes como cuchillos del coral blanco y muerto, pero, justo antes de que cortase sus pensamientos, su visión se aclaró por un instante…

Creyó ver a Brooks cogiendo la daga de la mano de Atlas.

«No», intentó decirle, pero había perdido el control de la voz.

Entonces Atlas gritó y algo brillante se acercó a la mente de Eureka, algo que había estado allí antes. Sentía —aunque ella no podía sentir— como si alguien la hubiera cogido de la mano. Brooks se había deshecho de su propio cuerpo y también había entrado en Atlas.

«Se supone que no tienes que estar aquí, Brooks.»

«Se supone que debo estar contigo —lo percibía a su alrededor— hasta el final del mundo y en el camino de vuelta a casa.»

Era el fin del mundo, y tal vez también el principio. Brooks había encontrado a Eureka cuando ella necesitaba un impulso más que nadie.

La alegría nació en el fondo de la garganta de Atlas. Eureka sintió por el agarrotamiento de su cuerpo que el rey no había llorado nunca. Cuando las lágrimas brotaron de sus ojos, eran alegres, pero también vulnerables y compungidas, anhelantes y optimistas.

Ninguna emoción era pura. La alegría era la pena al revés, y la pena era alegría bajo otro prisma; nadie podía sentir una sola cosa y después otra. Las lágrimas que había derramado cuando inundó el mundo debían de haber hecho algo bueno en alguna parte, porque eran lágrimas nacidas del amor por Brooks. Aquellas eran las lágrimas que habían llevado la sabiduría de Solón a su vida, las lágrimas que habían permitido a Cat y los mellizos descubrir sus peculiaridades. Habían sido las lágrimas que liberaron a Ander del vínculo con los Portadores de la Simiente.

«Continúa.» Notó que Brooks la animaba a seguir, aunque ella sabía que él sabía que no podía parar. Su mente era una cascada de recuerdos. Los mellizos compartiendo un columpio bajo el manto de un cielo azul pastel. Diana entrando sigilosamente en la vieja cocina, por detrás de su padre, para añadir demasiada cayena a la sopa. Rhoda limpiando los armarios. Eureka corriendo y corriendo y corriendo por el bayou al atardecer. Subiendo a los robles para encontrarse con Brooks en la cima de la luna.

Cuando sus lágrimas cayeron al mar, separaron el agua a la altura de la cintura de Atlas. Una ola retrocedió y rompió por encima de su cabeza. Por un momento, las cuatro mentes dentro de Atlas nadaron como una para impulsar el cuerpo hacia la superficie.

Pero el mar ya no era el mar. Era un campo de narcisos blancos florecientes, con brotes enredándose cada vez más alto y tallos creciendo de manera desenfrenada por la orilla, plantando raíces entre los miembros de los robots fantasma vacíos.

Entonces los brotes se convirtieron en personas, que se volvían para mirarse unas a otras; antiguas almas en un nuevo mundo que florecía. La promesa de un nuevo comienzo brillaba en los ojos de todos como el rocío. Eureka advirtió que cada una de las lágrimas era un laberinto de emociones infinitas.

Cuando un arcoíris coloreó la visión de Eureka, se dio cuenta de que estaba presenciando desde arriba su redención floreciendo hacia el mundo. Era libre. Pero si su alegría había matado a Atlas, ¿dónde estaba el cadáver? ¿Y qué había sido de las mentes fantasmales, sin cuerpo, de Brooks y Delphine?

Las Montañas de las Brujas Chismosas se hallaban debajo de ella. Vio a los mellizos, con los tonos del arcoíris, corriendo hacia los límites de la guarida de las brujas. Cuando vieron el jardín interminable de almas que florecían, Eureka sintió que su risa la animaba.

Una chica con un vestido púrpura brillante salió de la cueva para reunirse con los mellizos. Esme sonrió y acarició el hueco de su cuello, donde una perla negra iridiscente destelló en una cadena de plata. Salió humo de esa perla y Eureka captó la oscuridad que había atrapada dentro. Delphine y Atlas habían regresado a una nueva Congoja, cristalizada dentro de la gema. La profecía del lagrimaje se había completado y jamás volvería a decorar ningún corazón salvo el de Esme.

Un poco más allá de Esme y los mellizos, Ander estaba solo. Contemplaba lo que Eureka había hecho y se secaba las lágrimas. Eureka deseó que su amor hubiera seguido una historia alternativa, una en que ella estuviera aún a su lado, pero a veces el dolor era la secuela del amor. Cuando Ander se calmara, esperaba que hubiera espacio para la alegría en sus recuerdos de ella.

No tardó en ver los círculos de la Atlántida. Unas inmensas arcas de madera se abrían en abanico por una bahía de color azul intenso más allá de la isla. Eureka vio a Cat al timón de una de ellas, flirteando con un marinero. Y mucho más lejos de aquellos barcos, nuevos mundos se alzaban, florecían; de las costas brotaban almas que Eureka no reconocía y nunca reconocería. Su padre estaría allí, aunque no pudiera verlo, junto al resto de los espíritus que habían quedado atrapados por sus lágrimas. Se preguntó si su padre recordaría todo lo que había sucedido, lo importante que había sido para la salvación del mundo el mensaje que le transmitió a Eureka en su lecho de muerte. Intentó dejarlo ir con amor, al igual que él había hecho con ella.

Después Eureka estaba en el arcoíris. Era el recuerdo de algo conmovedor que se extendía hacia el cielo, cruzando una bandada de palomas. Sabía que se dirigía hacia Diana y que pronto estarían juntas, excavando las nubes perladas del Cielo.

«¿Aún estás conmigo?»

Brooks la encontró en las barras de color por las que Eureka creía estar subiendo sola. Pensó en su nombre de pila, en el que rara vez pensaba.

«Hasta el final y en el camino de vuelta a casa, Noé.»

Agradecimientos

Mi eterno agradecimiento a mis lectores: habéis abierto el corazón a Eureka y habéis compartido valientemente vuestras historias de amor. Siempre estoy aquí.

A Wendy Loggia, cuya fe en esta historia alimentó la mía. A Beverly Horowitz, cuyos conocimientos son piedras preciosas. A Laura Rennert, cuyo consejo hace que la montaña más alta resulte una colina con poca pendiente. A aquellos que tocaron este libro en Random House y en Andrea Brown. Es un honor para mí trabajar con los mejores.

A Blake Byrd, que me llevó en el viaje en barco que inspiró el de Eureka. A Maria Synodinou, de Atenas, por tu convicción sobre la Atlántida. A Filiz, de Sea Song Tours en Éfeso, por una tarde mística. A Tess Hedlund y Lila Abramson, por conectarme con lo que importa. A Elida Cuellar, por una cantidad esencial de tranquilidad.

A mi familia, por conocer a la taladradora y quererme a pesar del jaleo que hace el taladro. A Matilda, por unos ojos nuevos. Y a Jason, por explorar conmigo todos los maravillosos frutos del amor.